读客悬疑文库

认准读客读悬疑,本本都是大师级。

PAUL HALTER

亡灵之舞

保罗·霍尔特推理短篇全集 下

［法］保罗·霍尔特 著
焦鑫琳 宋傲 译

LES MORTS
DANSENT LA NUIT

文匯出版社

图书在版编目（CIP）数据

亡灵之舞 /（法）保罗·霍尔特著；焦鑫琳，宋傲译. -- 上海：文汇出版社，2023.12
 ISBN 978-7-5496-4150-5

Ⅰ. ①亡… Ⅱ. ①保… ②焦… ③宋… Ⅲ. ①推理小说—小说集—法国—现代 Ⅳ. ①I565.45

中国国家版本馆CIP数据核字(2023)第205495号

Paul Halter Short Story Collection II
Copyright © Paul Halter 2021
Simplified Chinese language edition arranged with Shanghai Myscape Cultural Media Co., Ltd.
Simplified Chinese translation copyright © 2023 by Dook Media Group Limited.
All rights reserved.

中文版权 © 2023 读客文化股份有限公司
经授权，读客文化股份有限公司拥有本书的中文（简体）版权
著作权合同登记号：09-2023-0974

亡灵之舞

作　　者 /	[法] 保罗·霍尔特
译　　者 /	焦鑫琳　宋傲
责任编辑 /	徐曙蕾
特约编辑 /	徐陈健　顾珍奇
封面装帧 /	梁剑清
出版发行 /	文汇出版社 上海市威海路755号 （邮政编码200041）
经　　销 /	全国新华书店
印刷装订 /	三河市龙大印装有限公司
版　　次 /	2023年12月第1版
印　　次 /	2024年4月第3次印刷
开　　本 /	880mm×1230mm　1/32
字　　数 /	185千字
印　　张 /	9.75

ISBN 978-7-5496-4150-5
定　　价 / 49.90元

侵权必究
装订质量问题，请致电010-87681002（免费更换，邮寄到付）

目　录

亡灵之舞　　　　　　　　001

女妖的召唤　　　　　　　020

黄皮书　　　　　　　　　035

不祥之锣　　　　　　　　061

雅各的天梯　　　　　　　081

稻草人的复仇　　　　　　105

地狱之火　　　　　　　　131

瑙西卡之球　　　　　　　153

凋零之墓　　　　　　　　191

白兰地谋杀案　　　　　　208

奇怪的眼神　　　　　　　244

金色的幽灵　　　　　　　261

午夜小丑　　　　　　　　286

杀人自动扶梯　　　　　　295

亡灵之舞

"到今天为止,即使是最不可思议、最扑朔迷离的案件,我们总能为其找到合理的解释。不过这一次恐怕是个例外,我很荣幸为你们讲述下面这起奇特的案件。我们可以排除有人搞恐怖恶作剧的可能性。提到幽灵,我们总会想起白色的床单、锁链的声音和凄惨的叫声。这的确是它们的经典形象,但事实并非如此。幽灵也会以不同的方式出现,它们可能像我们这些活人一样,玩乐、唱歌、大笑、跳舞、大肆庆祝。甚至,它们还会举办狂欢节!在戴维德·西蒙斯的家族墓穴中就发生了这样超出常理的事情。戴维德·西蒙斯是我的一个老朋友。您将会发现,整件事不可能有任何人为因素的干预。事情是这样的……"

几年前,在皮卡迪利餐厅的后堂里,皮尔斯·李罗德讲述了这起异常诡异的谜案,即便是"谋杀俱乐部"的成员也无法对其进行解释。这个奇特的俱乐部每年有两次集会,由著名犯罪学家阿兰·图威斯特博士主持,目的是破解各种神秘莫测的悬案。苏格兰场有时也会向图威斯特博士寻求帮助。这位博士面相和蔼、头发灰白,孩童似的嘴唇上面是一撮高傲的小胡子;鼻子上一副夹鼻眼镜用精致的黑色丝线系牢,镜片后的蓝灰色眼睛闪烁着狡黠的光芒。每当图威斯特博士那又瘦又高的身影出现在著名的伦敦警察局时,都会受到热烈而充满敬意的欢迎。

可现在,阿兰·图威斯特博士却笑不出来。他打开车子的发动机盖,手足无措地看着里面的装置。图威斯特博士拿着手电筒,任由狂风和雨水拍打在脸上,检查着发动机的各个部件,想找出究竟是哪一个出了故障。这完全是枉然的动作,因为图威斯特博士在机械方面的知识非常匮乏,甚至可以说对此一无所知。他猛地盖上发动机的盖子。情况不容乐观,现在已经是夜里十点了,图威斯特博士的车停在德文郡一处偏僻的地方,并且极有可能要等到第二天才能离开,因为他刚才在路上行驶了一小时,连一辆车的影子都没有看到。本来是个极好的计划——远离伦敦污染的环境,呼吸新鲜的空气。这下好了,他的愿望实现了。图威斯特博士在原地站了一会儿,听着树木在狂风中不停地发出呻吟。他突然想起刚才看到了一栋房子,就在车子罢工不久前。

于是他往回走了一公里,终于看到了那栋房子前的栅栏。

栅栏门微微开着，门旁有一只铃铛，但是已不响了。图威斯特沿着一条小路走了进去，路的两侧种着老橡树，枝叶在头顶上形成了一片阴暗的拱顶。然后，博士来到了一片草坪，草坪的中央矗立着一栋威严的建筑。

一种怪异的、无法形容的不适感袭上图威斯特的心头。黑暗、雨水、风穿过百年的树木发出呻吟。这一切都令人不安，但图威斯特博士不会轻易被这些吓倒，否则也太可笑了！

他的左侧是一条石板小路，通向一座似乎是小礼拜堂的建筑。图威斯特博士在原地盯着建筑看了看，急忙又走向了房子的正门。房子里透出一丝光线。博士长舒一口气，借着手电筒的光束，他看见了一个门铃的按钮，便按了一下。过了一会儿，大厅里传来了一阵脚步声，接着门打开了。开门的是一个还算年轻的金发男人，他长得眉清目秀，挺讨人喜欢，可眼中却流露出一种沮丧、颓废、空虚的神情。图威斯特博士很少在四十多岁的男人脸上看到这种神情。他向这个男人讲述了自己的遭遇。

"还好您发现了我们的房子。最近的村子离这儿也有十多英里呢。请进，先生，进来躲躲雨吧。"

"可以借用一下电话吗？我想叫一辆出租车……"

"出租车？先生，如果您愿意的话，今晚可以留下，明天再叫出租车。不用担心您的车子，没有人会经过这条路……尤其是在夜里。对了，我还没有自我介绍。我叫戴维德·西蒙斯。"

一刻钟之后,图威斯特博士喝着浓烈的格罗格酒,坐在了烧得正旺的炉火前取暖。戴维德·西蒙斯向图威斯特博士介绍了屋里的另外两个人:他的母亲阿拉贝拉·西蒙斯夫人,以及他的双胞胎妹妹麦吉,和他一样都是单身。这对双胞胎兄妹惊人地相似,同样的相貌、同样的蓝眼睛、同样的表情。

西蒙斯夫人看起来已经很老了,她眯着眼,躺在安乐椅里打盹儿;一条针织的羊毛毯一直盖到了下巴。她的脸就像是用老象牙雕刻成的,在壁炉中跳跃的火焰的映照下才显得有些生机。

听着主人和蔼地闲聊,图威斯特博士终于明白了他从进入这栋房子就一直感受到的那种令人不安的东西是什么。这里简直是另一个世界,一个完全不同的世界,毫无生机,仿佛沉睡在上个世纪里。屋子里弥漫着一股封闭的味道,墙壁上挂着褪了色的毯子,家具陈设足以让古董收藏家欣喜若狂……这位老太太,相比于活人来说,更像是一具木乃伊……而麦吉小姐似乎处在一种迟钝的状态中,她眼盯着炉火,却又不像是在看炉火。所有这一切都给人一种不真实的感觉。图威斯特博士的直觉从未出错过,他几乎是未经思考就察觉到这种冷漠麻木只在戴维德·西蒙斯的妹妹麦吉小姐身上比较明显。"戴维德·西蒙斯。"图威斯特博士重复着这个名字,"该不会是皮尔斯·李罗德曾经向我们介绍过的那起案件的西蒙斯吧?"

"我想起来了!"戴维德喊了起来,"我对您的名字有印象。皮尔斯·李罗德是我的中学同学,他曾经和我提过您。您……您是一位侦探,对吗?"

"犯罪学家。"图威斯特博士纠正道,"不过有时候我也会向苏格兰场提供一些浅见。"

"皮尔斯·李罗德说您就像一位魔术师,能够破解最复杂的谜题,而且从来没有失过手。"

图威斯特博士谦虚地一笑,然后开始专心地往烟斗里填烟丝。随后是一阵沉默,柴火燃烧的噼啪声和风吹动窗户的声音都显得更加明显。

"您可能已经注意到了这座房子里的怪异气氛,这种不寻常的状态……"戴维德·西蒙斯用一种单调的声音说道,"我们已经没有足够的资金去维修这栋房子,不久以后我们就只能把它卖掉了。可是,真的有人会买吗?有谁会发疯到想买我们的房子?如果您知道,先生,如果您知道……那场悲剧已经过去十多年了,但是直到今天它还在我们的脑海里挥之不去,就像是昨天的事情。这段该死的往事纠缠着我们,就像……"

"戴维德!"麦吉叫了起来,她的脸色铁青,"拜托你!别再说那些陈年往事,让这位先生不安了!"

"图威斯特博士也是做相关的工作的,所以我觉得他可能会感兴趣。"戴维德用安抚的口气回答道,就像很怕惹恼妹妹似的,"图威斯特博士在破解谜案上可是天下无双的,他的见解也许会给我们巨大的帮助。"

"那并不是什么谜案。"他的妹妹冷冷地反驳说,"你很清楚。"

图威斯特博士轻声说道:"我恰巧知道你们所说的事情。"

听到这句话,麦吉就像是被人正中面门,戴维德皱起了眉头。

"是的。"图威斯特博士又说,"皮尔斯·李罗德曾向我说过这件事。不过,他的叙述比较含糊,因此我无法从中获得任何结论。但如果你们亲自给我讲述事情的来龙去脉,西蒙斯先生,我也许能够做出一个判断。"

戴维德·西蒙斯胜利地看了看他的妹妹。麦吉耸了耸肩,又开始盯着炉火。戴维德又转向了他的母亲。

"我希望这不会太让您难过。"老夫人嘴上露出了浅浅的微笑,闭上了眼睛,摇了摇头表示不反对。这次换戴维德盯着正在舔舐着木柴的炉火,随后他开始了叙述。

"事情要从一百五十多年前说起。当时,西蒙斯家族是整个郡里最富有的家族之一。虽然如此,我们家族却不怎么受人尊敬。我们的祖先,阿瑟·西蒙斯是一个卑劣的无耻之徒,他完全舍弃了道德,沉溺在荒淫的泥淖中。他周围的朋友也是同样的德行。除了打猎和钓鱼——在离房子不远的地方有一个湖泊,阿瑟·西蒙斯唯一的消遣娱乐就是狂欢、舞会,尤其是假面舞会。他的第一个妻子,也就是我们的祖先,在很年轻的时候就去世了。阿瑟·西蒙斯的第二任妻子简直就是他的翻版,幸好他们没有子女。这位女魔头容貌绝美，极具诱惑，令人神魂颠倒。他们的结合使本就荒淫的生活变本加厉。他们做出了更加过分的事情。他们的舞会总会演变成狂欢，最后以魔女玛丽昂那著名的'项链舞'收场：那条项链是她身上唯一的衣饰。那是一条很重的项链，是由一些普通的玻璃珠和矿石打磨的珠子粗糙地穿在金属线上制成的。这使得项链透出一股原始和野性。莫非是玛丽昂自己做的？非常有可能。

"但是冥冥之中自有天意，他们没有得到善终，悲惨无比。有一天，人们发现阿瑟、玛丽昂、阿瑟的兄弟——一个和他一样卑劣的家伙，以及阿瑟兄弟的妻子都扭曲地倒在地上，痛苦万分。开始人们以为他们是饮酒过量，但是后来发现他们像是中了毒。这究竟是因嫉妒引发的复仇——假设他们还能够体会到嫉妒之情，还是因疯狂到了顶点而引发的集体自杀？没有人知道真相。玛丽昂一丝不挂地躺在地上，脖子上还戴着那条诡异和不祥的项链。在她最后一次痛苦地抽搐时，那条项链断裂了。就在死亡令她彻底解脱之前，她咒骂着神灵，其间勉强说出了几个词语，那是她最后的愿望：她希望自己和项链埋在一起。于是人们找到了散落的珠子，重新穿成了项链，戴在了玛丽昂的脖子上。四个人都被埋在了家族墓穴里，就在小礼拜堂下面。您进来的时候大概已经注意到那间礼拜堂了吧。（阿兰·图威斯特表示肯定。）在阿瑟·西蒙斯掌管家族以前，西蒙斯家族还是一个有威望的、受人尊重的家族，这桩骇人听闻的丑闻给家族的声誉带来了巨大的打击。家族唯一的继承人——阿瑟·西蒙斯的儿子被他的母亲托付给了别人抚养……"

戴维德·西蒙斯的视线落在了一幅油画上。画中的女人有着一副温柔且迷人的面孔,她的眼神中透露着忧伤。图威斯特博士之前就注意到了这幅画,因为这个布满岁月痕迹的客厅里只有这么一幅画像。

"是她吗?"图威斯特问道。

"是的。"戴维德·西蒙斯简短地回答道,"不要感到惊讶,屋子里之所以只有这一幅画像,是因为阿瑟的儿子把其他的画像都烧掉了,只留下了这一幅母亲的画像——尽管他对于母亲只有模糊的印象。这孩子在他的母亲临终前被托付给了母亲的妹妹,也就是他的小姨。阿瑟也表示同意,因为他本就对儿子不闻不问。孩子的小姨和姨父都是正直的人,把孩子培养成了一个健全的、成熟的,能够勇敢而有尊严地承担起父辈留下的家族重担的人。他和他的后代经过不懈努力,一点一点地抹去了那段不堪的过去给他们的姓氏带来的影响。这可不是一件易事,因为时不时地会有一些流言蜚语。一名偷猎者曾听到小礼拜堂里传出歌声和笑声!后来又发生了类似的事件,西蒙斯家族的后代决定打开墓穴,一探究竟。他们甚至请了一位法律人员在墓穴入口贴上了封条,以便确认这些奇怪的声音是不是某人在恶作剧。而后来,至少是据我所知,再没有出现过类似的事件。但是，从此以后每次有人被埋入墓穴，家人就会在入口上贴上封条。随着时间的推移，恐惧逐渐消散，各种闲言碎语也成了无稽之谈。不过我们去世的父亲亨利为了家族的名誉，认为自己的言行应该无可挑剔，起到表率作用。荣誉感、责任感、尊重与自尊、自律——这些当然都是非常优秀的品质，但当它们不断地被强调、被用于教训，您知道……

"图威斯特先生，我们受到了非常严格的教育，严厉得几乎到了令人无法忍受的地步。"麦吉点了一下头。虽然这个动作很细微，却很有说服力。阿兰·图威斯特看到她的双手难以察觉地攥紧了。戴维德·西蒙斯深深地叹了口气。

"我的妹妹几乎从没有离开过家，父亲请了老师来家里授课。我们的母亲也受到了同样无情的束缚。不是吗，妈妈？"

老太太眨了眨眼睛，在摇椅里轻轻地摇晃着。

"父亲认为这样做是为我们好。我认为他深陷在了恐惧之中，生怕看到在我们中的某个人身上，那种无尽的欲望就像是'被诅咒的玛丽昂'一样死灰复燃。在他看来，轻浮是女人最大的罪。父亲的两个弟弟要比他年轻得多，他们不像父亲那样，一辈子守着清规戒律。他们会时不时地用我爷爷的话来劝我的父亲。我的爷爷是一个快乐且热情的人，他曾说过：'亨利，那都是一百年前的事了，你就别总是满脸忧郁了。'不过，父亲允许我去上中学，去深入学习。我因此暂时逃离了这种与世隔绝的生活。

"然后,暑假的某一天,厄运再次敲响了我们家的门,也预示着更多的不幸即将到来。父亲的一个弟弟死了,死得非常蹊跷。雷奥波德是父亲最小的弟弟,他喜欢拈花惹草。他来我们家的时候死去了。警方一直没有查清这桩案件,案件的奇怪之处在于:含有毒药的那杯酒也完全有可能被彼得喝掉,凶手似乎并没有特定的谋杀对象,而是想随意杀死一人。雷奥波德被埋入了家族墓穴中,然后一切就开始了……

"几天以后,半夜里,我们被一阵狂笑声惊醒了,那是一种粗野、下流的笑声,只有我和麦吉听到了。第二天晚上,母亲也听到了那种笑声。她打开窗户,发现那笑声是从小礼拜堂里传出来的!父亲住在小角楼里。那里曾经是爷爷的住处,在那个房间里能够看到房子的大部分区域和往来的人员。父亲睡觉很沉,没有听到母亲的呼喊声。于是母亲跑来叫醒我们,我们拿着手电筒,来到了小礼拜堂。小礼拜堂里一片寂静。我们顺着小小的石阶,下到了封闭完好的墓穴的门口。我们没有发现任何不寻常之处,于是转身往回走。上了几级台阶。母亲对我们说她可能是做了噩梦。就在这个时候,一阵巨响打破了礼拜堂里的平静。我们吓坏了,只见一个人影出现在了礼拜堂的门口。那是父亲,他手里提着一盏灯笼,灯光照亮了他的脸庞,他的脸上是一种难以描述的恐惧。不过他还是保持着镇定。他仔细检查了封条,确认封条完好无损,然后让我去找一把剪刀,还有墓穴的钥匙。父亲用剪刀小心翼翼地从中间剪断封条，然后转动了钥匙，在一阵吱呀声中，门打开了。里面的景象让我们终生难忘。"

戴维德·西蒙斯深吸一口气，接着说道：

"我应该先介绍一下墓穴里的情形，也就是一星期前埋葬雷奥波德叔叔时墓穴里的样子。墓室里有一条长长的走廊，走廊的两侧各有两排双层壁龛。棺木都安放在壁龛里，壁龛里还有空位，一星期前地面上是没有棺木的。可是，有两口棺材掉了出来，摔在了地上。其中一口的棺盖摔开了，里面的骸骨掉在地上……周围散落着玻璃珠子，那是玛丽昂项链上的珠子！而壁龛里一处空位中的大理石板上正刻着玛丽昂的名字。这里到底发生了什么事情？难道是这栗木制的沉重棺木意外掉下来了？这绝不可能。壁龛底部非常平坦，而且保持着严格的水平。除了大门，这座墓室根本没有其他入口，那么棺木究竟为什么会莫名其妙地掉下来呢？

"我们惊恐地报了警，警方仔细地检查了封条。除了剪刀留下的痕迹，其余都是完好无损的，没有丝毫的人为痕迹。诡异的还不止这些！某些棺材的盖子并不像下葬时钉起来的那样！更糟的是，它们曾被打开过。有些棺材里面是空的，另一些里面有两具尸体，它们摆放的……图威斯特先生，请原谅……我无法具体描述那种令人作呕的场面。我当时吓坏了，感觉快要晕过去，止不住地作呕。我闭上了眼睛，但是在紧闭的眼皮后面，我看到一幅地狱般的狂欢场面：棺材都打开了，那些骷髅跳着舞，热烈地欢迎爱开玩笑的雷奥波德。我听到了令人毛骨悚然的喧闹声。而玛丽昂正跳着她的项链舞。

"可这亵渎先辈的罪犯到底是谁？他又是如何作案的？他是怎么做到在不破坏封条的情况下潜入墓室然后又逃出去的？警方仔仔细细地盘问了殡仪馆的工作人员，还有那个给墓穴贴封条的法律人员，就为了证实我们一再强调的内容：埋葬完雷奥波德叔叔以后，墓穴的的确确是完好无损的。可我觉得警方对于我们的证词保持怀疑。在他们看来，叔叔下葬的时候，有人偷偷地溜进了墓室，然后在我们打开墓室后、警方赶到前逃了出去。这绝不可能！因为那段时间里，我和妹妹一直警惕地看守着墓穴。这起案子在警方那里就不了了之了，但我们不得不想到，从前的那些传言并非毫无根据：我们的家族墓穴真的是闹鬼了！

"父亲的心脏不好，经历了这件事，他的心脏病第一次发作了。那段沉重的、羞耻的、他穷尽一生想要抹去的记忆死灰复燃。父亲已经承受不住了。一个星期后，第二次发作的心脏病带走了父亲。这就是整个故事，图威斯特先生。我们苦思冥想，但是根本想不通这一切。这让我们痛苦不堪的诅咒以狂欢开始，以悲剧收场。随后的种种违背常识的传闻都无足轻重，但我们目睹的事情，让人无法否认又无法接受。我曾经无数次地对自己说：'霍拉旭，在这世间有许多事是你的睿智无法理解的。[1]'"

图威斯特博士一直闭着眼睛,以便集中精神。他毫不犹豫地把戴维德·西蒙斯说的那句名言接了下去。

"啊!西蒙斯先生,我发现我们有相同的兴趣。"阿兰·图威斯特微笑着,"不过,回到您叔叔中毒的案子。您能具体介绍一下案情吗?警方应该进行了调查,对吗?"

戴维德·西蒙斯一副幻想破灭的样子,耸了耸肩。

"如果他们的工作也能算作调查的话,那是有的。他们随意地认定这是一起自杀案。我耳边还能听到他们说的:'这些年轻人太脆弱了。一个月来,这已经是第三起抑郁自杀案了。'雷奥波德抑郁吗?我们太了解他了,所以根本不认可这个结论。但是,除此以外,还能有什么解释吗?或是丧心病狂的、为寻开心而肆意进行的谋杀?

"当时父亲、雷奥波德和彼得都在这个房间里,珍妮送来了酒水。珍妮是绝对信得过的,她已经在我们家服侍很多年了。父亲自己倒了一杯波尔图,雷奥波德和彼得都选了威士忌。

"不过,不知道什么原因,三个人在喝酒前离开了房间,一刻钟之后又回来了。没错,凶手肯定是趁这一会儿的空当溜进了客厅,把毒药下进了一杯威士忌里。父亲拿起了那杯波尔图,雷奥波德拿起一杯威士忌,然后彼得拿起了剩下的酒杯。

---

[1] 莎士比亚的戏剧《哈姆雷特》中第一幕第五场的台词。——译者注(若无特别注明,本书注释均为译者注)

有一点要注意：酒杯放在一个圆形的银托盘上，而托盘放在一张圆形的小桌子上。除了与波尔图酒相对的位置，没有其他东西可以区分两杯威士忌。如果彼得先去拿酒，我们还可以假定他能决定弟弟喝哪一杯。但事实并非如此。我们只知道雷奥波德喝完酒之后就倒了下去。"

图威斯特沉默了良久，然后抬起了头。

"很好。"他说，"还有没有别的细节呢，例如有没有奇怪的事情发生？"

"奇怪的事情？"戴维德·西蒙斯惊愕地说，"我觉得我们经历的怪事已经够多了！"

"我的意思是一些小事——让你们感到奇怪，却又不足以让你们追根溯源的事情。"

"我想不出什么。"戴维德·西蒙斯转头看了看他的妹妹，"麦吉，你能想到吗？"

她想了想，皱着眉头说：

"在父亲去世的前一天，他曾经抱怨东西被人偷了。他想要去湖边钓鱼，放松一下备受折磨的神经，却怒气冲冲地回来了——他最长的鱼竿不见了。但这可能并不重要……"

"我不这么认为。"图威斯特博士用他那沉稳的语气说道，"这就是链条上缺失的一环。"

戴维德和麦吉看了对方一眼，然后惊讶地望着阿兰·图威斯特。

"链条上缺失的一环？"戴维德瞪圆了眼睛，重复道，"您……您想说您已经破解了这个谜团？"

图威斯特郑重地点了点头，表示肯定。

"如果不是皮尔斯·李罗德忽略了一件事，也许我早就弄清楚事情的来龙去脉了。他可能是没注意到，也可能是并不知情，又或者是没当回事。那就是散落在墓室里的珠子。"

一阵狂风暴雨敲打着窗户，正如图威斯特的话一样抽打着戴维德和麦吉。西蒙斯夫人看起来睡着了，但晃动的摇椅证明她并没有睡着。

"整件事其实非常简单。"图威斯特透过夹鼻眼镜对他们说道，"让我们按照时间顺序来梳理一下案情。两个世纪前发生在这里的事情并不神秘。你们的祖先中毒很可能是起情杀案，就像你们听说的那样。至于后来的传言、墓穴里传出的笑声，也并不奇怪。在那个时代，人们特别喜欢鬼故事。在月圆的夜里，尤其是靠近墓地的地方，不管什么声音，都能令人们浮想联翩，继而添油加醋。再说说你们叔叔的案子。事实已经表明，凶手确实是在随意谋杀，不管死者是雷奥波德还是彼得，对凶手来说都一样……"

"可是，这也太荒谬了！"戴维德忍不住说。

"远非如此！这次谋杀对第二桩谋杀来说是至关重要的，受害者就是你们的父亲！"

"我认为父亲是死于心脏病。"麦吉平静地说。她用一种深不可测的眼神看着图威斯特博士。

"我没有说他不是死于心脏病。但心脏病既可以直接引发，也可以间接引发，正如你们父亲的案件。亵渎家族墓穴对你们的父亲来说是致命的打击。这是一次完美的谋杀。整个诡计从头到尾都是由一个高手一手策划的。第一次谋杀是投毒，但是很难锁定凶手，因为无法确定凶手的目标是哪一个。所以，第一次谋杀的唯一目的就是杀死一个家庭成员，这样就能打开家族墓穴，因此谁死并不重要。接着，凶手亵渎了神圣的家族墓穴。这不是一项重罪，哪怕凶手被抓住了也不会受到严厉的惩罚。谁会想到这些做法的唯一目的是让你们的父亲情绪激动，继而杀死他呢？

"所有的证据都表明凶手就是您父亲周围的某个人。这个人非常了解您父亲的健康状况，还有他的思想和行为原则。凶手对您父亲恨之入骨，可这究竟是什么样的深仇大恨？案件本身就足以说明一切。把墓穴搞得乱七八糟，令人想起祖先的狂欢。这些对于您父亲这样一个人来说都是无法容忍的，他厌恶女人，严守清规戒律，独断专权，尤其不能忍受有损体面和廉耻的事情。凶手应该是默默忍受了您父亲很久，却从来没有反抗过。所以，凶手应该与您父亲住在同一屋檐下，就在他的身边。"

戴维德·西蒙斯把刚点燃的香烟按灭在烟灰缸里："怎么可能？活生生的人怎么能溜进墓室里？怎么可能，图威斯特先生？如果您能解释这点，也许我会相信您。"

"西蒙斯先生。"阿兰·图威斯特耐心地说,"刚才我已经说过了,凶手谋杀了一位家庭成员,就是为了打开墓穴。确切地说,是为了揭开旧的封条,然后封上一道新的封条!很明显,在雷奥波德下葬的时候,人们并没有仔细检查旧的封条。因为没有理由这么做。如果当时有人仔细检查,就一定会发现封条有被人做手脚的痕迹,因为凶手提前进入了墓穴,布置好一切:调换尸体位置,掀开棺材盖。这是整个计划中最容易被识破的环节,因为在把雷奥波德的棺材放入墓穴的时候,其他棺木的异常很有可能被人发现。此外,凶手就只需要设置一个机关,让两口壁龛里的棺材摔到地上。设想一下,把棺材的重量除以十,那么每一份的重量就在五到十千克。如此一来,问题就简单多了。凶手找了一根又细又结实的线——例如钓大鱼的渔线——他把绳子对折,拴在棺材的把手上,然后把渔线从大门下方的门缝拉出去,这样凶手在门外就可以把棺材拉下来。当然了,要想拉动两口棺材,就需要两根渔线。我还要补充一点:下到墓室的通道非常暗,只有一些烛台用于照明,光靠手电筒的光线,很难发现地上的渔线。凶手也可能很仔细地用尘土掩盖住了渔线。他同样非常仔细地在偷走渔线的同时拿走了鱼竿,因为仅仅丢失渔线很有可能引起警方的注意,但连鱼竿一起丢失就不会。凶手是在什么时候拉动渔线的呢?自然是在你们听到棺材坠落的时候。也就是说在你们顺着台阶走回去的时候。这样一来,范围就缩小了,只有你们三个人中的某人能够做到。在这昏暗的楼梯里,凶手不需要冒很大的风险,何况慌乱的时候手电筒的微光只会照向出口。"

戴维德认真地听着图威斯特博士的解释,然后说道:

"这种解释能够说得通,我的意思是从技术上是说得通的,但前提是那些棺材只有十几千克重。我猜您想说那些棺材是用材质较轻的木头制成的,这样一切就说得通了……"

"当然不是这样。"图威斯特似笑非笑地说,"这种拙劣的诡计一下就会被看穿了。"

"那么还是同样的问题!凶手是怎么让这么重的棺材摔到地上的?"

图威斯特提出了另一个问题。

"您听说过滑轮吗?"

"滑轮?"麦吉惊慌失措地叫了起来。

"没错,滑轮。这项伟大的发明让人类能够移动沉重的物体,虽说不是什么移山之力,但也能够移动相当重量的东西了。滑轮,或者说是滚轮!不对,棺材下面并没有安装轮子。不过,你们想一想,你们在墓室里有没有发现什么可以充当滑轮的东西?如果在墓室发现了钢球,人们一定会思考钢球的作用,会有人自然而然地猜到钢球是放在棺材下面的。这时只需要一根杠杆,就能毫不费力地移动棺材。但是墓室里并没有钢球。我请问您,在墓室里发现了什么?"

"珠子……"戴维德感到一阵窒息,"玛丽昂项链上的大玻璃珠……"

"现在,您已经明白了。凶手的诡计非常巧妙,他利用玻璃珠,使棺材能在壁龛里滑动,并最终掉下来,除此之外,这些珠子自然而然地令人联想起玛丽昂那见不得人的狂欢,尤其是她最后跳的项链舞。而最好的掩藏方法,就是放在最显眼的地方,一贯都是如此。"

戴维德张大了嘴巴,但是说不出话来。他就像是在四下寻求帮助,最后把眼睛落到了母亲身上。老妇人坐在摇椅里一动不动,好像是平静地睡着了。戴维德突然站了起来,走到母亲的身边。

"妈妈?"戴维德轻声地喊道。

麦吉和阿兰·图威斯特走到了戴维德的身边。"她已经离我们而去了。"戴维德慌乱地说道。他低声说:"看,她好像在微笑……她死得很平静,很满足。"

麦吉深深地凝视着客人的眼睛:"您认为她就是……"

"无法忍受您的父亲,以至于用这种极端的方法。这个人可能是您、您的哥哥,或者您的母亲。但我相信您是无辜的,您的哥哥也是无辜的……还有,在发现墓室里那一幕的前一天,你们听到了笑声。任何人都可能发出特殊的笑声,但是只有您的母亲声称笑声是从小礼拜堂传出来的……这显然是一个谎言。"

女妖的召唤

阴沉的天空之下,一艘满载游客的白船劈开泛着灰色的水面,行驶在莱茵河上。阿兰·图威斯特博士坐在舷墙边的一张桌子旁,他六十多岁,身材瘦高,穿着一件粗呢外套,看着岸边的村镇在眼前穿梭。那些村镇还是封建时期留下的,高傲的侧影屹立在小山头上,就像是不容侵犯的卫兵,使得眼前这幅迫近黄昏的图画更具美感。那些古老的砖石后面是否藏着女武神的灵,是否埋藏着"莱茵河的黄金"?这位年老的英国侦探沉浸在莱茵河的异域魅力中,脑海里想着这些问题。

突然,甲板上的游客传出一阵骚动。图威斯特博士顺着众人的目光看过去,只见前方出现了一块高耸的巨石。那深灰色的岩石直逼过来,就像是迷雾中突然出现的一艘幽灵船。这时,"罗蕾莱女妖"的名字出现在所有人的口中。

原来这就是那块传说中的礁石……女妖就是在那块礁石

上，唱着动听的歌曲，引诱过往的船夫，最终使船只撞上礁石。

"太惊人了，不是吗？"博士随口对邻座的人说道，"不知道为什么，但这些古老的传说给我留下了深刻的印象。"

那个男人迟疑了一会儿才回应了他。这时几个德国游客低声唱起了歌曲《罗蕾莱女妖》。

"古老的传说？"男人说道，"您相信传说吗？我认识一个人，他亲眼见过那个女妖。"

图威斯特博士转向男人，他看上去五十多岁，留着胡子，眼神中透出一股饱经沧桑的意味。他的态度完全看不出是在开玩笑。

"他叫汉斯·格奥尔格。"男人抬眼看着那块阴森的石头，"不幸的是，他没能抵挡住罗蕾莱女妖的召唤……"

在随后的攀谈中，图威斯特与这位让·玛瑞·维克斯先生成了朋友。维克斯先生住在阿尔萨斯北部一座名叫穆彻霍森的小村子里。他答应图威斯特博士如果有一天去自己家做客的话，就会仔细给他介绍汉斯·格奥尔格的离奇的经历。阿兰·图威斯特博士正巧准备去阿格诺看望朋友，于是就顺道去了这位海上旅行遇见的新朋友的家。

穆彻霍森坐落在索厄河的右岸，这条河会在稍远的地方与莱茵河汇合。穆彻霍森所处荒凉，常常受到洪水的侵袭，这也造就了一种特殊的地貌：池塘和河迹湖随处可见，水边长着许多高大的柳树，茂密的柳条缠绕在一起。

让·玛瑞·维克斯的房子坐落在村庄北边一片死气沉沉的平原中央，稀疏的山毛榉林掩映着所剩不多的房舍。这是一座高大威严的木筋结构房子，两层高，虽然周围空荡荡的，但并不显得孤寂。一楼的窗户上方有一圈歪歪斜斜的瓦片，正门后是一条宽阔的走廊，走廊穿过整个房子，一直通向后门。红色的地砖在石灰粉刷的白墙衬托下显得更加醒目，刷过漆的梁柱和门窗框也很亮眼。这栋房子里弥漫着一股温暖的气息，让图威斯特博士感到身心愉悦。主人的迎接也十分热情，他帮图威斯特博士脱掉了粗花呢大衣，挂在门旁的鹦鹉挂钩上。图威斯特注意到在门的另一侧，也就是左侧，有一张矮桌，几根漂亮的孔雀羽毛插在桌上的一个陶瓶里，不过他没有太注意。

房主对妻子的缺席表示抱歉，她当晚实在脱不开身，要参加一个教区的会议。不过为了表达歉意，她提前为客人准备了腌酸菜。图威斯特博士美餐了一顿，对餐后的黄香李也赞不绝口。饭后，让·玛瑞·维克斯就开始叙述汉斯·格奥尔格的离奇故事了。

"那是在二十世纪二十年代。汉斯·格奥尔格是一位年轻的德国商业代表，他有着一头金发，身材矫健，过着简单的生活。他自信满满，十分相信人性的善良，仿佛世界上根本不存在恶的一面。路过穆彻霍森的时候，他遇到了我的姐姐克莱芒蒂娜，并立刻展开了追求。那时候，我们刚刚从德国人手里解放出来。停战协定已经签订十年了，但是阿尔萨斯的伤口还没有愈合。它在战争中付出了沉痛的代价，伤痛远比其他地区更加深重。有些人因为被普鲁士人强征入伍，不得不在战场上和自己的亲兄弟兵戎相见……所以，克莱芒蒂娜打算和一个德国人订婚的消息对于家里的人来说实在不是什么值得庆祝的事情……

"庞塔莱昂·维克斯，就是我们的父亲，多亏了岁月的磨砺，加上几杯黄香李酒下肚，才勉强忍住怒气。而我母亲只是要求女儿深思熟虑之后再作决定。至于我，当时只有十三四岁，我觉得汉斯·格奥尔格挺讨人喜欢的。他性格率真，总是发出爽朗的笑声。而且，他每次来我们家的时候，都不忘给我带一件礼物。我哥哥鲁伯特却截然相反，他比克莱芒蒂娜稍大一点，毫不掩饰对德国人的痛恨。不过慢慢地，他的怨恨平息下来，至少能够忍受德国人出现在他面前了。不过，他从不放过任何机会去嘲讽莱茵河对岸的邻居。汉斯·格奥尔格总有许多新奇的点子，有一天，他邀请我们到莱茵河上游览。

"当我们来到罗蕾莱女妖的礁石附近的时候，汉斯·格奥尔格给我们讲起了那个古老的传说。鲁伯特冷冷地说那个故事是人们为了给礁石附近沉船事件频发找一个理由而编造的。汉斯耸了耸肩，笑着说很有可能。然而，过了一会儿，当我们看到那块礁石的时候，他的身体僵硬了起来，满脸的惊愕。他当时什么也没说，但在回程的路上，他悄悄告诉我们他看到礁石顶端有一个年轻的金发女子。我们都认为那不过是个巧合。但是，在随后的几个星期里，他坚信自己又看到了那个女人两三次。城市中、人群里、乡间小路的转弯处，他看到那女人悄悄地向他做手势。每一次，汉斯·格奥尔格都很犹豫，但是最后都转头离开了。他感到自己被那个金发女人吸引着，但是直觉又令他保持警惕。

"对于克莱芒蒂娜来说，金发女人无疑是一个情敌，她认为这个女人正在用某种神秘的诡计抢走自己的未婚夫。因此妒忌和猜疑的戏码自然在两人之间上演。不过最后她也不再在意这件事，迷信的母亲认为那个神秘的女人不是什么好兆头，克莱芒蒂娜对母亲的看法不屑一顾。至于父亲和哥哥则对这件事疑虑重重。接着，冬天到了……

"十二月中旬，我们在这里为克莱芒蒂娜和汉斯举办了订婚仪式。当天天气很冷，穆彻霍森和周边地区都被一层厚厚的积雪覆盖，屋子里却是一派热烈的氛围。家里有二十多个人：除了家人和朋友，还有单身的叔叔约瑟夫。战争中，他在战壕里被炮弹的碎片击中了，因此走路一瘸一拐的。约瑟夫是一个乐天派，他弹得一手好手风琴，总能让聚会的气氛活跃起来。对于汉斯来说，那个金发女人已经变成了一个遥远的记忆，他已经很长时间没有提起那个女人了。然而，约瑟夫唱起了那首《罗蕾莱女妖》。饭厅似乎一下子掉进了冰洞……我的父母和未婚夫妻俩脸色变得煞白。他们僵硬的表情和手风琴优美的歌声之间形成了鲜明的对比。我叔叔约瑟夫很快察觉到了这种反常的气氛，立刻换了一首更欢快的歌曲。这只是一个小插曲，其他客人几乎没有注意到任何异样之处。可汉斯从那时候起就显得心神不宁。他仍然表现得非常开心，但眼神时不时地会偷瞄窗外。

"到了夜里十二点，所有的客人都离开了，只留下汉斯一个人。雪依然下着。不过一小时后，汉斯离开的时候，雪就停了。在那之前他留在厨房，陪父亲再喝最后一杯酒。母亲、哥哥、姐姐和我则是上床睡觉了。凌晨一点，汉斯离开了。后来他又回来了一次，因为忘了拿雨伞。听父亲说，他当时有点醉，但还没醉迷糊。汉斯平时说话的嗓门儿很大，我们都听到了他用德语大声说道：'天哪！我忘了拿雨遮儿！（Ach! Donnerwetter! Ichhabe mein parapli vergessen!）'过了一会儿，房门又响了一次。尽管雪已经停了，汉斯还是打起雨伞。楼上的母亲从卧室的窗户看到了他奇怪的行为。降雪的乌云已经散开，月亮半明半昧，洒下惨白的光芒。汉斯朝着村子的方向才走了几米，突然转过身，似乎在倾听着什么声音。然后他又踉踉跄跄地往回走……他每次都想往村庄的方向走，但北方似乎有什么神秘的东西在吸引着他……难道他听到了女妖的歌声？母亲声称当时没有听到任何奇怪的声音，既没有歌声也没有叫声。不过她当时刚被关门声和汉斯的叫喊声吵醒，还处于半睡半醒的状态，所以也不敢肯定。母亲还看到汉斯绕到了房子左边，她还等着汉斯绕回来，但汉斯没再出现在她的视野里面，最后由于太困了,她就回到床上睡觉了。第二天早上,人们发现汉斯溺死在了北边结冰的池塘里。那池塘离我们家只有一百多米,距离莱茵河也不远……邪恶的女妖最终还是把他引诱到了致命的陷阱里!

"当天下午,警察迅速来到了现场,进行了细致的调查。因为下了雪,警察很容易就发现了汉斯行进的痕迹。从脚印上看,汉斯的的确确绕过了房子的左侧,并最终走到了后门的位置。这段脚印并不是很清晰,可以明显看出死者步履犹豫,走两步又退回去;而且由于房子周围的屋檐遮挡,地上的雪并不厚。不过随后,汉斯一定是下定了决心要往北走。他的脚印变得清晰了起来,尽管他的脚步显得沉重,这可能是晚上喝了酒的缘故。汉斯直直地走进了池塘,洁白无瑕的积雪完全掩盖了结了冰的水面。汉斯知道房子的北面就是池塘,也知道从那里走过很危险,但这并没有阻挡住汉斯的脚步,他走到池塘中央,脚下的冰层突然破裂了。等到水面重又结起冰层的时候,可怜的汉斯的尸体被封在了冰层下面,人们只能透过冰层看到水底的人影。他的雨伞留在了冰面上,就在那杀人的裂纹旁边。在这么低的水温下,汉斯很快就死了。

"可是,究竟是什么东西把汉斯·格奥尔格引到了这么危险的地方呢?他离开房子之后到底看到了或听到了什么?办案的警察思考着这些问题,尤其是听说了那个谜一般的金发女人,并且似乎只有汉斯一个人见过那个女人之后。那个女人真的存在吗？警察并不相信存在一个凶恶的女妖，可我的母亲和姐姐对此深信不疑。不过，汉斯·格奥尔格的死似乎被一阵迷雾笼罩了。死者的乐天性格使得自杀的假设完全站不住脚。而且他没有任何理由结束自己的生命，况且那还是在订婚宴的当晚。是一次意外吗？看起来不像，况且他当晚的状态很古怪。调查的警官并没有明确提出谋杀的假设，但是他一定有过这个念头。不管怎样，种种证据都表明没有人尾随汉斯从房子走到池塘，因此不存在有人用了某种手段从背后把汉斯推入河里的可能性。雪地上的脚印十分清晰，并且只有汉斯一人的脚印。也没有人踩着汉斯的脚印，倒退着走回来，这种手法的可能性被排除了。另外，房子和池塘之间是一片空地。河流北岸上的树木离冰裂的地方太远了，凶手也不可能依靠走钢丝或者其他的诡计作案。最后，警方判定汉斯·格奥尔格的死因是饮酒产生幻觉从而失足落水身亡。可是，图威斯特先生，我可以向您保证，我和我的家人都认为汉斯的死亡另有原因。"

"那么，维克斯先生，您相信这是女妖所为吗？"图威斯特博士打趣地问道。

让·玛瑞·维克斯显得有些窘迫。他抚摸着红棕色的胡须，然后叹了口气。

"是的。因为其他的解释都无法让我信服。"他说着话，拿起酒瓶，倒满黄香李酒，然后继续说道，"图威斯特先生，我觉得您可能并不相信这种说法……"

"嗯，可能是多年来办案的经验让我保持谨慎吧。不过，在说出我的想法之前，我想先问您几个问题……您能不能回忆起什么奇怪的小事？可能是一些看起来无足轻重的事情。"

"没有，的确没有什么奇怪的事情。"让·玛瑞·维克斯努力回想着，"不过，那根孔雀羽毛引起了警察的注意，但我觉得您应该不会对它感兴趣吧……"

"孔雀羽毛？"图威斯特博士惊叫起来，"就是在走廊里，大门旁边的那种羽毛？"

"是的。在汉斯溺亡的第二天，我们在走廊另一头捡到了一根孔雀羽毛。我的母亲想都没想，就把这件事告诉了警方，因为所有人都想不明白羽毛怎么会出现在那里。"

"奇怪……除此之外，还有别的事情吗？"

"没有了，我想不出来了……"

"汉斯·格奥尔格和你们说德语？"

"这是当然啦。"让·玛瑞·维克斯笑着回答说，"他也懂一点法语。不过，他知道我们都熟练掌握了他的母语……"

"那他说法语的方言吗？"

"也不说。他只说德语。"

"和我想的一样。"图威斯特博士点点头，"不过，在您的叙述中有一个奇怪的地方。您能确定当晚他回来取雨伞的时候说的是'天哪！我忘了拿雨遮儿！'吗？"

"是的，我很确定，所有人都听到了……"他脸上突然露出了豁然开朗的表情，"啊！我明白了。您是对'雨遮儿'这个词感到奇怪！请相信我，如果您也会说我们的方言的话，就不会感到奇怪了。阿尔萨斯方言就是用'雨遮儿'（parapli）这个词来表示雨伞（parapluie），这一点可能让您想偏了……"

"恐怕正相反。正因为你们早已习惯了使用方言，所以没有注意到这句话里的奇怪之处。请仔细想一下，汉斯·格奥尔格应该使用德语'regenschirm'来称呼雨伞才对，可是他为什么要用法语方言'parapli'呢！"

让·玛瑞·维克斯听了这话，惊了一下。

"是啊，您说得不错……不过，这可能有无数种原因吧……"他挠了挠后脑勺，"比如说……他当晚喝多了……不过，这个问题很重要吗？"

"我恐怕这个问题真的很重要。比如说，这有可能证明说这句话的人不是汉斯·格奥尔格。"

"这也太荒唐了吧！除了汉斯，还能是谁说的呢？"

"这时候就要想到羽毛的细节……"图威斯特博士自顾自地说道，好像根本没有听到让·玛瑞·维克斯的最后一句话，"不对，这两件事并不能说明什么……但见了这么多犯罪之后，我实在无法相信罗蕾莱女妖的说法。"

阿尔萨斯人皱起了眉头。

"什么？难道您的意思是说汉斯·格奥尔格的死是一次谋杀？"

"我们无法排除这种可能！"

"那么说，杀人犯……就在我们的身边？"

图威斯特把杯子里的酒一饮而尽，然后问道："顺便问一句，您的家人后来怎么样了？"

"唉，我家里剩的人已经不多了。时光飞逝，又发生了第二次世界大战。在解放前不久，我的哥哥被德国人当作间谍枪决了。不久以后，我的父母，还有约瑟夫叔叔都去世了。在那段艰难的岁月里，我的姐姐逃到了佩里戈尔，最后在那里定居了下来。在离开前不久，克莱芒蒂娜嫁给了村子里的一个童年伙伴。遗憾的是，我和姐姐很少见面……不可能，我实在无法相信他们中的某个人会去杀人……"

"先生，您真的相信您的家人不会做这样的事吗？在您的叙述中，似乎没有几个人赞同您姐姐的选择。并且我了解那个时代的社会背景。普法战争和第一次世界大战给阿尔萨斯带来了深重的伤害，因此阿尔萨斯人都对侵略者抱有强烈的敌意。汉斯·格奥尔格的国籍使他在您的家庭中格格不入，甚至有辱您家族的荣誉，只是因为他的行为无可指摘，您的家庭才勉强接纳他。不过，任何一点小事都可能唤起往日的仇恨。说到底，你们所有人都有嫌疑！除了您的姐姐，因为她爱着汉斯·格奥尔格。"

让·玛瑞·维克斯把一杯酒一饮而尽，然后说：

"汉斯·格奥尔格不可能是被谋杀的，图威斯特先生，调查工作早已证明了这一点。"

"或许一个精明的人运用某种方法把汉斯引诱上了去往池塘的方向？"

"通过模仿女妖的声音？"让·玛瑞·维克斯挤出一个苦笑，"我可以告诉您，我当年也想过这种可能性……但是有两件事排除了这个可能。首先，房子里没有人听到任何声音；其次，您不要忘了，池塘的边上只有汉斯·格奥尔格一个人的脚印。所以我实在想不出一个人到底用了什么魔法，才能让另一个人照着他的意愿走向水塘，就像被魔音迷了心窍，任由差遣。"

侦探的眼中闪过了一道狡黠的光芒。

"想一想汉斯离开房子时的犹豫。您的母亲看到他来来回回几次，然后绕过房子。"

"是啊，这件事实在是说不通！可这也证明这是一起超自然现象。"

图威斯特摇了摇头。

"并非如此，我们可以找到一个非常合理的答案。这个答案能够解释所有的谜题，比如说雨伞和孔雀羽毛的问题。"

又是一阵沉默。让·玛瑞·维克斯焦急地等着图威斯特博士的解释。

"当然了,我的想法仅仅是一种假设,但这个假设能够解释您的故事中矛盾的事情。首先,我认为汉斯·格奥尔格用罗蕾莱女妖的故事捉弄了你们。在莱茵河游览的时候,您哥哥对德国传说的嘲笑刺痛了汉斯的自尊心,他觉得整个德国民族都被嘲笑了。出于好玩,也出于赌气,更为了捍卫德国的神话故事,他声称在礁石的顶端看到了女妖。您的母亲和姐姐表现出的不安,令他想要继续这场恶作剧。可是,他的把戏最后被您的父亲看穿了。那晚,汉斯和您的父亲喝酒的时候,他很可能承认了一切,甚至还可能得意扬扬地在您父亲面前炫耀,自己骗到了所有人。您的父亲肯定也喝了不少酒,脑子一热,想要以其人之道,还治其人之身……同时,他意识到,保护女儿与维护家族的荣誉是一件易如反掌的事情。'汉斯·格奥尔格说自己看到了罗蕾莱女妖,那么他最后与女妖相会岂不是顺理成章的事情?'

"快到凌晨一点,在这位年轻人离开之后,他穿上了一件和汉斯非常相似的大衣,又拿了一把相似的雨伞,然后用德语大声说出那句话,以便引起别人的注意,让别人相信汉斯又回来了。然而,他犯了一个小错误,正如我刚才跟您解释的那样。接着,他走出房子,上演了一出戏码,正如您的母亲从窗户看到的那样。因为撑开了雨伞,所以您的母亲很难认出他。接着,他绕过房子,满意地从后门又回到了家里。他留下了犹豫蹒跚的脚印，这么做的确很巧妙：一来把雪地上的脚印弄乱，二来防止警方用房子附近的脚印和汉斯在房子北面留下的清晰脚印相对比。"

"我不明白……他为什么要这么做？"

"为了让别人相信汉斯·格奥尔格真的听到了女妖的召唤，让人相信汉斯并不是直接从后门离开的，否则就会显得非常奇怪……"

"可是，他到底是怎么引诱汉斯走向池塘的？"让·玛瑞·维克斯瞪大了眼睛，喊了起来。

"这里孔雀羽毛就派上用场了。刚才进门的时候，我注意到您家走廊的独特之处在于陈设非常单调和统一，地面上是红色的地砖，两边木门数量相同，并且各有一扇门通向外面。对于一个不熟悉附近景象的人，或是一个晕头转向的人来说，如果他从后门出去，就会看到一望无际的雪地，远处有几簇树林，这样一来他会认为自己正走向村庄，因为这和正门的景象非常相似。何况是在夜里，并且是个醉醺醺的人呢。您的父亲递给汉斯的'最后一杯酒'就起到作用了。您的父亲此时已经完全可以把汉斯永远地从家族中剔除了，为了达到这个目的，您的父亲运用了一个十分高明的计谋，而且这个计谋非常简单，用不了一两分钟的时间。他随便找了个理由，来到走廊上，把衣帽架和摆着鲜艳孔雀羽毛的矮桌子搬到了走廊的另一头，也就是后门旁边；汉斯出去以后，他又把衣帽架和矮桌搬回原来的位置，可他没有注意到，一根羽毛掉在了地上。剩下的事情，您就可以猜到了，可怜的汉斯·格奥尔格信心满满地走向了他的末路……最后沉入了水底，与罗蕾莱女妖的受害者们见了面。"

黄皮书

丹尼尔·拉斯金关掉了吊灯后，客厅似乎陷入了黑暗。有几秒钟，屋里看起来和外面一样阴暗。凡尔登河附近的马朗莫尔是默兹省的一个小镇。一九三八年冬天的这个寒冷傍晚，这个镇子正在一片积雪下瑟瑟发抖。厚厚的乌云让天暗得更快了。烛台颤抖的火苗看上去烧得越来越旺，这是因为厅内的一小群人慢慢习惯了黑暗。蜡烛起伏的金色火光先是给画框和小饰品的镀金带来一些光泽（在古董商丹尼尔·拉斯金舒适而华丽的客厅里有许多这样的物件），然后又在房里的五个人严肃的脸上涂上了铜色的色调。他们似乎被面前这张小圆桌的桌面吸引住了。主人丹尼尔·拉斯金是个身材魁梧的男人，面相如同一只鹰。五个人把张开的手指放在桌上，组成了一条花边的形状。这对他们来说并不是什么新鲜事。他们每个月都会在这里聚会一两次，目的是召唤亡魂。大约二十年前，法国这一地区被"一战"血洗,许多人成了亡魂。他们的同伴马克·桑泰尔是这场灾难的幸存者之一。他虽然伤势不重,却也有了沉重的记忆。但那天他不在,几小时前,他说他不来了。然而,众所周知,缺席的人总是错的,而这句话很快就得到了证实……

在这些通灵师的聚会上,灵魂会以桌子摇晃的形式出现,摇晃的剧烈程度或大或小,视他们的心情而定;或者,倘若灵魂知道某些内情,桌子就会发出敲击声,那天似乎就是这种情况。米歇尔是拉斯金的女儿,她是个褐发美人,身形柔美,肤色如同瓷器,在她提出问题后,桌子发出了第一次敲击声,这表明她已经和灵魂建立了联系。敲一下表示赞同,敲两下表示否定。对于接下来的问题,桌子每次的回应都是两下敲击,但当米歇尔问到这是不是一场悲剧的时候,桌子只响了一下。

"这和我们中的某个人有关吗?"她睁大了淡褐色的大眼睛问道,桌子响了两下。"是我们周围的人,是某个朋友?"桌子响了一下。"是桑泰尔上尉吗?"桌子响了一下。

一片死寂突然降临,在座的各位沉默不语。大家的眼中流露出一股茫然和不安,米歇尔的追问使得这种茫然和不安越发强烈。米歇尔列举了一些可能的情况,但被一一否认了,当女孩提到暴毙时,桌子坦率地回答了"是的"……

"是谋杀吗?"是的。"但是发生在什么时候呢?今天下午吗?"不是。"现在吗?"是的。

"荒谬！"泰奥多尔·布朗查尔医生抱怨道，他是个瘦瘦的小个子，脸上的皱纹证明了他天生的质疑态度。

尽管如此，像其他人一样，他瞥了一眼当时正指着五点五十五分的时钟。拉斯金举起手，以示安静，然后转向他女儿，好像在请她继续提问。起初，"桌子"似乎表现得更沉默了，回应只不过是在确认自己的结论。桌子拒绝透露凶手的名字，但声称凶手就坐在这张桌子旁边！这似乎太荒谬了，以至于与会的人目瞪口呆了一会儿后，看上去都松了口气。

"这也太傻了！"上尉的侄子杰罗姆·桑泰尔说道，他是个金发的年轻人，长着一双睡眼，那一刻，尽管他的话语很坚定，但眼睛里还是闪过了一丝担忧，"我们谁都不能同时处在两地！"

"说得对极了，"阿加特·米莱小姐像个学究一样说道，她今年四十多岁，在马朗莫尔教书，是个优雅的女人。

"是的，这很荒谬，"布朗查尔医生补充道，"谁会怨恨桑泰尔……"

他没有说完这句话。和当时的其他人一样，他刚刚回忆起了与桑泰尔上尉有关的某些细节，这些细节会使他们的观点变得不那么尖锐。桌子再次被询问，对于米歇尔的问题，桌子讳莫如深，直到米歇尔问到了凶器。在桌子发出了难以理解的震颤后，米歇尔尝试了按字母顺序排列的方法，该方法在于列举字母表中的所有字母，如果说中了某个字母，灵魂就会敲一下桌子。结果灵魂给出了一个奇怪的名字——"Rapa-Yog",之后便消失了。

"我好像对这个词有印象,"米莱思考道,她的眼皮皱了起来,"这会不会与古代的波利尼西亚文明有关?"

"我也有印象,"布朗查尔医生表示赞同,"但是到底是谁跟我说过呢?"

米歇尔意味深长地看了一眼父亲,父亲点了点头:

"一定是我谈到过,我有一件这种收藏品。"

"匕首!"米歇尔惊呼道,"黑曜石做的祭祀匕首,就在书房的橱窗里!"她站了起来,然后补充道:"我要去看看。"

古董商耸了耸肩。

"好啊,看一下又不会损失什么!的确,那把匕首可能是绝佳的凶器!不过这把匕首今天下午还在这儿。"

离开了一分钟后,米歇尔回来了,她白皙的皮肤似乎预示着她正要说的那句话:

"那把匕首消失了……"

"该死的,你确定吗,亲爱的?"杰罗姆担心地直起身子。

拉斯金去看了看,然后马上回来了,他脸色惨白,带着难以置信的神情。

"大家不要惊慌。我不得不这么说,我们中的一个人偷偷地拿走了那把匕首,但我不理解他是怎么做到的,如果他在这儿,怎么能……不,这很荒谬……"

"不管是否荒谬，我们必须去看一看！"杰罗姆惊呼道。

显然，大家都不想骤然离开温暖的客厅，何况外面的严寒中可能藏着某些令人毛骨悚然的东西。

"对，我们走吧！"米歇尔说道，她从桌边站了起来。

"冷静点，亲爱的，"她父亲握着她的手说道，"一个人去就足够了。我一点也不相信……会发生这种事情。但匕首真的消失了。我们得确认一下。你去吧，杰罗姆。速去速回，别让我们担心。"

桑泰尔上尉住在一幢偏僻的小屋里，从那儿到古董商的家只需要走五分钟。大约十分钟后，杰罗姆回来了，他的眼神惊慌，呼吸急促：

"屋子里没有灯光，也没人应门，门和百叶窗都锁上了。我敢肯定他出事了！"

一刻钟后，这一群人来到了桑泰尔上尉乡间宅子的门口。他们喘着粗气，呼出的气在冰冷的空气中凝成一团团水雾。一阵凛冽的风吹过，北边远处的一排冷杉树，在一片荒凉中发出骇人的声响，伴随着野兽低吼般的风声。白日最后一缕阳光消失在地平线上，仿佛在最后一声叹息中凸显出雪地的洁白无瑕。

布朗查尔医生仔细地扫视了一下周围的环境，说道：

"除了我们的朋友杰罗姆留下的脚印，雪地上没有其他脚印。因此，没有人来过这幢房子。但是，既然我们来到这里，如果不想在报警之后成为全城的笑柄，我建议你用力捶捶这扇门，把上尉叫醒。众所周知，他喜欢喝烈酒。"

叫喊声和敲门声持续了好几分钟，但无济于事。布朗查尔医生转向年轻人，叹了口气：

"你来决定吧，杰罗姆。请木工可能得花点钱，但至少我们也能安心。就我而言，我敢打赌你叔叔在沙发上喝得烂醉……"

"不，我不这么认为！"阿加特·米莱斩钉截铁地说道，"马克……马克有时候是会喝醉，但我从没见过他醉到听不见这么大的响动……"

"很好。所以我们要么打破百叶窗，要么打破门，不过考虑到高度，我觉得打破门更方便。杰罗姆，你是我们中最年轻的，也是最可能得到你叔叔原谅的……"

年轻人听完，冲了上去，撞了一下、两下，听到了门裂开的声音。然后年轻人又狠狠踢了两脚，才把橡木门扇给踢断。开灯之前，大家看到一些物体异常地散布在地上……然后，突然亮起的灯光照亮了桑泰尔上尉，他真的瘫倒在沙发上，但他的情况比醉酒更严重：他躺在鲜血之中，显然已经死了。他的眼睛一动不动，足以证明他死亡的事实。他的脸肿了起来，肚子上有一道可怕的伤口，可能是一把大型的刀具所致，在壁炉附近，大家还发现了一把令人印象深刻的黑曜石匕首，匕首柄上沾满了血迹，米歇尔和她的父亲立即认出了它……

在凡尔登警局的一间办公室里,图威斯特博士聚精会神地听着安托万·布朗热警长的讲述,他是个瘦削的小个子,脸抽搐着,显得很激动。警长讲完后,图威斯特博士说道:

"这件事真令人惊讶……就如同我出现在这里一样。"

"您的意思是?"

"很简单,每次我决定去法国旅行,就会陷进这种迷雾般的案件。"

"这就是出名的代价啊!当我听说您在这个地区的时候,我就想……怎么说呢?如果不问问您的意见,那简直是犯罪!我希望您能原谅我鲁莽的请求,因为您知道的,这桩恐怖的案件让人完全摸不着头脑。"

图威斯特博士点了点头以示同意,而局长则带着逗趣的微笑看着这位著名的英国侦探。他身上的一切都让人想到一个现代版的堂吉诃德。和塞万提斯笔下的英雄一样,他身材瘦削高大,眼神清澈,有些神秘,流露出了一种理想主义精神和正义感。

"在大致描述了一下情况之后,"警察继续说,"我要谈谈警方这边的结论,以便让您更全面地了解这个案子。首先是犯罪时间,经过法医和布朗查尔医生确定,布朗查尔医生和他的同伴们在六点半到达了案发现场,也可能是更晚些的时候。布朗查尔声称,他们到的时候,桑泰尔已经死了半小时。据他说,最有可能的时间是……

"五点五十五分，对吧？"

"没错！鉴于他刚刚参与了通灵会，可能受到了影响。验尸官的诊断更加精确，他认为案发时间是半小时之内，但他也觉得死亡时间很有可能是五点五十五分。

"最后一次降雪发生在案发前一天。雪下得很大，上尉家的方圆一百多米都覆盖着一层厚厚的、美丽的积雪，除了这些证人的脚印，雪地上没有任何痕迹。

"桑泰尔生前最后一次被人看见是在悲剧发生的前一天，他在烟草店买了一包烟草。最后一个和他说话的人是拉斯金，交谈发生在案发当天下午的早些时候。桑泰尔给他打电话说因为有点累，不来参加聚会了。通信总机接线员证实了这一点，接线员还指明了通话时间，是下午两点三十七分。而此后，上尉没有打电话，也没有接电话。注意，当时黑曜石匕首还在原来的位置，在拉斯金书房边柜的玻璃后面。古董商也明确了这一点。下午五点左右，他接待了他的朋友们，按到达顺序，分别是阿加特·米莱小姐、布朗查尔医生，然后是杰罗姆·桑泰尔。通灵会在下午五点三十分后不久开始。请注意，在此期间，他们中的任何一个人都有机会拿到匕首。去拿匕首只需要不到一分钟的时间。下午五点五十五分，召唤出来的灵魂宣布桑泰尔上尉被杀了。大家看到匕首消失了。杰罗姆担心他的叔叔，匆匆赶去他家。他在下午六点十分左右到达那里。门和百叶窗都关上了，没有人来应门。下午六点三十分左右，他和他的朋友一起回到叔叔家,强行打开了前门,发现了眼前的可怕一幕,既包括尸体,也包括凶器。这种情况使他们想到——并非毫无理由地——凶手可能还在附近。这些人开始有条不紊地进行搜索,但一无所获。然后,他们发现死者家的电话线出现了故障,决定返回古董商家报警。只剩下布朗查尔医生和米莱小姐留在现场。

"我在一小时后赶到现场。犯罪现场几乎没有被破坏,这是因为布朗查尔医生竭尽所能地保证没有人破坏现场的完好。"

局长停顿了一下,打开一份文件,取出几张纸,把它们放在图威斯特博士面前的桌子上。

"这里有一些草图。我总是在调查期间画草图,这是我的癖好之一。我经常为此受到指责。这些图都是最引起我注意的东西。事实上,这更像是一种集中注意力的方式。我必须承认,画草图有时对我很有用。您手上的是案发地周围的草图、犯罪现场的草图、凶器的草图和一些别的东西……"

"了不起,"图威斯特博士说道,他对这些草图很感兴趣,"你用铅笔画得很好!"

"不如说我很善于观察,"警长笑着说,"无论如何,您可以看到那个地方的布局。这幢乡间的房子的唯一入口在东边,这房子算是幢别墅。入口通向一个面向壁炉的大房间,匕首就在壁炉前。在入口的左侧,有一段通往楼上的台阶。楼上有一间卧室和一间储藏室。在入口的右边,是一个小书架,上面都是书和小饰品，这个书架倒了，上面的东西都掉了出来。就在书架旁边，放着电话的小桌子也翻倒了。毫无疑问，桑泰尔和袭击他的人就是在这个地方打斗的。地上，物品上，血迹到处都是。这场打斗一定很激烈，因为死者被打得不轻。法医在他的四肢、背部和头部上数出了不少于十五处瘀伤，这些瘀伤的程度各不相同，是由某种钝器所致，但绝不是黑曜石匕首。死者只用匕首进行了致命一击，刺穿了死者的腹部。多么残忍的一击！匕首刀片的末端少了一小块……缺的这块黑曜石在死者腹部的脊柱里被发现了，和缺口完全吻合……地板上的几道血迹表明，桑泰尔艰难地爬到了沙发上，而凶手则把匕首扔在壁炉那边。"

"我想凶器上没有指纹吧？"

"有。好吧，也没什么特别的。刀片上有几个乱七八糟的指纹，包括桑泰尔和其他人的指纹，但刀柄上什么都没有。凶手显然戴着手套。您现在对这起案子更加清楚了吧？桑泰尔上尉在房子里被人杀了，房子处在一大片无人踏过的新雪之中，所有出口都从里面上了锁。没人能犯案，但犯罪的事实就摆在那里……伤口的性质排除了自杀的可能，但是凶手不知出于什么原因，把现场布置得像是一桩自杀。甚至连凶器也无法解释，凶器为什么会在桑泰尔家？我曾一度以为凶手在某个同谋的帮助下用另一把匕首杀了死者，并和证人一起到达现场，再偷偷地放下黑曜石匕首，但证词和在死者脊柱中发现的黑曜石碎片推翻了这个设想。最后，还有这场通灵会。你们英国人可能比我们更相信灵魂，但在这起案子里，我不想参考任何来自阴间的信息。很明显，凶手是这个小型招魂师集会中的某个人，或者说，他们中至少有个共犯。这张'桌子'传递的关于死者和凶器的具体信息，毫无疑问地证明了这是谋杀。"

"英雄所见略同，"图威斯特博士说道，他的眼睛里闪着恶作剧的光芒，好像他很享受思考这个难题，"的确，在我们国家，人们喜欢灵魂，但我本人可以向你保证这些鬼魂不会犯案。我从来没见过像我面对过的一些罪犯那样阴险的鬼魂！纯粹从可能性上说，这五个人中没有一个能够趁着黑暗，在聚会期间脱身，谋杀死者，并悄悄地返回他的位置，是吗？"

"当然。所有的证词都与这一点符合：在整场通灵会期间，没人看见有谁离开过，没有人以这样或那样的借口抽身过。"

"令我惊讶的是，"图威斯特博士若有所思地说道，"你还没有考虑过这个谜底唯一可能的答案！"

"哦，我想过！"局长笑了笑，抽搐地眨了几下眼睛，"我能猜到您指的是什么。第一个去现场的人迅速犯下了这场罪行？"

"我想，他也是死者财产的继承人？"

"是的。杰罗姆·桑泰尔是上尉的唯一继承人。但死者的财产相当有限。所有财产只包括这幢乡间的房子和一些与房子价值差不多的股票。我们当然考虑过这种可能性!

"假设在会议开始前不久,杰罗姆拿到匕首,然后在仪式上敲了几下桌子,宣布了谋杀的发生。他扮演了一个担忧叔叔的侄子,并迅速赶到叔叔家,谋杀了他,然后又回到古董商家,看上去极其惊慌,声称他的叔叔没有给他开门……据我们所知,这似乎是这起案件唯一合理的答案。唉,但这个假设有两个疑点。相信我,我们已经检查了房子周围雪地上的所有脚印。这些脚印都与包括杰罗姆在内的嫌疑人的陈述完全一致。他飞速赶了过去,绕着房子走了一圈,回到了门口,然后转身回去。在窗户下,没有可疑的痕迹可以表明他在那儿动过手脚。我们仔细检查过百叶窗和被撞断的前门,也没发现什么。没有丝毫可疑的划痕。据目击者称,门被一把大锁从里面锁住了,当时有些证人确定过这一点。此外还有一个问题,就是时间。杰罗姆只缺席了大约十分钟。这和他往返的时间对得上。他的足迹证明他没有跑。根据我们所知的情况,他有时间和叔叔搏斗一番并完成谋杀,身上却没有留下丝毫痕迹吗?我甚至还没谈到这个计划有多荒谬,当众宣布这场谋杀,自己却可能被列为主要嫌犯……"

在检查警察的一张草图时,图威斯特博士回答说:

"我早就猜到了你已经仔细验证过这个假设,你的画清楚地表明你不会疏忽大意。你对细节有着非凡的感知力。不过,告诉我,这件东西真的和你的调查有关吗?"

"是的,这是在楼梯脚下发现的一本书……"

"为什么特意选择画这本书?"

"我不知道,"警察说,他耸耸肩,"我告诉过您,在素描时,我总是依靠本能行事。在我看来,这本书很好地代表了打斗的场景,它的颜色引人注目……"

"我猜是黄色?"

局长皱眉道:

"您到底是怎么猜到的?这是一幅铅笔画……"

"因为标题,你细心地写了上去:《黄衣之王》[1]。"

"这很重要吗?"

"嗯……你提出的这个问题证明你不知道这本书。这很正常,它在法国不比它在大西洋彼岸那样有名。最奇怪的是作者的名字。你的画上看不清作者名,但肯定不是钱伯斯,也就是书的合法作者。这非常重要……"

"我恐怕没明白您在说什么……"警察结结巴巴地说道,眉头皱了起来。

"你还有这本书吗?"

"呃……没有。但是……我真的没想到您会问我这个问题。因为它可能是唯一消失的东西。我的一个手下和您一样,对这本书很感兴趣,并请求我把书借给他……"

---

[1] 美国小说家罗伯特·钱伯斯的短篇小说集。故事中,《黄衣之王》是一部虚构的、受了诅咒的剧本。

"然后呢？"

"他再也没有回到工作岗位。他跳河了，尸体在下游几公里处被发现，被岸边的树枝卡住。但我得说明，这可不是谋杀。这个家伙最近很沮丧，他上个月在一次火车事故中失去了他的妻子。这无疑是一起自杀案件。"

"唉，这比谋杀还要奇怪！"图威斯特博士严肃地说，"但我现在要提醒你，我的能力仅限于纯粹犯罪行为这个领域。怪异的自杀则属于另一个领域了……你有没有注意到两幅画之间的相似之处？关于这本书的那幅和关于凶器的那幅。仔细看看刻在匕首手柄上的符号和书名下的符号……你的画不够精确，但它们的确有相似之处，你不觉得吗？它看起来像个奇怪的海洋生物的头……"

布朗热警长恼怒地皱起了脸，他抓起两张草图，仔细检查了一下。

"确实，"他抱怨道，"我承认我没注意到。我告诉过您，这是一种集中注意力的方式，我不假思索地描绘出我所看到的事物……"

"多亏了这点。因为这会使你成为一个公正的证人。最后一点值得注意的是你画中书的状况。它看起来很新，但很破。四角都卷起来了，一条折皱横贯书的封面，而这本书的封面看起来很厚。"

"好吧，我可以确认这本书的确这么破。但是，这和我们的案子有多大关系？"

图威斯特博士若有所思地点了点头，一言不发。然后，用平静的语气说道：

"我们会说回这件事的。我现在想请你告诉我这起案子中关于人的细节，也即我们的嫌疑人的个性和他们与死者的关系。"

"当然，当然……我正要说。我将从死者本人讲起。马克·桑泰尔上尉参加过'一战'，是凡尔登战役的幸存者，在那次战役中，他的左腿被炮弹炸成重伤。医生虽然没有给他截肢，但没能让他免于跛脚。他的脚跛得很明显，而且是终生的。他的精神则受到了更严重的冲击，因此他接受了长期的疗养，并得到了一份残疾抚恤金。四年前，也就是一九三四年，他回到这里时似乎恢复得很好。在翻新了从父亲那儿继承来的森林小屋后，他便住了进去。从各方面来看，他除了有点沉默寡言，没有什么大的缺点。镇政府安排他在市图书馆做兼职，就在阿加特·米莱小姐工作的初中旁边。他们成了朋友，甚至一度要结婚，但最近几个月，人们很少看见他们在一起了。桑泰尔突然退缩了，甚至放弃了图书管理员的工作。暂时被压抑的战争后遗症再一次复发。他借酒消愁，觉得自己受了迫害，觉得所有人都是他的敌人，敌人存在于政府里、在银行家中，他声称这些人是所有冲突的根源，他们有着人的外表，但实际上是可怕的爬行动物。简言之，他开始胡思乱想……严格来说，他没有疯，还和一些人有联系，尤其是和布朗查尔医生，还有丹尼尔·拉斯金，但他有时会陷入暂时性的失控，特别是酗酒的时候。虽然如此，没人见过他喝得烂醉的样子……"

"他觉得所有人都是他的敌人……"图威斯特博士若有所思地重复了一遍这句话。

"我讲清楚点，是只有他能看到的敌人。"

"是的，但他最终被残忍地杀害了。"

"您可能在想这是哪只会飞的爬行动物干的，对吧，图威斯特博士？"警察打趣道。

"老实说，是的，这就是我脑子里的画面。"

"会飞的生物当然可以解释为什么雪地上没有痕迹，但恐怕我的上司不会接受这种答案！"

"放心，局长，英国警察也不会接受的。这就是为什么他们要我帮忙的时候，我总是决定给他们合理的解释。"

"那我可以放心了！好吧，我继续……丹尼尔·拉斯金是个古董商，上了年纪，皱纹就像……该死，您太阴险了，图威斯特博士！听完您的话，我想说，这家伙从一开始就让人想到一只鬼鬼祟祟、精于算计的大蜥蜴！不管怎么样，他是一个精明的商人。除了镇上的旧货市场，他在巴黎还有一家很有名的艺术画廊。他和桑泰尔相处得很好，他们经常见面。他们之间没丝毫争执。他显然没有理由怨恨他。除此之外，两人都对古代文明很感兴趣。据拉斯金说，桑泰尔在前哥伦布时期的文化方面是个专家。他还说，他的朋友在案发那天下午给他打电话时，似乎有点忧心，但和平常差不多，所以他当时并没有特别在意。之后，他去城里买东西了，下午三点左右回到了家，和女儿一起准备迎接客人的到来。"

"你问过他关于黑曜石匕首的事情吗？"

"是的，当然。他虽然不能明说，但看上去很不满，因为匕首在凶案中被损坏了，这比失去朋友还让他恼火。他坚持认为，这把匕首已经没什么价值了。据他说，这是一把祭祀匕首，来自一个神秘的太平洋部落，具有抵御天怒或厄运的强大力量。我这边已经派人鉴定了匕首，别人告诉我这把匕首很值钱。我接着讲'下一个爬行动物'，泰奥多尔·布朗查尔医生……他年近六十，虽然名声很好，但他是个相当冷酷的人……"

"像蛇一样！"

"可以这么说。然而，请注意，他当了好几年医生。不管怎样，大家都觉得他很认真、能力出众。他和桑泰尔也相处得很好，可以说桑泰尔是他最好的客户之一。这两个人过去常常在星期天见面，一起赌马，为他们未来的大奖干杯，一个人希望扩大他的医疗业务，另一个人希望获得一栋真正的房子。案发当天，布朗查尔一直在他的诊所忙着照顾病人，然后他离开了诊所，去了拉斯金家。一个信奉科学的人竟然喜欢招魂术，这真令人惊讶……"

"哦，这没什么！福尔摩斯的'父亲'也是一名医生，但热衷于神秘主义！其实我在想，这不是他们第一次举办通灵聚会吧？难道灵魂以前显现过吗？也是以这种方式？敲敲桌子？"

"是的，但我只知道这些。他们都没有更清楚地解释过这个问题。对于米歇尔和杰罗姆来说，这更像是一种消遣。另一方面，桑泰尔对待招魂术的态度很认真。布朗查尔则怀疑年轻人有时会伪造阴间的力量。至于拉斯金，他没有表态。无论如何，直到那时，召唤出来的灵魂从未宣布过什么灾难。最后，布朗查尔显然也没有理由杀害桑泰尔。让我们继续讨论'毒蛇'吧……"

警长带着嘲讽和温柔的笑容继续说道：

"我还是觉得您故意引导我说得这么恐怖，图威斯特博士。年轻漂亮的米歇尔不会让人想起这样的生物。我甚至要补充一点，她与她父亲完全不像，几乎没有共同点。首先是他们与年轻的杰罗姆的关系：米歇尔想嫁给他，但拉斯金对他们的婚事态度不明。我想，他更希望一个更有出息的女婿娶他的女儿，但他很聪明，知道过于强硬的立场没法达成他的目的。我认为杰罗姆唯一的缺点是他太年轻了。他是个理想主义者，无忧无虑，对米歇尔和艺术都充满热情。他在巴黎学习艺术史。恐怕要让你失望了，我亲爱的图威斯特，就他而言，我在他身上看不出任何爬行动物的特征。他是一个讨人喜欢的金发男孩，对他叔叔的感情似乎很真挚。但正如我已经指出的那样，从金钱的角度来看，他是唯一因他叔叔的死而受益的人。"

"对了，他是和叔叔住在一起的吗？"

"不。他在镇上的一个朋友家度假。案发当天，他们坐在同一辆车上兜风，杰罗姆直到傍晚才回来。在去拉斯金家之前，他几乎没有时间回家换衣服。至于米歇尔，她一整天都没有出门。从下午三点到尸体被发现，她一直和她父亲待在一起。"

"案发当天下午，她是否也证实了书房里有匕首？"

"差不多吧。她没有她父亲那么确定，因为她没怎么注意匕首，但她认为如果匕首没了，她应该会注意到。不过，她对我说觉得桑泰尔最近看她的眼神很奇怪。"

"像一只大蜥蜴？"图威斯特博士打趣道，"你想这么说？"

"我不知道，"警察说，他的额头皱了起来，"她说桑泰尔在凝视她，很不寻常，仅此而已。她只说桑泰尔变了，然后，不知道是不能还是不愿，她没再告诉我更多。米莱小姐也证实了桑泰尔变了这件事。以她的身份，很容易就能观察到桑泰尔的变化。她直言不讳地向我坦白了他们最近的关系，桑泰尔用很含糊的借口暂时结束了这段恋情。他想后退一步，考虑一下，想清楚自己是否适合她……"

"桑泰尔喜欢上了别人？"

"根据米莱小姐的说法，应该不是这样。否则她会注意到的。马朗莫尔这儿藏不住秘密。我们对此进行了调查,但没查到什么。桑泰尔是个孤僻的老人。"

"我想她对事情的转变感到很气恼吧?"

"是的,我想是的,但女人不会公开说这种事。据她说,桑泰尔好像受到了不好的影响,她觉得这是因为他读的书。他那时读的书比平时多,奇幻故事、政治书籍、关于阴谋的故事……"

"我就知道。"图威斯特博士说。

"怎么会?"布朗热警长大吃一惊。

"我之后会说到的。在此之前,我想问你最后一个问题。目击者说,当他们发现桑泰尔的尸体的时候,桑泰尔家的电话线坏了。是怎么坏的?"

"我们还不知道。第二天,我们又发现电话能用了。这没什么好奇怪的。下雪天经常会出现这种暂时性的故障……哦,我明白您的意思了,图威斯特博士!凶手会柔术,他爬上了这根线,用手臂的力量沿着这根线走,在雪地往返,然后没留下脚印!"

"当然不是。"

"那就好。因为,即使这样的壮举在物理学上行得通,那根细铜线也不可能撑得起凶手!好吧,我想,我把这个谜题的一切信息都说完了,十天前,一个男人在一栋被反锁着的且并被新雪包围着的房子里被人残忍地杀害了。此外,案发时,还有一场通灵会非常详细地宣布了这起凶杀案，甚至还告诉了我们凶手是与会者之一！当警察这么多年，我承认我从未见过这么错综复杂的案子！"

图威斯特博士沉默了，警察看到侦探的嘴角绽放出一丝微笑。

"没错，你都说完了，"图威斯特博士用他柔和的声音说道，"至于其他的……你那个谜题已经是过去式了。"

警察的脸僵住了几秒。

"恐怕我不明白。不要告诉我您已经搞懂了……"

"是的。对我来说，至少从警方的角度来看，这起案子该查的都查完了。你以非凡的观察力，为我提供了所有必要的细节。简单来说，让这个凶残的凶手感到困惑的是这个……"

图威斯特博士在警长的眼前晃了晃他的黄皮书素描。

坐在他对面的警长无言以对，侦探继续说道：

"这本书，《黄衣之王》是罗伯特·钱伯斯在上世纪末写的。这是一本短篇小说集，其中大部分内容都提到了一个'黄衣之王'，《黄衣之王》也是书里的一部同名的剧本，读到这部剧本的人都会失去理智。至于戏剧的观众，他们会陷入一种癫狂，以至于在第二幕结束之前互相残杀。钱伯斯作为一个老练的作家，从未向我们描述过这出邪恶的戏剧。但据说其他作家试着写了这出戏剧。这就是为什么，我刚才强调了这本书被冠以另一个作者的名字……"

"这是那出邪恶的戏剧!"

"我想补充一点,钱伯斯的名字经常与另一位美国作家洛夫克拉夫特联系在一起,洛夫克拉夫特以其奇幻故事而闻名,主要写可怕的海中生物,它们是人类的死敌,密谋重新征服地球。在他的作品中,洛夫克拉夫特经常提到钱伯斯的作品……"

"明白了。桑泰尔沉醉于这些文学作品,这些书会给他脆弱的精神带来不好的影响……"

"这本不见了的书就是证明,但它告诉我们的远不止这些:它首先揭示了这件离奇凶案的手法……"

警察拿过他的草图,仔细看了看。

"但我看不出来!"他提高了声音,"除了素描、书的标题和它的磨损……"

"没错。你见过这么破的书吗?这本书被磨损、撕裂、弄皱、摔落在某个地方然后卷角了,当然,这种事有时是会发生,这很可惜,但是这本书,你画的那本书,每一个角都卷起来了!这是非常罕见的!要么有人故意为之,要么……我想到的某件事发生了。"

"我越来越不明白您在说什么。这到底是怎么回事?"

图威斯特博士没有回答这个问题。

"一只可恶的爬行动物利用案发时的情况,企图消灭他的眼中钉……这是我们谜团的关键,基于一种影响——事物对人的影响,以及人对他人的影响。正如你承认的那样,你自己在我强调爬行动物时就会想到蜥蜴。桑泰尔上尉自从最近读了这些书,也一直想着这些生物,这种情况由于他的紧张状态而恶化了。正如整个调查也受到通灵会这个'启示'的影响一样。事实上,是通灵让人以为有个邪恶的凶手犯下了罪行。还有拉斯金当时的影响,他鲜明的态度让他女儿以为案发当天下午,匕首还在书房。事实并非如此。这把匕首是他的朋友桑泰尔在一两天前从他那儿借来的。一把祭祀匕首,以其神奇的力量而闻名,能够驱除恶魔、抵御邪恶的咒语。桑泰尔感到不安,他以为可以在家里用这把匕首来更好地对抗他脑中那些可怕的爬行动物……"

"等等!"警察举起了手打断了他,"如果我理解得没错,那可恶的凶手就是拉斯金!"

"没错。在某种程度上,你把他描述得像个主要嫌疑人。我必须说,你也成功影响了我,但他并没有犯下所谓的谋杀。他只是把黑曜石匕首借给了他朋友,后来又意识到了他朋友的疯狂行径。至于接下来的情况,我必须说,我的经验帮了忙。我已经见过这种犯罪,对犯罪历史也很了解。死者腹部的伤口在这方面提供了一些有用的信息。请注意,我不是在质疑法医的专业水平,他们首先确定了死亡时间。然而,在这起案子中,死者的死亡时间和受到致命伤的时间并不一致,而且差得很远。我再说一遍,两者差距可能很大。说回那本书,破烂得令人难以置信,在楼梯脚下被人发现了,楼梯和翻倒在地的小书架隔着一段距离，中间是门，根据你的分析，门是凶手和桑泰尔打斗的地方。但是，'摔倒的地方'是更准确的说法。因为这就是发生在马克·桑泰尔身上的事情，正如我们所知，他'不是很稳定'。毫无疑问，他一定是想驱除楼上的魔鬼。他一手拿着《黄衣之王》，一手拿着匕首，两件物品上各有一个非常相似的爬行动物符号。从楼梯顶端，他念着咒语，一个踉跄，摔了下来，可能他下意识想保护从他朋友那儿借来的珍贵的收藏品。他滚到了楼梯底下，我们可以说他很不走运：他所有的重量都压在了这把巨大的祭祀匕首上，这就解释了为什么他的伤口如此严重，也解释了他身上的多处瘀伤，以及和他一起摔得破破烂烂的《黄衣之王》。他的伤势非常严重，但还没有到动弹不得的地步。他把匕首拔了出来。他明白事情的严重性，明白如果没有外界的帮助，他很快就要去见他昔日的战友了。他立即打电话给他的朋友拉斯金……这是他犯的最大的错误。拉斯金记下了所有细节，向他的朋友保证，告诉他自己会去帮忙，但他从头到尾只做了一件事：以去镇上购物为借口，断开桑泰尔家的电话线——电话线的另一端连着镇上的接线箱。因此，桑泰尔就没法告诉别人了，顶多再过两三小时，他就会魂归西天。拉斯金并不恨桑泰尔，但他打算趁机消灭一个赢得了他女儿芳心的讨厌鬼。在招魂仪式上，他用脚尖敲了桌子，杰罗姆的反应和他预想的一样，在宣布了悲剧之后，杰罗姆立即赶到了他叔叔家。还记得当他的女儿米歇尔想要和杰罗姆一起去时，拉斯金有什么反应吗？他让她留在家。他的计划当然是让杰罗姆破门而入，这样他就会成为第一个发现命案的人。基于此，他很有可能被控谋杀罪。即使杰罗姆嫌疑不大，逃脱了罪行，拉斯金也很容易用狡诈的方法让大家对杰罗姆抱有怀疑，以此反对他女儿的婚事。即使桑泰尔还活着，他仍然能偷偷完成他的计划。但他没料到，杰罗姆去了他叔叔家，却不敢撞开门！于是，一行人就来到了命案现场……在那儿，拉斯金犯了他唯一的错误……

"拉斯金听到布朗查尔医生宣布桑泰尔刚刚去世，感到很满意。杰罗姆即使声称在他第一次去他叔叔家时没有进入房子，也将不可避免地受到怀疑，因为他是唯一有机会犯案的人。但要做到这一点，谋杀的证据必须毫无瑕疵。但是，死者的指纹还在匕首手柄上……拉斯金可能趁大家在屋里寻找凶手的时候，偷偷把指纹擦掉了。之后，他所要做的就是找准机会重新连接电话线。"

布朗热警长愣住了，沉默了很久之后，他突然惊呼道：

"该死！太不可思议了！您就坐在那把椅子上，用了不到一小时，就解开了一个让我十天都无法入眠的谜团！"

"这要感谢你的素描和你非凡的观察力。"

警察苦笑。

"谢谢您，您太客气了。但顺便问一下，为什么您认为拉斯金在擦拭匕首的手柄时犯了错误？因为我觉得他应该是用手套擦的指纹，然后，他会把手套扔了……"

"是的，当然。但如果你问他手套在哪里，他拿不出手套，那他的处境就会更尴尬。最后，也是最重要的，让人检查他的外套口袋底部，他用完手套后，就把手套藏在了那里。那上面应该还有死者的血迹，无论多么微量，总会沾上一些。你为我描绘的人物形象让我受益匪浅，我了解到拉斯金生性节俭：我敢打赌，他不会牺牲自己的外套……"

不祥之锣

那天晚上，和往常一样，哈迪斯俱乐部的成员大概在享受俱乐部的平静和安宁。在这个装满了老橡木护壁板的大房间里，几乎听不见人们的窃窃私语，只有壁炉里炉火的噼啪声。气派的黑色大理石壁炉的炉台上放着几件冷兵器和希腊冥界之神的半身像，俱乐部因他得名。这是一个非常封闭的、对犯罪之谜和其他神秘事件感兴趣的伦敦人圈子。但是，一个不寻常的声音突然扰乱了哈迪斯俱乐部的柔和气氛……

大家感到困惑、面露责备，朝着霍雷肖转过身子。这个仆人羞愧得面红耳赤，迅速捡起了他刚刚掉落的银盘，蹑手蹑脚地离开了。

"怪了！"警司查尔斯·卡伦说，他是一个正值壮年的男人，姿态挺拔，灰白的头发整齐地向后梳理。

这位苏格兰场的警察与他的朋友阿兰·图威斯特博士坐

在火炉旁。图威斯特是一位著名的犯罪学家，经常帮卡伦破案。他是一个身材瘦削的老人，面容平和，留着漂亮的红棕色胡子。

"好大的动静！"卡伦接着说，"听起来就像东方的锣！有那么一瞬间，我觉得自己仿佛在印度，到了吃晚饭的时候！"

"奇怪？为什么？"图威斯特博士问道，"霍雷肖为费尔教授上了一杯波特酒，每天都是如此，然后他在刚打过蜡的地板上滑了一下，在他试图保持平衡的时候，托盘掉了下来。掉下来的时候，盘子发出了很响亮的声音，像是锣那般强烈的振动，正如你所言。这在我看来完全合乎逻辑，因此我真的看不出这有什么好奇怪的……"

卡伦警司耸了耸肩。

"我只是想说，你得承认，这样的声响出现在这里很不寻常！"

图威斯特博士坐在椅子上，取下夹鼻眼镜，全神贯注地看着炉台上的刀刃。

"如果那个托盘掉下来的时候没有发出任何声音，那才奇怪！"他说道，"或者，你想象一下，有人用力敲了一面大锣，然后锣在支架上振动，却没有任何声响……"

"这不可能！"卡伦冷笑着说，"除非你是聋子！但我想我明白了。这让你想起了一桩错综复杂的案子，也就是那种你很喜欢的、看上去无解的谜题。行，让我猜猜……我想那件案子与那上面的一把刀有关……也许就是你盯着的那把东方匕首。"

图威斯特博士微笑着点了点头。

"你有很强的洞察力,查尔斯。但事实上,情况恰恰相反。"

"相反?"警司皱着眉头疑惑道,"我不明白!"

"我的意思是,这和不发出声音的锣没有关系……"

"太好了,那我就放心了!"

"但和一面凭空发出声音的锣有关系,也就是说,没人敲它,它就响了。"

"这是开玩笑吗?"

"不,一点也不。我要提到的这面锣,它能凭空出声,这件事是众所周知的。而且,这面锣也不是用来通知大家吃晚饭的,而是用来宣告一件更加险恶的事。但是我必须告诉你整个故事,查尔斯,这样你就会知道这件事有多奇怪,这起案子让负责调查的警察非常困惑。不得不说,犯罪的情况本身就已经非常令人不安了……因为,我们怎么能想象一个杀人犯可以在雪地上走过而不留下痕迹呢?"

查尔斯·卡伦没有回答,只是喝了一杯威士忌。然后他也凝视着炉台,尤其是炉台上阴森的哈迪斯雕像。他沉默了一会儿,说道:

"你看起来不怎么像他,但也还是有点像……"

"什么?你指的是冥界之主吗?"

"是的,因为你在运用你操纵人心的技巧时,也是邪恶的,我亲爱的朋友。"

狡黠的光在大侦探的眼中闪过。

"总之,你还是想听这个故事,不是吗?我记得,你好像还要玩一局惠斯特桥牌?"

"再说吧。你又一次激起了我的好奇心。"

图威斯特博士慢条斯理地点燃了烟斗,答道:

"行。这故事有点年头了,可以追溯到'一战'结束不久,也就是二十世纪二十年代初。我记性不错,涉及刑事案件的时候,我的记忆力更是好得出奇。只要提起一起案子,我就能记起每一个细节。"

"我深知这一点啊!我经常有机会见识到你的记忆力!"

"罗斯·斯特兰奇小姐有一张令人难以忘记的脸。她瘦弱纤细,有一头茂盛的栗色头发和杏仁状的绿色大眼睛……"

"没有漂亮的女孩,就无从构思一个好故事,"卡伦笑着评论道,"所以我猜这位玫瑰小姐是女主角?"

"是的,可以这么说。她当时应该二十岁了,正在和一个叫菲利普的年轻人约会。那是个出身卑微的小伙子,他勇敢、勤奋,引起了老板的注意,老板刚给了他一个自行车厂工头的职位。对他来说,这是次不错的晋升,让他们能够满怀希望地展望未来。但他们的幸福有一个不小的障碍:亨利·斯特兰奇上校,他是罗斯的叔叔,也是罗斯的监护人。这个人可能有一颗金子般的心，却尽力隐藏自己的内心。他非常严格，努力照顾他的侄女，关注的程度可能超过了普通父亲。他可能把罗斯当作自己的女儿了，因为罗斯失去了双亲，而且他自己一直没有结婚。

"他之前是上校军医，最终离开了军队，去国防部担任了要职。他一直强迫自己过一种非常自律的生活，并且期望别人也是这样。如果他想把侄女嫁出去，那对象只能是一个他眼中的完美配偶，比如军官。可以说，他侄女选择的对象并不让他感到开心。他并非讨厌这个年轻人，对他来说，这个年轻人不可能成为罗斯的丈夫。菲利普已经猜到了他内心深处的想法，那天晚上，菲利普决心和斯特兰奇上校谈谈，以便说清楚女孩成年后，结婚是必然的，只有死亡才能阻止……"

"于是结局就是死亡了？"卡伦警司拿起威士忌酒杯问道。

"是的。死亡突然降临了，而且几乎是超自然的，仿佛上帝出手了结了这一切！案发现场是斯特兰奇上校接待菲利普的书房。案子非常荒谬，完全无法解释，违背了最基本的逻辑！至少对于那些坚信被告无罪的人来说是这样。罗斯当然相信被告是无罪的，但那一刻，她可能是唯一这样想的人！的确，对她男友的指控是压倒性的。事实上，他是世上唯一可能犯下罪行的人！而且，他的解释真的非常令人难以置信……他也是唯一有犯案动机的人。"

查尔斯·卡伦揉了揉下巴，若有所思：

"来，让我猜猜……我猜他们俩在书房里发生了争执，最终有人发现了上校的尸体，而旁边就是年轻的菲利普？"

"就是这样！"

"而菲利普声称自己不是凶手？"

"一点没错。"

"侦探小说中的经典情节！"

"也许吧，但这不是小说中的情节……"

"那么凶手在哪里？"卡伦问道。

"哪儿都不在。"

"哪儿都不在？我恐怕没听懂你的意思！斯特兰奇上校在他的访客面前被谋杀，但这位访客什么都没看到？你想说的是这个意思吗？"

图威斯特博士点了点头。

"是的。"

"难道这是个幽灵刺客？"

"无论如何，这是唯一合理的解释，如果——我再说一遍——菲利普真的无辜的话。但我会从头讲起……那是十二月的一个晚上，离圣诞节还有两三天。一整天都在下大雪，伦敦被厚厚的大雪覆盖。罗斯·斯特兰奇和她的叔叔住在布鲁姆斯伯里。他们家在一条死胡同的最里边。房子对面是一座废弃的大型仓库，由一堵大墙保护着，墙沿着小巷一直延伸。菲利普到达时大概是晚上八点。那时还在下雪。罗斯小姐坐立难安,不仅因为他要对她叔叔坦白了,也因为她叔叔旁边还有一位年轻军官,这位军官名叫约翰·布雷斯福德,被她叔叔请到家里来做客。他是个长着金发、身材瘦弱的男孩,相当友好,但有点害羞。一见面,女孩就因军官僵硬的右手而感到惊讶。他的右手一直戴着手套。他微笑着对她说:'这是伊普尔战役留下的纪念品,别担心,我习惯了。人们经常为我感到尴尬,但就我而言,我已经完全忘记了这件事。五年来,我慢慢习惯了……只要想到那些长眠于那儿的同志,我就会觉得,我运气还是不错的,没花多大代价就幸存了下来!而且我还有另一只手呢!'

"说着,他机械地伸出了还能活动的手,而罗斯小姐也同样机械地伸出了她的手。就在那时,菲利普出场了……

"他眼中闪过一丝嫉妒,就藏在翻起的衣领和压低的帽子下的阴影中,这嫉妒几乎无人察觉。他身上都是雪。可能是因为急着进来,他忘了在入口处按铃了。无论如何,他向他们的方向投去了愤怒的目光,打量着约翰·布雷斯福德,好像后者是一个不速之客。与此同时,亨利·斯特兰奇赶到,他可能习惯了迅速察觉紧张的局势,立即向年轻人建议玩一场桥牌游戏。最终,大家打了两个多小时桥牌。晚上十点三十分,约翰·布雷斯福德告辞。之后,菲利普请求与斯特兰奇上校进行一场私人谈话,斯特兰奇上校让他跟着自己去书房。

"亨利·斯特兰奇可能很清楚这一切是怎么回事。在打桥牌的时候，罗斯小姐注意到他正在用眼角余光看着他们，尤其是菲利普和她，但她当时太焦虑了，没法思考任何事。尽管菲利普一直坚持，但她还是没下定决心和叔叔谈谈她未来婚姻的问题。她了解这两人的性格，于是对这次谈话感到非常不安。她的叔叔不懂变通，而菲利普像骡子一样固执。这为后来的事埋下了伏笔……

"她去了厨房，不到五分钟就听到了吵闹声。她并不惊讶，但非常担心。两扇紧闭的门将她与两个男人隔开：通往走廊的厨房的门和书房的门。然而她能听到他们的声音，亨利叔叔的仆人贾斯珀也听到了，贾斯珀住在楼上。他下楼想看看发生了什么事，却不敢敲书房的门，就去厨房找罗斯小姐，然后，当她向他解释情况时，两人都被一种奇怪的沉默吓了一跳，这种沉默如同黑云压城一般突然降临……

"两人之间的争吵戛然而止。一阵叫喊之后，只剩令人不安的平静。贾斯珀和她对视了很久，耳朵一直竖着，等着两人重新吵起来，但什么都没再发生……没有丝毫声响！确切地说，关于声音，我必须和你讲讲那面锣，还有这把匕首……"

图威斯特博士转向壁炉，指着东方样式的兵器问他的同伴：

"你刚才推理的方向是正确的。确实是这两个物件让我想到了这起案子。我想，你认识那种兵器吧？"

"当然，"卡伦回答说，点头表示同意，"这是一把坎贾尔[1]，一种著名的印度匕首。"

"嗯，斯特兰奇上校的书房也有一把，除此之外，还有一面锣。我想谈的主要是锣。事实上，上校的这面锣并不寻常。显然，外观上，它和其他的锣一样，但根据把锣卖给他的印度原住民的说法，这面锣有一种奇怪的力量……"

"凭空发出响声！"卡伦惊呼道，"原来如此！一面闹鬼的锣，不用敲击，自己就会响！"

"没错。当发生这种情况时，你会后悔听到了锣响，因为这是不祥之兆！它似乎是在宣告某人即将死亡。斯特兰奇上校讲起这个传说时态度严肃至极，尽管他周围的人里没人听过锣响。至少没听到过它自己响起来。因为年轻的时候，罗斯小姐喜欢在路过这面锣的时候轻轻推它一下！锣的轻响穿过厚厚的地毯、摆满了小饰品的架子、大象模型和其他象牙小雕像，使房间的东方气息更加浓郁。但自从上校把锣从印度带回来，直到那天，锣从来没有自己响过……

"贾斯珀和罗斯小姐在厨房里什么也没听到。然后，由于长时间的沉默，他们感到担心，便去了书房。门从里面被反锁了。他们敲了门，菲利普很快就给他们开了门。他脸色煞白。一进门，他们就看到上校躺在地上，脖子上插着一支箭。菲利普告诉他们，上校已经死了，他对此无能为力。罗斯小姐震惊

---

1 坎贾尔是高加索地区的一种短剑，双刃，带有血槽，刀柄和鞘通常有压花装饰。

得一句话也说不出来，但贾斯珀保持着冷静。他非常平静地请求菲利普告诉他们案发的情况。年轻人做出解释，他们却以为他在胡言乱语，已经失去了理智……他的故事听起来太过荒谬！他们甚至认为是他一怒之下杀死了斯特兰奇上校。

"菲利普和罗斯的婚姻自然是他和上校争吵的起因。上校冷酷且蛮横地驳斥了菲利普提出的支持二人结婚的依据，菲利普仍努力保持冷静，焦急地在房间里四处踱步。终于，他无法再忍受，争吵声此起彼伏。最后，他意识到自己的做法是徒劳的，气得浑身发抖，正要离开房间……而悲剧就在这时发生了。

"他走到门口，背对着靠窗的上校，窗户和墙上的匕首、锣差不多高。上校似乎正看着这两样东西。突然，菲利普听到了一声奇异的声音，像是振动声……他立刻想到了锣，因为罗斯小姐近来和他讲过那个传说。他转过身来，看到亨利·斯特兰奇跟跟跄跄，沿着墙往下滑，并试图抓住墙壁，然后重重地摔在了地毯上。然后，菲利普注意到了上校脖子上的箭……

"窗户开着，他立马想到箭可能是有人从外面射进来的。他走过去望了望，但不见人影。巷子里空无一人，寂静无声。在马路的另一边，一盏路灯的微光照亮了雪面，进而照亮了四周。然而，这场雪是新下的，地面没有丝毫痕迹。对面是仓库的高墙。一堵砖墙，完好无损，没有任何开口。这个神秘的弓箭手到底埋伏在哪儿？显然，无处可藏……一开始，菲利普并没有意识到，但这一刻他明白了这意味着什么：他是唯一可能犯下这起谋杀案的人！"

作为一个老练的叙事者，图威斯特博士停顿了一会儿。卡伦警司狐疑地看了他一眼，评论道：

"确实是非常奇特的案子。如果这个菲利普是无辜的，正如你说的那样，还是有几个无法解释的点。首先是锣，它自己响了起来，根据传说，它预示着即将到来的厄运。然后，斯特兰奇上校当即被杀死了，而当时的情形显然难以解释……你能多讲一些这起案子的细节吗？"

"当然，"图威斯特博士点了点头，他看上去有些愉悦，"我正打算这样做。尽管我知道凶手的手法，但在陈述时会尽量保持中立。啊！我还要告诉你，在巷子的尽头，有一个雪人，是孩子们下午做的。为了装饰它，他们把能找到的东西都用上了：插上一把旧扫帚，依照惯例用胡萝卜作为鼻子，用一顶有洞的旧帽子作为头饰，上面有一个橘子，还拖来一袋土豆来保护我们的雪人……免得它受冻！但为了清楚起见，我给你详细讲讲各个地方的位置关系。"

"是的，我认为这是必要的！"警司同意道，"经验告诉我，好的实地调查总是有益的！"

"让我们从位于南部的、小巷与主路交叉的路口开始，沿着小巷向北走，这条死胡同有三十码长。一道高大、密封的墙占据了小巷的左侧，也可以说是西侧。右边是一排不间断的住宅。第三座也是最后一座住宅是斯特兰奇家。因此，斯特兰奇家的大门离十字路口大约有二十码远。门对面立着路灯，路灯靠着仓库的墙壁。经过大门是书房的窗户，再往前走是一个更大的房间的几扇窗户，我想这个房间应该是餐厅。而死胡同的尽头被一堵墙封住了，在这堵墙前，那个雪人正站在那儿守卫着。你跟得上我的讲述吗？"

"当然。"查尔斯·卡伦回答说，他闭上了眼睛以便更好地集中注意力。

"让我们回到书房。这是一个相当长的房间，东西向。从门进入，也就是从东边进来，你会看到两边的架子遮住了半面墙。除此之外，墙面差不多就是光秃秃的了。在右边的墙那儿，你会看到墙上挂着锣和匕首。紧接着，房间的最西端，唯一的一扇窗户对着小巷。俯身在窗口，往对面稍微靠左一点的地方望去，你能看到路灯，而右边，往前五到六码就是死胡同的尽头。

"警察在贾斯珀的提醒下迅速赶到了现场。起初，调查人员将注意力集中在巷子里的新雪上，寻找可能的痕迹。菲利普的陈述对他们来说是如此荒谬，荒谬到他们都开始相信他是无辜的了。他们发现的唯一的脚印是约翰·布雷斯福德的，脚印从门廊开始，沿着死胡同直到十字路口。脚印很清晰，因为他离开时已经不下雪了。这些脚印没有任何可疑之处。脚印的方向、脚印的规律性，尤其是脚印相对于书房窗口的角度排除了约翰·布雷斯福德从那里射击的可能。上校的尸体在距离窗户两米处被发现。据菲利普说——当然他自己并不是很想明确这一点——斯特兰奇上校在丧命的时候并没有靠近窗户。上校站在锣前,然后菲利普把目光移开了几秒钟。

"警察考虑了从外面射击的各种角度,但是猜测得再大胆,也认为射手只能处在和对面那堵墙一样高的某个地方,在一个相当狭窄的区域内,距离窗户不到十米。至于射击的高度,可能性似乎更加有限了,因为根据受害者脖子上箭头的方向,这应该是水平射击。然而,他们第二天就确定,这一高度的墙上没有任何开口,砖块也没有任何松动。而且,正如我之前所说,雪地里没有任何脚印。凶手既不在巷子里,也不在窗台上。神秘的弩手——因为那支箭其实是弩箭——并没有从外面射击……

"只剩下房间了,这大大缩小了凶手的范围。事实上,只有两种可能。要么当时书房里唯一的人是凶手,要么斯特兰奇上校是被巧妙地放置在某个地方的机械陷阱杀害的。鉴于完全没有依据,后一个假设似乎不太可能。因此,从实际层面上看,只有菲利普才能犯下这起谋杀案……"

"为什么呢?"卡伦问,"警方在书房里发现了弩吗?"

"没有。"

"那么凶手在用完弩以后到底会把它藏在哪里?"

大侦探的夹鼻眼镜后闪过一道狡黠的光芒。

"事实上，弩箭不一定是通过弩发射的。验尸官在检查尸体后，对伤口提出了一些保留意见。伤口似乎导致了死亡，但伤口并不干净，很难说是完全自然的。肉有点撕裂。菲利普随后想起了在死者倒下后，他条件反射地想要拔箭，但他的尝试失败了。他很快意识到上校已经死了。他承认，从医学上讲，他的做法是错误的，但当时他惊慌失措，所以只能遵循自己的条件反射。无论如何，根据法医的说法，菲利普对这一点的解释似乎是合理的，但这只是一种可能性，仍然无法解释神秘射击的源头。

"警长考虑了另一个假设，这个假设可以解开整个谜团。据称，致命伤可能就是菲利普造成的，但他用的不是弩，而是匕首。在他们吵得最激烈的时候，菲利普拿起了手边最近的武器：坎贾尔匕首。他杀死了上校，然后意识到了自己的行为，并且在房间的某个地方看到了弩箭，于是他就有了一个想法，想让这一切看上去像是由房间外面的射击所导致的。他所要做的就是将弩箭深深地插入伤口，把坎贾尔擦干净，放回原位，再打开窗户，大功告成。但有一个细节毁了他的美好设想，那就是外面的新雪。新雪证明了当时巷子里没有人。所有的猜测，他和亨利叔叔的争执，一切都对菲利普不利，第二天晚上他就被捕了。罗斯小姐虽然早有预料，依旧相当震惊……"

"其实，很难想象警长还能对这样的案子做出其他的判断，"查尔斯·卡伦说道，"以前就算没有这么多证据，也绞死了不少人！但是没有其他证人吗？"

"有，我正要说到那儿。幸运的是，警长对自己的结论不是很满意。这起案子的真相对他来说似乎太显而易见了……此外，专家们在匕首上没有发现任何血迹。菲利普可能有时间把匕首仔细地洗干净，并且如此迅速地找到合理的解释吗？从争吵结束到凶案被发现最多过了一两分钟。这时间很短。

"警察继续调查，最终找到了两名证人，据附近一家酒吧的老板说，这两人在凶案发生的时候，也可能是更早些的时候离开了酒吧。在回家的路上，他们经过了死胡同口，警察在马路那儿发现了两组凌乱的脚印。据老板说，这是因为这两个家伙在离开酒吧的时候已经喝得酩酊大醉。他们借口谈什么生意，喝了一晚上啤酒。他们似乎只是路过这一带，因为他们不是常客，其中一个人提着一只手提箱。然而，警察找到了他们，询问了他们的情况。这两个人都说，当他们走到死胡同时，没看到任何奇怪的东西，但据警长说，这两人似乎有点害怕……他们是不是看见了他们不敢谈论的东西？莫非是啤酒模糊了他们的视线，以至于让他们看到鬼魂？"

"顶多看到了死胡同最里面的雪人吧！"

"所以你认为幽灵弓箭手是雪人？"图威斯特博士冷声说道，"是啊，为什么不呢？这会让我们抓到一个非常独特的凶手！"

警司耸了耸肩。

"当然不是！不过，我敢肯定雪人和这个故事有关……"

"你快说中了，但凶手不是雪人，唉！好吧，我相信，现在我已经为你提供了足够的线索来解开这个谜团。那么你有什么看法？"

卡伦一口气喝完了酒，然后回答道：

"可能要让你失望了，尽管你讲得很详细，我仍然认为嫌疑人是有罪的。因为窗户。你没有告诉我它为什么是开着的……一个冬天的傍晚，在这个时候开窗，这对我来说真的很不合逻辑！如果说菲利普在这一点上没有给出明晰的解释，那么我相信……"

"警长问了他这个问题。事实上，这很简单。斯特兰奇上校从锣那儿走开，然后打开了窗户，想呼吸新鲜空气让自己冷静下来。"

"那书房反锁的门呢？他也给出了合理的解释吗？他不会也说这是上校做的吧？"

"是的。菲利普一明确谈话的意图，斯特兰奇上校就刻意把门锁上了，无疑是想给他一个下马威。他告诉菲利普，在这件事解决之前，他们两个谁都别想离开那儿！据罗斯小姐说，他很了解她叔叔，这非常符合他的行事方式。"

查尔斯·卡伦点了点头，败下阵来：

"那我就不明白了。仆人贾斯珀有无懈可击的不在场证明，因为案发时他和罗斯小姐在一起。这也排除了罗斯小姐的嫌疑。当然，这就只剩下那位在比利时前线失去了一只手的年轻军官了。可以想象，那天晚上他第一次见到罗斯小姐的时候，就爱上了她！鉴于你对她的描述，很可能是这样……他试图解决掉她的未婚夫，为自己创造机会，于是他把上校的谋杀案归咎于他。尽管我觉得这个计划太阴险了，不符合一个士兵的身份，但这种可能性是存在的！但是后来呢？他是怎么将弩箭射到上校身上的？在他离开的时候，从门廊上射出这支箭？你自己说过，如果参考你对这个地方的描述，这是不可能的，因为角度的问题。再说了，怎么想他也不能用一只手操作弩。这不可能，绝对不可能！事实上，这个故事的一切似乎都是不可能的……那支不知从何而来的弩箭，那面该死的自己振动的锣！"

图威斯特博士微笑着点了点头。

"然而，谜底在于两者的结合。想想案发时的情况。就在听到这种奇怪的振动后，菲利普看见上校倒下了，被弩箭杀死。仔细想想，这不可能是巧合。所以这种不寻常的声音和弩箭之间确实有直接的联系……"

警司露出了非常困惑的表情。

"真的，我不明白！它似乎让问题更复杂了！所以，我是否应该相信这个传说？根据这个传说，这阵锣声不可避免地引起了悲剧？或者，有人知道这个不祥之物的惊人力量，于是在暗地设法让它发功？"

侦探摇了摇头：

"当然不是……你看待问题的方式不对。恐怕你是受到了这则传说的影响。我最后再强调一次，这两件事几乎是同时发生的，我想指出的是，从菲利普听见这个声音到死者受到致命一击，间隔可能不超过一秒钟。"

"你告诉我答案吧，"卡伦投降了，他用手背擦了擦额头，"是的，如果你能告诉我这个故事的结局，我将不胜感激！"

"菲利普最终被释放了，"图威斯特博士若有所思地回答，"他逃过了绞刑，但没有逃过命运，因为次月，他在工厂里的一场悲惨事故中丧生了，事故是由一台机床的故障引起的。"

"好吧，这很可悲，"警司严肃地说，"那么……对这个谜团的解释呢？"

"亲爱的朋友，恐怕要让你失望了，因为谜底简单得惊人！当你知道凶手的手法时，你会责怪我没有坚持让你在这个方向继续思考下去！"

"所以，看在上帝的分儿上，给我一个有效的线索吧！"

"好吧。你以前听说过威廉·退尔[1]，对吧？你知道，那个

---

[1] 威廉·退尔被誉为瑞士国父，他是瑞士一个村庄的猎人，射术精湛。由于没有向国王的帽子致意，他被总督判处死刑。总督承诺，如果退尔能射中亲生儿子头顶上的苹果，就饶退尔一命。他射中了苹果。但其实，他事先藏了另一支箭，若射苹果失败，他就准备用这支箭射死总督。总督发现这件事后，退尔踏上了逃亡和复仇之路。

叛逆的瑞士弓箭手，他蔑视当局。为了躲避死刑的惩罚，他不得不用弩射穿他儿子头上的苹果。"

警司在艰难地克制自己的情绪。

"好吧，我和别人一样了解这个故事！但我仍然看不出其中的联系。"

"然而，这就是谜团的关键所在。不过在这起案子里，关键不是苹果而是橘子……一个橘子，放在死胡同尽头雪人那顶临时的帽子上……这让人想起威廉·退尔的儿子，不是吗？这个橘子太诱人了：从酒吧出来的两个朋友中的一个忍不住要试试他刚刚获得的弩。弩就在他携带的手提箱里。在去酒吧的路上，他们已经注意到了雪人，尤其是它头上的橘子。过了一会儿，当两人都喝得烂醉时，他们又回到了那里。然后，卖弩的就用话激买弩的，看他能不能像威廉·退尔一样神准，射中那个水果！他们站在死胡同的入口处，距离目标大约三十米，对于弩箭射击来说，这不是很远。那个橘子可能不过是雪人头上的一个白色凸起，但路灯的灯光足够他看清楚……这就是谜底，这两个无赖最后向警长坦白了。因酒鬼愚蠢的打赌而导致的简单事故！"

"我不明白！"警司不耐烦地说，"如果事情如你所说，弓箭手根本就找不到能射杀上校的射击角度！除非，菲利普说上校没靠近窗户，但斯特兰奇上校在那一刻把头伸出了窗外？然后，在被射中后，他又往回走了？"

"不，你根本就没说对。然而，我强调过这面神奇的锣的警告，或者更确切地说，是菲利普在案发时听到的那种奇怪的铛声……事实上，那是箭偏离了它的轨道，斜射进了打开的窗户，击中了死者的脖子。现在，你应该知道了。弩箭即使经过了弹射，也有相当大的威力。"

"但弩箭到底在什么东西上进行了弹射了呢？在砖头上？你永远不能说服我！想做到这点，你得有一个光滑、坚硬的表面！而且根据你跟我说的，巷子里没有这样的东西……"

"有的。一个圆形的、光滑的金属物体，像人脸中间的鼻子一样清晰可见，那就是灯柱。灯柱被击中后，也会发出铛声。菲利普把这想成了锣的声音。想想我对现场的描述，想象一下射手、路灯和死者各自的位置……用一条线把它们连起来，就能得到弩箭详细的飞行路径。然后你就会觉得这个解释又简单又幼稚！"

雅各的天梯

"但是,先生们,我觉得还有更令人难以理解的犯罪!这些犯罪如此不可思议,即使是超自然现象也无法解释它们!"

此话一出,哈迪斯俱乐部里静得能听见苍蝇飞的声音。图威斯特博士和警司查尔斯·卡伦坐在火炉旁,好奇地盯着他们的邻座。他们刚才提到的是一起复杂的陈年旧案,但是现在这个性格温和、正值壮年的陌生人,却把这起案子简单地理解成了一个谜!他说的话近乎挑衅。是时候作些解释了。

警司是个六旬老人,精力充沛,看起来很自豪,他有些居高临下地向陌生人指出,自己好像不认识他。

男人尴尬地用手摸了摸自己很难理顺的、灰白相间的头发。然后,他带着友好的微笑,介绍了自己,说自己是帕特里克·梅尔少校。他是法国人,在来英国与布里斯托尔的一位女子结婚并加入女王陛下的军队之前,他曾是他的家乡洛特省的一名警长。

图威斯特博士比他的朋友卡伦年长,而且高得多、瘦得多。如果不是他闪闪发光的、透着机灵的眼神和他脸上天真的表情,人们会以为他是堂吉诃德那类人,尽管他更关注抓捕凶手而不是风车。他用和蔼可亲的声音问梅尔他这番话的根据是什么。

少校若有所思地转向黑色大理石壁炉,哈迪斯冷笑的半身像显得很突出。

"根据事实,"他说,"唯一的根据是事实。其实,这些事可以追溯到很久以前。我当时还不到二十五岁,刚刚被提升为警长。我被分配到卡奥尔附近的一个警察局。我们去调查的命案是如此不可思议,以至于我们认为面临的是神灵的干预,或者说,一个奇迹,假如我们能这样称呼一件令人悲伤的事的话。你们想想:在一片空地中央,一个男人在众目睽睽之下高速坠落、摔在地上,仿佛是从天而降……"

大家都沉默了,只听见炉膛里柴火的噼啪声,图威斯特博士和警司对视了一眼,满眼的惊讶。然后梅尔少校开始了他的叙述:

"事情仿佛发生在昨天……二十世纪三十年代末,一个七月的下午,邮局给我发来了紧急电报。发电报的是我的上司莱特利尔警长,他命令我立刻和他在乌鸦路口会合。这地方在乡下的一个偏僻角落,离村子五六公里。那会儿大概是下午四点钟，天气很热。我骑上自行车，赶到事先约好的地方。莱特利尔警长在他的车里等我，两扇车门都敞开着。他是个正直的人，身材肥胖，貌不惊人，但当事情超出控制的时候，他很容易发火。那天正是如此。

"莱特利尔警长脸上沾满汗水，面色通红地向我解释说，阿马尔里克兄弟中的一个发现了一具尸体，情况很诡异，他会在路上向我解释。

"阿马尔里克兄弟是当地知名的三个单身汉。作为十分富有的商人，他们谈生意是出了名的不讲情面、毫不动摇。遇上胆敢欠债的，他们就会把他打到爬不起来。当地有个人最后甚至开枪自杀了。两个哥哥马蒂亚斯和雅各把巴黎的面料进口生意转包给了别人，他们靠着年金生活。兄弟俩住在一座偏僻的农场里，旁边地势更低的地方有一个半干的湖。至于年纪最小的亨利，我不知道他是不是和哥哥们关系不好，但他很少回去，而是留在巴黎处理生意上的事情。我对他最近的了解是他经营着一家房地产中介公司。他当时三十多岁，皮肤黝黑、长相英俊，性格也许是三个人中最好的，彬彬有礼，行事谨慎。年纪最大的马蒂亚斯长得很高，但瘦得像竹竿，长得像一只猛禽。他头脑精明，精于算计，差不多是家庭的核心。雅各排行老二，当时他四十多岁，身材圆润，性格柔弱，和蔼可亲。他很有教养，但总是跟在他哥哥后面，凡事都让哥哥拿主意。两人都非常虔诚，但雅各更甚，已经把研究《圣经》作为爱好了。他们到农场定居后,雅各更是走火入魔。他经常流连于拉萨克村一所名叫'三个洗衣妇'的旅店。根据这所旅店顾客的说法,这些天来,一种信仰和激情似乎迷住了他的心智。雅各正是那个在早上死去的人。

"讲到这儿,我最好稍微谈一下那儿的地理环境,因为这对案子非常重要。毫无疑问,那儿是整个地区最干旱的地方,最近几年干旱更为严重。那儿没有什么植被,有些地方几乎全是矿场。方圆几公里内,土壤非常贫瘠,石头很多,仅有的植被是几簇石楠和几棵枯萎、纤细的树。然后,警长和我登上了一座小山的山顶,这是那里地势最高的地方,从山顶延伸下来的平缓斜坡通往阿马尔里克家的农场,农场位于南边,旁边是一个灰色的池塘。通往农场的路在另一头,得从更南边的拉萨克村开始往北走,沿着一条长长的蜿蜒小径,开车一刻钟才能到达阿马尔里克农场,车速不能太快,因为路况很差。另一条路是警长和我准备走的路。小路崎岖不平,容易崴脚,当然只能步行通过。走这条路到农场也需要一刻钟。但从我住的地方来看,这节省了很多时间。因为如果要走公路去阿马尔里克农场,警长必须反方向回到拉萨克,然后再沿着蜿蜒的道路回到农场。

"正是出于这个原因,他和我约好在这个偏僻的地方见面——乌鸦路口。地如其名,那儿附近确实有一些乌鸦,它们栖身于一片废弃农场,走五分钟就能到达。一只乌鸦骄傲地立在井边，似乎象征着刚刚发生的命案。当我们接近时，乌鸦警惕地飞走了，否则就会熔化在这刺目的日光之下。就在那时，莱特利尔警长决定向我透露更多的信息：

"'我向你求助时，梅尔，你应该就知道，事情的势头不大对了……'

"'恐怕你高估了我的侦探能力，长官。'我尽量谦虚地回答道。

"'我可没忘记你最近连续解决的两起案子，我们这些老手却差得远了。我长话短说吧。你对死者有点了解，对吧？雅各是个爱幻想的人，每当他去"三个洗衣妇"旅店喝酒的时候，就会谈起自己的事。但这阵子，尤其是过去的几周，他的幻想比以往更加离奇。他说自己好几次梦见了一座升上天空的金色梯子……'

"'雅各的天梯[1]！'我惊呼道。

"'没错。就和《圣经》里说的一样。'莱特利尔警长说道。

"'我猜他之后决定要结婚成家吧！'

"'天哪，'警察惊叹道，'你真是未卜先知！'

"'并不是，长官！我只是借鉴了《圣经》里对雅各的梦

1　《圣经》中的雅各为了躲避哥哥的追杀，跑得精疲力竭，累到睡着，于是，他做了一个奇怪的梦，梦见了一座通向上天的梯子，而耶和华则站在梯子的最上方。

的解析……'

"'嗯……'莱特利尔低声埋怨道,'行……'事实上,《圣经》旧约的年代有些久远了。但这无关紧要。我们的雅各·阿马尔里克似乎得出了同样的结论。总之,他突然决定娶旅店老板莫里斯·奥里奥尔的女儿维克多琳为妻。她非常漂亮,岁数还不到雅各的一半。他说最近真的看到了这座通向天堂的金色梯子,因此他对自己、对自己的命运、对这则上天的启示更确信了。当然,他是唯一看到梯子的人。总之,所有人都认为,他是在胡言乱语。他也写信通知弟弟亨利过来,要告诉他一件重要的事情。当然是他自己要结婚的事。亨利昨晚到了旅店,当时已经很晚了,他就在旅店睡下了。直到第二天早上,他才去农场找他的哥哥们。

"上午九点,像往常一样,雅各出去散步。当时,他的哥哥马蒂亚斯,并没有注意到雅各的行为有什么反常。他待在家里,一边检查账目,一边安静地吃完了早餐。就这样,直到十点。就在这时,他听到他弟弟用一种相当兴奋的声音叫他:'马蒂亚斯,梯子来了!那里,就在房子前面!这是神的指示……这一次,我要爬上去!'

"马蒂亚斯习惯了弟弟的胡言乱语,只是走到门口看了看,他没有在池塘附近看到任何东西。既没看见梯子,也没看见雅各。他耸耸肩,也不想细细去查看,于是继续查账。一两分钟后,一声长长的、可怕的尖叫声打破了寂静,随后传来一声沉闷的巨响,这声音是如此猛烈,以至于窗户都震颤了起来。待了几秒后,马蒂亚斯冲向外面。他注意到附近有辆车驶了过来。一辆敞篷轿跑车停在他面前,开车的是他弟弟亨利,弟弟也吓坏了,因为他也听到了可怕的叫声。就在这时,他们注意到一个人躺在池塘岸边。那人一动不动,已经奄奄一息了,竟是雅各。他们立刻意识到已经回天乏术了。两兄弟赶快回到拉萨克向我们报警。

"我和警长到达案发现场时已快五点钟了。我们大汗淋漓,池塘那个灰色的大水坑没有带来任何凉意。死者已经被运送走了,几名穿制服的警察正在附近调查。莱特利尔转向泛着灰色的平静水面,向我解释道:

"'好好看看池塘的岸边,梅尔。我们在那儿看到了一个相当奇特的圆形的痕迹。这可能是水位下降造成的,水位在不到十年的时间里下降了两米,但这不重要。要注意看岸旁的黄色石灰石。它们是这儿特有的东西。正是在那里,就在我们面前的这个地方,人们发现了尸体。不过尸体已经不在这里了,否则你就能目睹尸体的惨状,全身多处瘀伤和骨折……'

"'但到底发生了什么?'我结结巴巴地说,'有人用大头棒、铁棍或高尔夫球杆打了他?'

"'都不是,'警长回答道,他面色阴沉、若有所思,抬头看着天空,'我们在这里没有找到任何类似的作案工具,甚至目前也没有丝毫线索。雅各更有可能是从非常高的地方摔了

下来……'

"'但……这是不可能的!'我顺着他的目光看去,结结巴巴地说道,'除非金色天梯的故事是真的!但这不可能……'

"天空中没有一朵云,一片湛蓝,太阳闪着铜色的光,这颗至高无上的恒星似乎在嘲笑我们的困惑。

"'我知道,梅尔,'我的上司平静地答道,'然而,这是法医和他的助手得出的初步结论。而且,我得说,这是所有看到尸体的人给出的意见。当然,我会谨慎地等待尸检报告,然后再进行判断……'"

梅尔少校说完这句话后便停了下来,点了点头。然后,他的眼中闪着恶作剧般的光芒,说道:

"那么,先生们,你们怎么看?这太惊人了,不是吗?"

"这个词太轻了,"图威斯特博士说道,他很高兴,就像刚刚听到一个有趣故事的孩子一样,"我这辈子,从来没有听过这么离奇的故事!但显然,在这一点上,我同意你前上司的说法,等你向我们说明这份尸检报告的信息,我再说出我的假设!"

卡伦警司点头表示同意,梅尔继续说道:

"行。我稍微跳过一点故事,先说专家的鉴定结果,或者更确切地说,是一些专家的鉴定结果。因为法医也不敢下定论,只能咨询同事的意见以确认他的判断。他们的报告是一致的：死亡是坠落导致的，坠落地点非常高，至少有二十米。雅各的四肢瘫软，全身多处骨折，身体有奇怪的瘀伤，似乎是被扔出窗外或从高处跳跃下来。"

图威斯特博士和卡伦惊讶地对视了一眼，后者在沉思片刻后，说道：

"雅各也许是在另一个地方被扔出了窗外，然后被人小心翼翼地带回池塘边的？"

"我们也考虑过这点，"梅尔笑着说，"因为这似乎是该谜团唯一合理的解释。不幸的是，这个假设很快就被推翻了。至少在方圆十五公里的范围内，没有足够高的住宅或建筑。教堂塔楼除外，但是我们已经证实，这起案子发生时，教堂塔楼是无法进入的。现场周围既没有悬崖，也没有陡峭的斜面。我们刚刚走下来的小山几乎是该地区最高的地方。至于树木，就像我之前说的，根本没多少树，更没有十米高的树。此外，因为我们的专家明确了案发地点。池塘附近土地性质特殊，死者的伤口混入了碎石和黄色灰尘，说明案发地点就在池塘边。至于死亡时间，是在发现尸体的半小时内，符合事实。总之，尽管令人难以置信，但事实证明，雅各·阿马尔里克是从高空坠落，在池塘岸边摔得粉身碎骨。"

大家又沉默了，图威斯特是第一个打破沉默的，他的语气既欢快又无奈：

"在这种情况下，我们只能听听剩下的故事了。"

梅尔凝视着壁炉，显然对自己的叙述很满意，然后继续说道：

"第一个陈述的证人是'猛禽'马蒂亚斯，他有着铁灰色的头发和苦行僧一样的脸。他十分难相处，下午的审讯已经让他相当恼火了。我们在厨房里，就是案发时他所在的地方。他的叙述像账簿一样清晰简洁，而且，我必须承认，整体上很连贯。从他所在的地方，只能看到房子周围和池塘的岸边，视野很差。花边窗帘和窗框上的很多物件影响了他的视野。据他说，他的弟弟雅各在上午九点左右出去散步时非常平静。虽然他没有对天发誓肯定这一点，但他认为在十点左右，外面传来叫喊，说看到了金色的梯子，那的确是他弟弟的声音。因为他弟弟前一天提到这个话题时，语调也是这样尖锐和激动。

"'我想，'他向我们吐露，'正是这些天反复阅读《圣经》使他昏了头。我虽然不赞成，但最终还是无奈地同意了他结婚的计划。尽管我警告过他，况且这桩婚事不可避免地会带来一些财务上的问题，但他无视了所有的反对意见。不管是妻子年龄小到能当他的女儿，还是两人出身完全不同，这些对他来说都不重要，因为那金色梯子对他来说就是上帝的旨意。倘若对此视而不见，闭上眼睛，就是对神的亵渎。简言之，我最终疲惫地败下阵来，屈服于他的异想天开。所有这些都是为了告诉你，我今天早上没有回应他的喊叫。前几天他也见过这座金色的梯子，甚至指出金色梯子所在的地方，而我……需要我

说吗?我什么也没看到,只看到太阳在池塘上的刺眼反光。'

"'但十点钟的时候,你听到他大喊大叫却没有看到他时,不感到惊讶吗?'

"马蒂亚斯耸了耸肩。

"'他可能在外面的任何一个地方,在岩石后面,在灌木丛中……我再说一遍,他的婚事已经开始让我感到厌倦,我没有兴趣多管闲事。'

"'你不久后听到的那声叫喊呢?是很长的、痛苦的喊声吗?就像有人从很高的地方掉下来一样?'

"马蒂亚斯抿了抿嘴唇,表示赞同:

"'是的,就是那样。至少现在想来,我觉得就是这种叫声。因为当时,我承认我没有细想。'

"'那坠落的声音?是什么样的?'

"'很难说。那时我也很惊讶,甚至觉得地震了。无论如何,不可能是轻微的坠落。所以我出去查看,而就在这时,我的弟弟开着车来了。这也让我感到惊讶,因为我有一段时间没有见到他了。'

"在听马蒂亚斯的证词时,我注意到桌子上有一本厚厚的《圣经》,装在相当破旧的皮革里。我拿起它,打开书签所在的那一页,可想而知,那是《创世记》第二十八章关于雅各梦的部分,上面配有一张插图,图里发光的梯子通往天堂,上面站满了天使。我机械地翻了翻其余的几页,然后注意到其中有一页卷角了,这是《约翰福音》的第四章,这一段仍然是关于雅各的,一张图片下的文字证明了这一点:'于是到了撒玛利亚的一座城,名叫叙加……在那里有雅各井。耶稣因走路困乏,就坐在井旁。那时约有午正。'我还看到了一幅迷人的大利拉的插图,这让我想起了雅各打算娶的维克多琳。

"然后我问他,维克多琳是怎么看待与可怜的雅各的婚姻的呢?

"'换句话说,'马蒂亚斯苦笑着回答,'她是像雅各一样迷恋对方,还是说嫁给他只是因为不好拒绝他的追求?'

"马蒂亚斯的眼神是如此放肆,让我感到很不舒服。

"'是的,'我结结巴巴地说。'可以这样说……'

"'我认为,最好的办法是直接问她。'

"我们的谈话以他刻薄的反驳告终。然后我们在屋外询问了他的弟弟亨利。我请他先向我们准确地描述一下他到达农场时的场景。

"听见那声叫喊时,他感觉全身的血液都凝固了,当时他驾驶着敞篷车,离宅子大约三十米,敞篷车的顶篷放了下来。然后他注意看了看道路和房子,没仔细看池塘的周围,尤其是案发的池塘东岸。这部分区域被他右方的岩石遮住了。据他说,可能正是因此,他没有看到哥哥坠落。然而,他确信他没有看到一座直通云霄的梯子。如果真的有一座天梯,他必然会注意到。他也听到了坠落的声音,但没他大哥听得清楚,可能是因为发动机的噪声太大了。接下来,大约十秒钟后,他看到马蒂亚斯冲出家门。在简单地模拟完案发现场后,我没发现任何与他的说法相矛盾的地方。然后,在我的要求下,他给我看了两天前他哥哥写给他的信,信中,雅各恳求他尽快去找他,他要告诉亨利一个重要的计划。虽然没有具体说明,但毫无疑问,那指的是他结婚的计划,信中热情的语气证明了这一点。

"'收到这封信,我感到非常惊讶,'亨利解释说,他长相英俊,有着棕色的头发,眼神温柔,'我已经有一段时间没有收到哥哥的消息了,也许有六个月。我们上一次见面闹得很不愉快。其实不是什么大事,只是在父亲留给我们的证券的管理上产生了分歧。总之,自从马蒂亚斯和雅各到这个偏僻的村子隐居之后,我们就各走各的路了。由于我昨晚才到,时间已经很晚了,我就干脆在'三个洗衣妇'旅店订了个房间。在那里,我认识了正直的莫里斯和酒保于连,我和他们聊了一会儿。于连和我讲述了一些情况。当我看到可爱的维克多琳时……嗯……我顿时觉得二哥的结婚计划有些奇怪。怎么说呢?雅各可以说没有任何吸引力。这个女孩也似乎并不怎么高兴。我想着想着就睡着了,决心第二天和我的哥哥们把这一切都讲清楚。所以我早上九点左右离开了旅店,但我的车一个轮胎瘪了,于是花了点时间换轮胎……大约半小时吧,我没怎么做过这事……剩下的事你就都知道了。'

"那天晚上,莱特利尔专员和我就在'三个洗衣妇'旅店吃了晚饭。老板和于连为我们服务,于连是个长着栗色头发、精力充沛的小伙子,总是皱着眉头。至于维克多琳,她不在。这位未婚妻是不是待在房间里痛哭流涕呢?有些顾客是这么觉得的,但他们的语气显然带有讽刺意味。当我们询问于连时,餐厅里只剩下最后一些来得很晚还没离开的顾客。这孩子有点怕生,但心地单纯,很听话。然而,他的一个眼神却意味深长。在谈到死者时,于连的语气充满了尊重,但还是很明显地感受到他对死者有深深的怨恨。

"'倒也不是说他没有一点同情心,'警长给他倒了一杯酒,然后于连说道,'他很有教养,喜欢聊天儿,但是怎么说呢?他以为自己是神……再说了,我记得他从没给过我小费!不过,既然他已经死了,我就不说他的坏话了!'

"'你怎么看待他和维克多琳的婚姻?'莱特利尔警长装作心不在焉的语气问道。

"年轻人眼中闪过一丝光芒。

"'那不关我的事,'他结结巴巴地说,'我觉得你是个聪明人,可以理解……'

"'理解什么?'莱特利尔追问道。

"'问莫里斯吧!'

"于连的回答像一记鞭子。在他像个贝壳一样把自己关起来以前,我决定换个话题,问他案发前一天与亨利聊了些什么。他承认自己和他聊过,回答了他的一些问题,包括和他哥哥雅各的计划有关的问题,但是他对阿马尔里克兄弟中最小的这一位也并没有好感。

"'他看起来不像其他两个那么贪婪,'他恼怒地说,'但别被骗了。他也好不到哪里去!如果你看到了维克多琳走近我们时,他那色眯眯的眼神就好了!我相信如果有机会,他会毫不犹豫地从他哥哥那儿夺走维克多琳!'

"'我明白了,'警长用一种知晓的口气说道,'而且我也知道他们关系不太好。啊!最后一点,于连。亨利·阿马尔里克声称他今天早上九点左右离开了旅馆。你能证实这一点吗?'

"于连想了想,摇了摇头:

"'不。其实我傍晚才上班。最好还是问问莫里斯或维克多琳……如果她有心情和你说话的话。她倒肯定没有痛不欲生,但这个消息还是让她大吃了一惊!'

"在关上了旅店的门后,莫里斯·奥里奥尔接受了询问。

"'也许雅各的梯子是上帝的指示。'老板五十多岁的年纪,头发花白,一双眼睛像猫头鹰的一样炯炯有神。

"'什么意思?'莱特利尔警长问道。

"'上帝听到了我的祈祷,想以自己的方式为我受到的勒索复仇。'

"'什么勒索?'

"'用我的女儿去抵欠他们家的钱。尤其是欠大儿子马蒂亚斯的钱,'莫里斯带着一种悲伤和苦涩的眼神说道,'我从他那里借了一大笔钱,但没办法偿还。他把我握在手心里。一段时间以来,我一直在等法院执达员的到来。一个月前的一天,雅各来了,他满心欢喜,手里拿着我的借据,告诉我,他可以免除这笔债务。他和他哥哥谈了这件事,哥哥同意了。'

"'我想我明白了。'我咕哝着,握紧了拳头。

"'是的,先生们,就是这样。条件是我必须同意把我女儿交给他,'莫里斯说着,把脸埋在胳膊里,'我很惊讶,当时我犹豫了,争辩说决定权不在于我。维克多琳好像已经了解了情况,于是加入了我们的谈话。雅各带着满意的微笑重新提出了他的要求,没有丝毫羞愧,仿佛这是一件简单的交易,只剩下价格有待讨论。善良的维克多琳知道了我所受的折磨,用力将借据撕碎了,然后答应了他们的要求。'

"老板顿了顿,然后补充道:

"'如果他可怜的母亲活到了现在,一定不会原谅我的。我如果是一个勇敢的人,或者还算个男人,就会把拳头砸在这个人的脸上。最令人惊讶的是,他似乎什么都没有意识到。我感觉他很天真。他坚信自己所见的世界。事后,我劝维克多琳别这样做,但对她来说,问题已经彻底结束了:她已失去了自由之身,雅各将成为她的丈夫。我记得,于连听到这个消息时大发雷霆。如果没有维克多琳的帮助,我可能都拦不住他。他想去农场锤烂阿马尔里克兄弟的脸……'

"'我猜这个男孩应该是爱上你女儿了,对吧?'警长问。

"'是的,'莫里斯严肃地说道,'而且我认为他永远不会原谅我……因为我没有做到自己该做的事,没有正式否决这桩婚事。'

"一阵尴尬的沉默之后,我问奥里奥尔,他是否可以确认亨利早上离开的时间。

"'是的,确实如此。他付账单的时候是九点钟。我看到他拿着运动背包出去了,然后我听到他敞篷车引擎的轰鸣。'

"'你接下来做了什么?'

"'没什么特别的,'莫里斯想,他摸了摸脖子,'我打扫了下卫生。大约十点钟,第一批顾客到了。'

"'很好。我们还想和你的女儿谈谈。如果她还吃得消……'

"'我想没事的,'莫里斯点点头说,'她在她自己的房间里。我会通知她的。'

"不久之后,我们听取了美丽的维克多琳的证词。她那双清澈的大眼睛目光迟滞,脸上没有任何表情,但这无损她那张令人陶醉的、俏皮的、两旁垂着茂盛黑色卷发的脸。

"在我们告诉了她调查中那些令人不安的细节后,她对我们说,她很少像讨厌雅各·阿马尔里克一样讨厌一个人。雅各的结局,无论多么悲惨,对她来说都是一次彻底的解脱,如此彻底,以至于她震惊得尚未缓过神来。然后她向我们坦白,尽管她一时冲动做出了决定,但她可能永远不会有勇气坚持她的决定，嫁给雅各。最近，她甚至暗自喜悦地想象过，当她在结婚典礼上说出'不'的时候，她的'未婚夫'的崩溃。

"事实上，听到她这样说，我松了一口气。因为在我看来，这种情况更符合常理，她还有理智。然而，这起案子的谜底仍未解开。我问她怎么想。

"'雅各的梯子，'她重复了一遍，露出了她的第一个微笑，'这么说可能会显得我不太谦虚，但我认为他想娶我时，把目标定得有点高了！我高不可攀，他必须爬得高点，才能触碰到我……然后他就摔了下去。'

"'伊卡洛斯的坠落[1]。'我说道。

"'没错，'她说，并优雅地整理了一下乌木般的头发，'这是上天的惩罚，这就是我的看法。'

"警长向她指出，这样的解释对于正义来说是不够的。他的职责正是给这个谜团一个合理的解释。紧接着，警长问了她在案发时的行踪。

"她清澈的眼睛里闪过一丝光，然后她冷静了下来，露出了一个带有讽刺意味的笑容。

"'真是不凑巧，先生们！我的不在场证明和这座阶梯一

---

[1] 代达罗斯是古希腊的建筑师，他为克里特岛的国王米诺斯建造了一座迷宫来囚禁国王的儿子。但国王为了保密，便将代达罗斯和他的儿子伊卡洛斯一同关进了迷宫的塔楼。为了逃离塔楼，代达罗斯为自己和儿子制作了翅膀，并叮嘱伊卡洛斯一定不要飞得太低，也不要飞得太高。年轻的伊卡洛斯没有经验，他越飞越高，最终因为靠近太阳，翅膀上的蜡熔化了，自己也摔死了。

样是金的。今天早上九点到十点，我在村里购物。我去了面包店、杂货店、果蔬店，甚至去教堂祈祷了。在那里，我遇到了牧师，和他聊了聊，当然，我也和上帝说了话，他显然听到了我的倾诉……'"

在结束他的叙述之前，梅尔停顿了一下，眼里有一种回忆往昔的喜悦：

"维克多琳是个美丽的女孩。我承认，我当时也有点爱上她了。她有个性，甚至可能比这起案子中所有的男人都要有个性。在我看来，如果有人要杀了雅各，那么她最有动机。但正如她所说的那样，她的不在场证明和金子一样。经过核实，我们也确认了她的不在场证明。那么，先生们，你们怎么看？承认吧，这是个非比寻常的谜团！"

"是的，"图威斯特博士表示同意，"一个美丽的、无法解开的谜团！一个神圣的谜，这才是恰当的形容词！"

在从容地点燃雪茄后，警司查尔斯·卡伦面带平静地微笑说道：

"表面上看，的确如此。因为只要对事实进行冷静的分析，就很容易驱散这团神秘的迷雾了。"

"您是否已经想到谜底了？"梅尔少校问道，眼睛闪闪发光。

"是的。至少有一个大致的设想。因为很明显，这个故事的'神性'完全建立在阿马尔里克兄弟的证词上。其他三个主角，酒保、旅店老板和他的女儿当然有理由怨恨受害者，但兄弟俩有一个更强大的动机，那就是雅各的遗产，据我所知，这笔遗产可不是笔小数目。"

"确实如此，"梅尔说道，"他的遗嘱对他们很有利，遗产的数目非常可观。"

"我猜他们一定利用了雅各的胡言乱语，想出了这个杀人计划。很明显，他们对事实的描述是一派谎言。那一天，没有通天的梯子，没有兄弟的呼喊，没有悲惨的叫声，没有坠落的声音。有的只是弑兄杀弟，然后用一个天马行空的故事来掩人耳目。阿马尔里克兄弟是这起谋杀案的主谋，没有别的可能！"

"我得出了同样的结论，"梅尔回答道，"问题是，没有什么可以解释雅各从高空的坠落。我不想再重新叙述一遍那儿的地理环境。要知道，在悲剧发生后的两三天里，我们仔细检查了周围的环境，没有一点线索。然而，要起诉阿马尔里克兄弟，首先必须揭穿他们的阴谋……"

"你真的想到了一切吗？"卡伦挑衅地问道，"难道不能做一个发射器把死者投射到空中吗？就类似土著在灌木丛中做的陷阱。这些陷阱会压弯一棵树，就像展弓一样，在末端把绞索系在人身上，只要突然松开绳索，就可以轻易将一个人弹射到二十多米的高度！"

"附近没有这样的树，先生。我们也考虑过这种陷阱的。"

"好吧，"卡伦抱怨道，"但我认为，无论两兄弟的诡计是什么，他们就是罪魁祸首。但是，我们必须在现场，才能给你更详细的解释，梅尔少校！你怎么看，图威斯特先生？"

这位大侦探全神贯注地看着炉子，转向他的朋友，摇了摇头。

"不，没有必要。梅尔少校为我们提供了解开这个谜团所需的所有细节。你最后解开了这个谜，不是吗？"

少校微笑着点点头，有些挑衅地说道：

"的确，我最后明白了一切。你已经有想法了吗，图威斯特先生？"

"当然。我得再说一遍，你的叙述十分详细，以至于它清楚地暗示了谜底。你多次强调了本案与《圣经》的关系，而卷角的书页这个线索也没有逃过我的眼睛。对我来说，从这一点来看，很明显，阿马尔里克兄弟是无辜的。"

"怎么会这样？"卡伦的自尊心被刺痛了，"你想让我们相信他们与此案无关？他们的证词不是开玩笑？"

图威斯特博士耸了耸肩：

"你真的相信，如果他们是有罪的，还会编造这样的故事吗？不，他们说的是事实，纯粹的事实。他们在这起案子里完全是无辜的。罪魁祸首另有其人……我想他在听完雅各关于那个怪梦和娶维克多琳为妻的话之后，提前几天就已经计划好了一切，甚至已经做了一些准备工作。凶手的目的是对那些可恶的阿马尔里克兄弟新账旧账一起算，但最重要的，当然是阻止这场婚姻，让雅各的梦破灭。亨利意外地来到旅店只是加速了计划的实施。这个人在夜里弄瘪了亨利的汽车轮胎，从而推迟了他第二天到达农场的时间，导致他十点左右才到。他还知道，雅各有一个习惯，就是在九点左右去散步。"

"这太不可思议了，"梅尔眯着眼说道，"我花了几天，甚至好几个不眠之夜才明白……而你，在这里，坐在扶手椅上，一动不动，就似乎已经猜到了！"

"卷角的那一页，"图威斯特指出，"显然让我们走上了正确的道路！耶稣坐在井边的形象，而且是雅各的井！这就一清二楚了啊！雅各不是从梯子上掉下来的，而是掉进了井里！你提到了那口井，在废弃的农场附近，离那座山山顶不远，井边栖息着一只乌鸦，它在太阳的刺眼光芒中飞走了，那是真相之光！之前你提到了池塘水位下降，这口井可能已经干涸了，考虑到井的位置，我想它应该很深。凶手所要做的就是在井底铺上从池塘边取来的石头和沙子，以某种借口把雅各引到井边，把他打晕，用一根绳子套住他的腰，把他扔到井底，然后提起来带走。接着，凶手只要将他骨折和瘀青的尸体放在被发现的地方。只要提前把石头放在井底，整个过程不会超过半小时。很明显，只有一个人有可能把这具尸体从井里扛到池塘边，这已经让我们知道了凶手的身份。后面的一切就都明了了。凶手躲在一块石头后面。他一听到远处亨利汽车的引擎声，就模仿雅各的声音——那种高亢、兴奋的声音，总之相当容易模仿——以吸引马蒂亚斯的注意。阿马尔里克长兄冷漠、恼怒的反应是可以想见的。当大哥转头回去，亨利的车开到附近时，凶手发出了一长串惊恐的叫声。为了搞出沉闷的响声，我想，他提前布置了一块不稳定的大石头。而两兄弟在惊愕中目睹了惨剧。就是这样。但是，兄弟俩离开案发地去村里报警了，这启发凶手想出了一个'符合《圣经》'却不神圣的主意……到这里为止，他的计划非常成功。阿马尔里克兄弟深陷泥潭，他们作为继承人的地位以及天马行空的证词将使他们备受怀疑。为了让他们的处境更艰难，他决定留下一条细微但能起到决定性作用的线索。警察无疑会注意到厨房桌子上的《圣经》中他折角的那一页，也就是'雅各的井'那一章。他寄希望于警察的洞察力，通过这段场景描述，应该可以让他们了解犯罪的手法。他想得没错，是吗？"

梅尔点了点头，叹了口气：

"是的，我做到了。至少在一开始。在我弄清了水井的事情之后，我确定了阿马尔里克兄弟的罪责。但是那折角的、及时出现的书页让我感到不安。我觉得有人在试图操纵我们……"

图威斯特点头表示同意：

"于是你想，阿马尔里克兄弟如果想出这么狡猾的计谋来除掉他们的兄弟，就不应该留下这么显眼的线索……"

"是的。从这一点出发，也就是从他们是被陷害的这一假设出发，我不难追踪到真正的凶手。"

"他是唯一在案发当天早上没有不在场证明的嫌疑人，也是迄今为止最有可能犯下这种需要一定体力的罪行的人。在他有些沮丧的外表下，藏着相当狡猾的头脑……"

"一句话，凶手是年轻的调酒师于连！"卡伦惊呼道。

"干得好，我的朋友，"图威斯特说道，"真是没有什么事能瞒过你！"

"他马上就承认了事实，"梅尔说，点点头，"这对他来说是一件好事。他的判决相对宽松，他的监禁时间被减免了大概十年。事实上，对他的审判并不是完全不偏不倚的。阿马尔里克兄弟的坏名声对他有利。后来我才知道，陪审团的一名成员同贪婪的阿马尔里克兄弟害过的一个人是亲戚。维克多琳的牺牲以及她忧郁而哀伤的美也产生了重要影响。她感动了在座的人们，也让他们原谅了被嫉妒之心驱使，走上犯罪道路的于连。"

"所以说，最后从雅各的梯子上摔下来的是于连！"卡伦开玩笑说。

"确实，"梅尔少校说，"但是他重新站了起来，这并没有阻止他进行第二次攀登。这一次他成功了，他接近了苍穹……"

"我明白了，"卡伦警司说，带着一种恍然大悟的神情，"出狱后，他最终娶了他梦寐以求的女人！"

"不，他去当神父了。"

稻草人的复仇

"明天……是万圣节,是逝者的节日……"珍妮沉思道。但她丝毫不愿去想已经死去的人……

她站在母亲的坟墓前,准备放下一盆菊花。她凝视着这盆菊花,发现它的艳丽色彩与贡德维尔墓地里石墓的灰色形成了鲜明对比。贡德维尔是夏朗德省的一个小村庄。在薄雾中,墓碑像许多石化的鬼魂一样矗立在她周围。她丝毫不愿去想死去的人,尤其不愿去想那个人……那个让她痛苦挣扎的人,直到今日,关于他的可憎的记忆还在纠缠着她。他的遗体也躺在这片墓地里,离她三十多米,在一块花岗岩石碑下,与他母亲的石碑一模一样,上面刻着那个可恨的名字:安托万·杜普伊1922—1966。碑文在她朦胧的眼前闪了一下,她觉得喉咙发紧。尽管她有信仰,尽管五年前自己向上帝发誓做那个男人的妻子,她也绝不可能去他的墓前祭拜。在她看来,祭拜他就是对神明的亵渎。她从没想过自己会如此憎恨一个人，即使在他死后也是如此。一阵微风吹来，打破了寂静，震颤了小路两旁的柏树，扬起了几根她外套上的金色发丝……她浑身颤抖着，感觉肩膀上仿佛搭了一只死人的手。那盆菊花从她手中滑了下去，在她脚边的石碑上摔得粉碎。温热的眼泪流了下来。她永远忘不了他。他会继续纠缠她，终其一生。

过了一会儿，她走上了通往自家农场的小径，小径就在村口后面一点的位置。这次去墓地给她带来的痛苦比她担心的还要大。她到处都能看到安托万的影子，即使是她面前最微小的身影，她都觉得像是安托万。比如那个阴森的稻草人，它守卫在农场入口对面的小花园前。她咽了咽口水，揉了揉眼睛，然后毅然决然地走进宽阔而漫长的客厅。她父亲加斯顿和叔叔勒内一同看向她。他们的眼睛在灰暗的日子里闪闪发光，眼神极其锐利，也满是她身上那种沉重的悲伤。他们全然明白她遭遇了什么。

两天后，在同一间宽敞的、既是客厅又是餐厅的乡村房间里，勒内·鲁塞尔独自一人坐在餐桌旁吃早餐。当挂钟敲响八点钟时，他听到了一辆雪铁龙2CV的轰鸣声。车停在了门口。熟悉的身影出现在前门的窗户后面，是他的朋友朗贝尔·勒萨奇和他的孙子丹尼尔。他朋友是一名退休的警察，而他的孙子是个可爱的金发小伙儿。他们简短地敲了敲门便进了屋。勒内·鲁塞尔记得他们计划在树林旁的池塘钓鱼。他问他们要不要喝点小酒,他们拒绝了,不过他们觉得喝点咖啡是个不错的选择。过了一会儿,勒内的妻子玛丽亚把他们的杯子倒满。朗贝尔道过谢,然后说道:

"今天这鬼天气,眼前像是蒙了一层豌豆泥,什么也看不见。我甚至得开大灯才能找到这儿来。但我不觉得鱼会不开心!"

他被自己的俏皮话逗笑了,其他人却没有任何反应,然后,他问主人:

"你和我们一起去吗,勒内?"

"不,这次不行,对不起……"

"那你儿子能去吗?"

"你得问问他,但他打算和一个朋友一起去射箭来着……"

朗贝尔盯着他,眉头皱了起来:

"一切都还好吗,勒内?"

勒内摇了摇头。他严肃地看着丹尼尔,然后解释道:

"珍妮的状态并不好……她昨晚做了一个可怕的噩梦。"

"还是因为他吗?"年轻人咕哝着,握紧了拳头。

"当然,不然还有谁……那天晚上,她甚至把花园里的稻草人认成了他……"

"这倒不让我惊讶,"丹尼尔咬牙切齿道,"我来的时候,也觉得这个稻草人简直和他是一个模子里刻出来的!"

"一个疯狂的稻草人，拿着干草叉对加斯顿穷追不舍……"

"她真可怜……我能看看她吗，她醒了吗？"

"不，应该没有吧，"勒内回答说，抓起他的一包香烟，"今天早上我没见到大家伙儿，无论是小马克、珍妮，还是加斯顿，我都没看到。你知道加斯顿起得并不晚。这挺奇怪的，因为……"

"勒内，麻烦你，"玛丽亚干脆地打断他的话，"你最好去外面抽烟。你知道马克不喜欢在起床的时候闻到烟味……"

勒内耸了耸肩，站了起来，嘟囔着走了出去。在他关上门前，客人们听到了几句断断续续的话语："孩子指使人……世界倒过来了……"五分钟后，勒内回来了，他脸色惨白。他盯着朋友们看了很久，然后结结巴巴地说：

"加斯顿……死了……有人用干草叉杀了他……就在那个可怕的稻草人前面……"

几天后，在雅纳克的公园酒店的休息室里，两名男子谈到了这场惨案。其中一位是警长皮埃尔·勒格朗，他身形瘦小，眉骨前突，苦恼的表情无疑和他负责的那件棘手的案子有关。他的一位同事告诉他，镇上有一位著名的英国侦探阿兰·图威斯特博士，他是破解不可能犯罪的专家。为了寻求他的帮助，勒格朗立即向在公园酒店订了房间的博士传达了意向。这位著名的侦探回答说，他愿意伸出援手，但前提是案子必须异常困难。警长告诉他，案子的困难程度将超乎博士的想象。

图威斯特博士和他对面的人一样瘦，但这是两人唯一的相似之处。他比警长高得多，面容更加平静。若有所思的眼睛照亮了一张微笑的、几乎像孩子一样的嘴巴，嘴上长着两撇漂亮的红胡子。

"一名男子被一个想要复仇的稻草人杀了，这就是事情的不寻常之处。"图威斯特解开了装着烟斗的东西，用一种轻快的口气说道。

"是的，"勒格朗警长在扶手椅上坐正，随后感叹道，"这是最保守的说法了……还有，你不了解所有的细节。我首先要回顾一下案发时的情况，以明确案子的'不可能性'。幸运的是，案发时，前警员朗贝尔在现场。作为一名老手，他采取了必要的保护措施，保留了湿漉漉的地面上的脚印。案发前一天晚上一直在下雨，一直下到凌晨两点。据法医说，案发时间正是凌晨两点左右。后来还下了几阵雨，死者的脚印虽然仍可以辨认，但也有些模糊了。脚印从房子的前门延伸至稻草人，距离大概有四十米。确切地说，脚印是单向的。加斯顿·鲁塞尔躺在稻草人的脚下，脸朝下，草叉从背后刺入了他的心脏。草叉其实是稻草人的武器，如果能这么说的话，其实稻草人自从立在那儿以后就一直气势汹汹地'挥'着那把叉子。四周散落着一些稻草，就是稻草人身上的……"

"好像两人发生过争斗似的。"图威斯特博士笑了笑。

"是啊，"勒格朗叹了口气，"我还要指出，加斯顿·鲁塞尔当时穿着睡衣，但他事先穿上了毛衣和黄色雨衣。早上八点，他的弟弟勒内出去抽烟。天还是雾蒙蒙的，他没有立即看见躺在地上的死者，但他被稻草人吓到了。稻草人的外观大变，穿着已故的安托万·杜普伊工作时穿的军装。安托万·杜普伊是死者的前女婿，自从他和勒内的侄女珍妮离婚以来，他也和死者成了死对头。勒内·鲁塞尔立马走了几米，到了稻草人跟前，惊讶地发现他兄弟的尸体躺在泥泞的地面上。他转身回家，想要报警，留下了两组清晰的脚印。我必须指出，根据专家的说法，脚印的清晰程度可以证明脚印很新，绝不像死者留下的脚印那样被夜晚的小阵雨冲刷过。专家也说，死者的脚印也是真实的。我的意思是这些脚印没被人动过手脚，比如说，不可能有人小心翼翼地走在上面以免自己的脚印被人发现。它们当然'褪色'了，但仍然足够清晰，清晰到可以让专家辨识出来。而这些是方圆四十米之内，潮湿的地面上，稻草人周围仅有的脚印，如果其他人在夜间踏足这个区域，肯定会留下一些脚印……"

图威斯特博士揉了揉下巴：

"你确定周围没有类似支点的东西吗？"

"还有一棵老垂柳和一个水泵，就在入口对面，但都离案发地有三十多米远。"

"明白了，"图威斯特博士说道，"事实令人震惊，人类似乎无法实施这次谋杀……稻草人却有复仇的动机……"

警察的眼中闪过一丝狡猾的光。

"我还没告诉你事情的全部经过，先生。当天凌晨一点，珍妮做了一个可怕的噩梦。她梦见她已故的前夫安托万·杜普伊回来迫害她，缠着她，梦见他化身为稻草人，梦见他与前来拉架的父亲加斯顿扭打在一起。当稻草人用干草叉狠狠刺向加斯顿时，珍妮尖叫着醒了，这惊醒了全家，或者说几乎是全家。勒内、加斯顿和小马克到她的床边安慰她。只有勒内的妻子玛丽亚没去，她有点耳背，没被惊醒。"

"一个预知梦，"图威斯特博士笑着说，愉快地抽了几口烟，"死者的复仇，一个预言的梦，几小时后这个梦成了现实，化作一桩不可能犯罪……这就很有意思了。但讲到这个时候，我认为，警长，如果你能告诉我更多信息，特别是关于'稻草人'安托万·杜普伊和鲁塞尔家族之间的敌对关系的信息，将会很有帮助……"

"当然可以。鲁塞尔兄弟勒内和加斯顿经营着父母留下的农场。他们全家都住在农场里。勒内、他的妻子玛丽亚和他们的儿子马克。马克十二岁左右。加斯顿是两兄弟中的老大，年近六十，在某种程度上是一家之主。他很晚才娶了个叫玛蒂尔德的女人，玛蒂尔德在死于肺病之前，给他生了一个女儿珍妮，他把所有的感情都转移到了他女儿身上。珍妮二十岁时，爱上了安托万·杜普伊，一个年龄是她两倍的男人。杜普伊是个刚刚退伍的军人。珍妮不顾大家的反对，尤其是她父亲的反对，嫁给了杜普伊。最终，加斯顿和杜普伊成了好朋友，勤奋进取的杜普伊成了他们农场的一分子。勒内甚至给了他一部分土地。这对年轻夫妇在家族的屋檐下安顿了下来。一切都很顺利，直到有一天珍妮爱上了一个村里的年轻人，同时，她对丈夫的厌恶也与日俱增，再也无法忍受他病态的嫉妒心。当安托万·杜普伊狠狠地揍了他的情敌一顿后，事情变得更糟了。他的情敌觉得退出是更谨慎的做法。珍妮提出了离婚，于是她和杜普伊的婚姻就此终结。唯一的问题是安托万·杜普伊没有潇洒地离开，而是留了下来。他岳父给予他的东西允许他这样做。恼火且满怀怨恨的他开始破坏他们的生活，尤其是珍妮的生活。他没有原谅她的背叛。他暴力地赶走了所有来到珍妮周围的年轻人。这位退伍军人和他前岳父之间的关系，无论是在人情方面还是在工作方面都同样糟糕。他们迫于形势，还是合作伙伴。最终，疾病结束了这种痛苦的局面。突如其来的癌症在短短几个月里结束了安托万的性命。临终前，他甚至向珍妮预言，他的鬼魂会纠缠她一辈子。可以说他做到了。这些事可以追溯到大约两年前，从那时起，不幸的珍妮经常焦虑症发作，在每个阴影中都能看到她丈夫复仇的鬼魂……"

图威斯特博士严肃地点了点头。然后，在深思熟虑的沉默之后，他突然问道：

"她漂亮吗？"

"哦，是的！她二十五岁，是个美丽的年轻女子……"

"在此期间，没有白马王子在她心中占据一席之地吗？"

"嗯……有的，就是丹尼尔·勒萨奇，朗贝尔警员的孙子，他在案发那天的早上和警员一起去了鲁塞尔家……"

"啊，对，他注意到稻草人长得像珍妮前夫……"

"对。他们打算在不久后结婚……尽管这起案子很离奇，但我也没有忽视遗产问题。加斯顿留下的遗产绝对不容忽视。光是地产就价值不菲。"

"我想财产将分给他的兄弟和女儿？"

"不。他立下了遗嘱。所有遗产都给珍妮……"

沿着西侧的道路走，在村口外大约一公里，有棵奇怪的大树，据图威斯特博士说，这棵树让人想到非洲的猴面包树。它标志着道路与一条土路的交叉点，这条土路通往鲁塞尔农场。万里无云的天空中闪耀着令人心旷神怡的阳光，更为这棵大树增添了几分异国情调。侦探进入小路时，看到他的右边有几个棚子，再往后才是农舍。农舍的正面由一大块金黄色的石头砌成，两层楼凿了十几扇窗户和玻璃门。农舍对面有棵垂柳和一台相当破旧的水泵，垂柳旁有个小池塘。在水泵后面，那个稻草人守卫着一片小菜园。远处只能看见牧场，由铁丝网围着。

他们一到，警长就把图威斯特博士带到了案发现场。

"你看，"他说，"空间很宽阔。凶手是如何接近受害者，然后离开现场的同时,又不留下脚印的?"

"凶手不就在那里吗,"图威斯特博士带着调皮的微笑答道,他指着稻草人,现在稻草人只剩下由树枝和用铁丝固定的稻草组成的骨架了,"你说他当时穿着已故的安托万·杜普伊的衣服?"

"是的。是安托万一直穿着的军装,还有一顶卡其色遮阳帽。根据所有人的证词,稻草人在案发前一天并没有穿着这套衣服。杜普伊的衣服放在房子后一间库房的储物柜里,几乎被人遗忘了,因为之前没人想过把它们扔掉。你知道这是怎么回事,在农场,我们不会扔掉任何东西,所有东西都还是有用的,所以人们总是在农场堆起一些破破烂烂的东西。"

"假设凶手是一个活生生的人,那么,我觉得这个人很明显是这个家里的某个成员,因为他知道在哪里可以找到给稻草人穿的衣服。"

"是的,"警长说道,"但是我们要追查的是一个这样的杀人犯吗?这儿的人不这么想,大家都很迷信,比如说玛丽亚,我建议你先听听她怎么说。"

在一个宽敞的主厅里,厅里有几扇门,每扇门顶部都有一个十字架,房子的女主人高大瘦削,长着又圆又大的眼睛,谈起她的前侄女婿时,她试图缓和自己的情绪,却还是很激动。

"人不能说死人的坏话,但自从珍妮把安托万介绍给我们后,我就觉得他会带来霉运。我以为他死后,霉运也消散了。我太天真了！两年过去了，他仍然像他活着的时候一样在我们身边！看看他对可怜的加斯顿做了什么，加斯顿为他做了一切，甚至把他当成自己的儿子，一直到珍妮意识到她做的蠢事。当然，在他们离婚后，事态恶化了。他和加斯顿只能拔刀相见。安托万固执地拒绝离开，直到他病死，我们都活在冰冷的仇恨气氛里，这种氛围只能以悲剧收场……"

"简言之，在你看来，"图威斯特博士说，"这个稻草人真的是他的化身吗？

玛丽亚没有回答，图威斯特博士不得不提高嗓门儿，重复了一遍他的问题。

"当然了！这是他做的，一个恶魔做的！我们早该料到，并当场把稻草人给烧了！稻草人是他在临死前不久亲手制作的，他小心翼翼，如同恶魔，这本该引起我们的警觉！看看可怜的加斯顿的下场！这一切让我想起了那些古希腊人和他们的木马，木马让恐怖笼罩着希腊人围攻的那座城市……"

当被问及珍妮的噩梦时，玛丽亚无法提供任何细节。她悲伤地笑了笑，用手势指着她的耳朵，回答说她睡得很沉。然而，她补充说，这不是她的侄女第一次做这样的噩梦，这个恶魔不会轻易放过他的猎物。

"可怜的孩子，"她叹了口气，抬头看着厨房门窗洞上的十字架，"要是她听了我们的建议就好了。她不应该嫁给那个男人。她为自己的错误付出了残酷的代价。希望她能在上帝的帮助下和善良的丹尼尔过上幸福的生活。"

不久之后,两位侦探听取了屋里另一个女人的证词,她就是迷人的珍妮,她的悲伤丝毫无损她洋娃娃一般的脸,她长着栗色的大眼睛、忧郁的嘴唇和金褐色卷发。

她告诉他们,在案发前她去过墓地,谈到了关于她前夫的可憎记忆,他像影子一样追着她,她讲述了她可怕的噩梦,在噩梦中,她在稻草人的幽灵般的剪影中清楚地认出了安托万,稻草人袭击了她,然后用复仇的干草叉打死了她的父亲。

"你醒来的时候是几点?"图威斯特博士用亲切的声音问道。

珍妮拂去了额上的一绺头发,皱起了额头:

"大约一点。我没回答过这个问题吗?"

"可能吧。但你可能忘记了某些细节。"

"我喊得很大声,马克、我父亲和叔叔很快就冲了进来。他们似乎很害怕,我感觉自己看到了三个鬼魂。我向他们解释了我的噩梦。勒内叔叔命令马克回到自己的房间。他很生气,当然不是冲着我,而是冲着这没有出路的痛苦局面。他发誓,第二天他要做的第一件事就是烧了那个稻草人。"

"好像是为了抵御厄运而实施的火刑。"警长评论道。

"没错。我父亲也很不高兴。看到我这副样子,他也很难过,觉得自己对这种情况负有责任。"

"为什么呢?"图威斯特疑惑道。

"起初，他处心积虑地破坏我和安托万的关系。他没有特别讨厌安托万，主要是我们年龄差距太大。然后，慢慢地，父亲习惯了他，甚至和他成了推心置腹的朋友，完全信任他。直到有一天……我遇到了另一个人，对安托万没了兴趣。他的嫉妒心很强，我受不了了。我父亲那时帮着安托万说话，他竭尽全力让我走上'正道'，埋怨我变心。当然，我能理解他。直到有一天，他意识到情况已经不可逆转了。我们离婚后，安托万坚持留在这儿，住在我们的屋檐下，当他明白并发现安托万只是想伤害我们时，他开始恨安托万，也许和我一样恨。不用说，安托万的病，以及他的死，对我们所有人来说都是巨大的解脱。但是我们没想到这个卑鄙小人有着恶魔般的灵魂！我都不敢告诉你们他在病榻上对我说了什么……"

"他威胁了你？"

珍妮痛苦地咽着口水，泪水夺眶而出。

"是的，他威胁了我，威胁了我的父亲……他……他，不得不说，他做到了……"

她把脸埋在手里，压抑着抽泣。

图威斯特博士沉默了一会儿，接着说道：

"我们必须忘记过去，夫人。时间会冲淡一切，生活会重回正轨。我想，你的朋友丹尼尔会尽力让你过上幸福的生活……"

"啊？有人告诉过你我们的关系吗？……你说得对，图威斯特先生。我相信丹尼尔会为此尽一切努力。但是，唉！我怀疑我还能不能重回正轨，尤其是现在又发生了这种悲剧。这一切都是我的错……在遇到这个浑蛋的时候，如果我没有执迷不悟，那我父亲可能还活着……"

"你还年轻，夫人。我认识一些处境比你更糟的人，他们努力走了出来。你也会走出来的，要对生活有信心，生活就在你面前。我们就不再打扰你了……啊！最后一个问题，你以前做过这样的梦吗？"

"啊，有的！"

"你能给我们讲讲这个复仇稻草人的噩梦吗？"

沉思片刻后，她摇了摇头：

"不，永远都不会讲。这是安托万第一次穿成这样出现在我面前……"

侦探们随后在小马克的房间里找到了他，农场里的所有人都住在楼上。少年一开始对他们抱有疑心。图威斯特博士还注意到马克那双睫毛长长的蓝色大眼睛里有一丝恐惧，但他很快就让马克放下心来。他夸马克把房间布置得很漂亮。房里有成堆的冒险故事书，有一座城堡，城堡上站着许多士兵，还有些别的玩具。墙上挂满了动作片的海报，比如《海鹰》《马革裹尸》《银河》《劫后英雄传》。

"选得不错，"图威斯特博士评论道，他调了调夹鼻眼镜，认真地看了看房间里的书，"你喜欢冒险，对吧？"

"是的，先生……"

"我也是,尤其是在你这个年纪。我有时还是会重读经典,比如《金银岛》。看来你很喜欢埃罗尔·弗林[1]……"

"是的,先生。他是我最喜欢的演员。我和爸爸在电影院里看了他的两部电影。他真的很棒,我很想像他一样!"

"小家伙,你不是唯一这么想的人。但我们今天来这儿不是只来谈电影的,你应该想到了吧……"

"是的,但我把我知道的都告诉警长了。"

图威斯特博士瞥了皮埃尔·勒格朗一眼,在房间走了几步,然后继续说:

"你能和我们讲讲你姐姐那天晚上的尖叫声吗?那声尖叫惊醒了所有人吗?"

"如果你要听的话。那声尖叫一下就把我吵醒了,她的房间就在我隔壁。我去找了她,爸爸和加斯顿伯伯后来也到了……"

"多久之后?"

马克揉了揉脖子。

"我不记得了……甚至不到一分钟,也许是三十秒后。珍妮开始告诉我们她的噩梦,然后爸爸命令我回自己的房间……"

"然后你就回来了?"

"是的,当然。"

---

1 美国知名动作片演员,主演了《海鹰》《马革裹尸》《银河》《侠盗罗宾汉》等电影。

"然后呢？"

"然后，我上床睡觉了，不然你还想让我做什么？"

图威斯特博士走近了窗户，从那里可以直接看到花园和稻草人。

"在听说你姐姐做了噩梦以后，你有没有好奇地看看这个稻草人？"

男孩眯了眯眼，犹豫了一下，然后说道：

"嗯……看过了，但正如你能想到的那样，它没什么特别的。一切似乎都很正常……"

"稻草人呢？它的穿着如何？已经穿上了安托万的衣服吗？"

"我不知道……"

"你看了一下稻草人，不是吗？"

"是的。但当时天很暗。只有珍妮的窗户那儿透出的光照亮了周围。"

"当时是满月，不是吗？"

"有可能，但当时一定有云。我隐约看到了稻草人的轮廓，至于它穿了什么衣服，这，这就看不清了……你明白，我没太注意……"

"我明白。"图威斯特博士友好地笑了笑，说道。

转过身来，侦探注意到墙上空了一块，空的地方是个光秃秃的长方形，有些褪色。

"看起来这里少了张海报……我没说错吧？"

"呃……没错，先生。"

"是哪部电影？"

"我忘了，先生……有时我会换海报……"

"那为什么你没换上一张新的呢？"

"啊，我想起来了！它被墨水弄脏了！"

"那得重新贴一张了！"

"我正打算这么做，先生……"

图威斯特博士点了点头，沉默了，然后问道：

"告诉我，马克，那天晚上你没做噩梦吧？"

男孩的目光突然暗了下来。

"嗯……做了。我脑海里还会反复出现姐姐的那个梦，然后……你不会和别人说吧，先生？你知道的，我不想别人说我是个胆小鬼！"

勒内·鲁塞尔坐在壁炉旁的扶手椅上，他五十多岁，长得很结实，鬓角发白，想了一会儿才回答图威斯特博士的问题。

"没有，先生。我承认这是一个错误。我们当时应该看看那个该死的稻草人。但我没想过这回事。其他人也没想到。我觉得珍妮的噩梦太疯狂了……"

"你接下来做了什么？"

"没做什么。还能做什么呢？不就只能安慰珍妮，或者消消气？"

"你和你哥哥几点回的房间？"

"我不清楚……也许是半小时后。当时应该是一点半。"

"你哥哥说了什么？"

"没什么特别的。他照例和我道了晚安后回了他的房间……"

图威斯特博士眯着眼盯着他：

"半小时后，他去稻草人那儿转了一圈，然后被草叉刺死了……"

勒内·鲁塞尔咬牙切齿道：

"既然你让我想想当时的情况，我记得他当时确实出奇地沉默……"

"好像他脑子里在想一件事？"

"对，有可能。但在想什么呢？这我就不知道了……"

"你不是说第二天要烧了这个稻草人吗？"

"对。但这是因为我当时很生气，因为看见可怜的珍妮是这副模样，也因为那个浑蛋死了以后还在捉弄我们……"

"第二天早上八点以后，你发现了你兄弟的尸体。"

鲁塞尔紧张地用手抚摸了下自己的头发。

"是的……相信我，这太让我吃惊了！我在门口抽着烟，这时我注意到稻草人看起来和平时有点不一样，尤其是它的头饰和以往很不同。出于好奇，我走近了它，看到它穿着安托万的衣服，然后我看到一个身影躺在它面前，而且周围散落着稻草。我立刻想到了珍妮的噩梦……想到了那把叉子，叉子插在他的背上……就在这时，我认出了他！他的尸体已经冰冷了，我却无能为力……我呆住了，一时没有反应过来，只觉得头晕目眩，这看起来太不真实了。然后我回到家里。朗贝尔开始处理这件事。他要求我们不要碰任何东西，并告诉丹尼尔去通知警察。别问我当时在想什么。我不知道。再说了，即使是今天，我也不知道该想些什么。"

寂静降临了，除了炉膛的噼啪声，什么也听不到。

"你知道，"勒格朗警长插话道，"要不是我们确认了你的脚印是早上才留下的，那你的处境会非常尴尬。"

"当然了。我得称赞他们一丝不苟的工作，这可能救了我一命。可是，杀了我的兄弟对我来说有什么好处？而且手段还如此残忍！他没给我留下任何遗产。"

"你知道这件事？"

"当然了。我们讨论过这个问题。我并不需要他的接济。他觉得首先必须保障女儿的生活，这对我来说非常合理。"

两位侦探离开时，太阳快要落山了。在返回警长的标致403前，图威斯特博士在井边徘徊。他决定去找玛丽亚问最后一个问题，请勒格朗在外面等他。

"怎么样？"博士回来时，勒格朗问道，"问到你想知道的事了吗？"

图威斯特博士点了点头。勒格朗做了个鬼脸：

"直觉告诉我，我最好不多过问……"

"你真聪明。再说了，如果我告诉你我的问题，你会觉得我是个喜欢胡思乱想的老侦探……"

警长苦涩地笑了笑，点了点头。

"我想你也不会告诉我为什么这个水泵让你如此好奇……这是农场的供水点，这儿没有自来水……也许是井上的混凝土盖子让你觉得不对劲？你看，井离案发现场的直线距离是三十米。你真觉得凶手可以从这里使用了什么把戏，然后实施谋杀？"

"不，但我建议你彻底检查井底，也许能找到关键线索。"

警长用疑惑的表情看着他的同伴。

"等等……别告诉我你已经想出了凶手是如何在那片泥地上走过且不留下脚印的？"

"对。我觉得这起案子已经解决了，但我希望掌握证据……"

"证据在井底？"

"可能吧。就目前而言，我仍然想听听朗贝尔和他的孙子丹尼尔的证词。毕竟丹尼尔是漂亮的珍妮的未婚夫……"

两名调查人员发现朗贝尔家的门是关着的，但他们碰巧在村中心的酒吧见到了丹尼尔·勒萨奇。

"你们今天见不到我爷爷了，"年轻人说道，脸上带着迷人的微笑，手里拿着一杯茴香酒，"他在波尔多的朋友家，和我父母在一起。他们要到明天才能回来。"

"我们很高兴能和你谈谈。"图威斯特博士回答说，警长向酒保挥了挥手。

"你们要我再向你们解释一遍案发时的情况？"

"对的。"

年轻人的陈述没有为案件提供新的线索。当图威斯特问他对这个案子的看法时，他脸上的表情突然变了。

"从严格的司法角度来看，我没有什么想法。这起令人发指的谋杀实在是费解，就连经验丰富的爷爷也感到困惑。无论如何，我都不相信死人复仇这种事。我知道，村子里很多人觉得那个浑蛋带来了厄运，而且这厄运并没有和他一起进入坟墓……"

"所以你认为你的未婚妻一直以来都产生了幻觉？"

"是那个男人扰乱了她的心，"丹尼尔一口气喝完了杯里的酒，说道，"她得花点时间才能找回内心的平静。她有时会完全忘了过去的事。我相信情况会越来越好。"

"你们快要结婚了吗？"

年轻人若有所思地看着空了的杯子。

"原本计划在明年夏天结婚，但发生了这档事……我就不清楚了。"

"顺便问一下,你是做什么工作的,小伙子?"图威斯特试探地问道,"你也务农吗?"

"承蒙上帝保佑!我没有从事这项累死人的工作。目前我在卖保险,但我有其他的计划!我在做一些戏剧方面的工作,想在巴黎碰碰运气。"

"丹尼尔是个好孩子,"前警员朗贝尔第二天温柔且开心地笑道,"但他还是有点年轻。他很快就会忘了演戏的想法……但现在别管这些,告诉我你们的调查进展如何,先生们。"

"最大的问题,"警长说,"仍然是脚印。"

"或者更确切地说,是没有脚印。"图威斯特博士说,他似乎正沉浸在对一幅老干邑葡萄酒水彩画的思考中,这幅画挂在朗贝尔家客厅的一面墙上。

"我已经告诉你关于这个问题的所有信息了,"朗贝尔回答说,"从发现尸体到专家来检查,以及专家的结论。无论是死者的脚印、勒内的脚印还是现场周围,都没有丝毫被动过手脚的痕迹。"

"那你从中得出什么结论呢?"

朗贝尔叹了口气:

"任何人都不可能在凌晨两点到早晨八点接近死者,或者更准确地说,接近案发地。"

沉默了一会儿,他补充道:

"当然，我有一些想法。加斯顿可能在别的地方被人袭击了，然后出于某种原因，他走回了稻草人那儿。但是干草叉是从稻草人身上拿下来的，所以他可能是想去稻草人那儿拿草叉吧。至于稻草人的新衣裳，我就不知道了。这些衣服是怎么到那儿的？不过，加斯顿的脚印，我得再说一遍，没有异常。加斯顿如果在这之前就被刺中，那他的脚印就应该是踉跄且凌乱的……"

"没错，"图威斯特博士说道，"我同意你的看法，在这段时间里，没有人能够接近案发地点。但我说的是人。"

朗贝尔皱起了眉头：

"什么意思？"

"好吧，除了人类，其他的东西可能完成了这件事。我有理由相信，这件东西现在就在为水泵供水的那口井底。"

朗贝尔愣住了，此时，走廊里传来了电话铃声。房子的主人站了起来。当他回来时，他向警长说：

"找你的。你的手下打来的。"

勒格朗站了起来。不久之后，他告诉图威斯特博士：

"我们现在去农场。打捞结束了。我们在这口井的底部发现了一堆奇怪的东西，其中一件尤其奇怪……"

警长启动了标致，然后向他的同伴说道：

"我认为你是对的，图威斯特博士。"

"不必告诉我你们找到了什么，我很清楚。我认为我已经解开了整个谜团。"

"我很想知道!"警长笑着叹道,"你是怎么想到的?"

"埃罗尔·弗林。我确信马克房间里丢失的海报是弗林一部电影的海报,可能是他最有名的电影,这孩子不可能忘记这部电影。我问了玛丽亚,她证实了我的猜测:那张海报确实是《侠盗罗宾汉》。那么问题来了:为什么这张海报不见了?马克为什么要掩饰?谁把海报拿下来的?是马克本人吗?就算他蓄意杀了他伯伯,但很明显,他不可能接近受害者的尸体。唯一能这样做的人是马克的父亲勒内……无论如何,嫌犯的范围是有限的,只有那些知道珍妮的噩梦的人才能犯案。犯罪手法和珍妮的噩梦一模一样,这太巧了,只有这些人能做到。要么是勒内,要么是珍妮,要么是马克,要么是死者本人。我们还是得谈谈那部《侠盗罗宾汉》……"

"马上就要到了,图威斯特。"

"你们找到了一支箭,对吧?"

"是的,一支断箭,箭头上有可疑的痕迹,看起来很像血。"

过了一会儿,两个侦探端详着在井底发现的各种物品。其中,图威斯特博士注意到一件打着补丁的夹克,他和同伴说,这可能是稻草人原先穿的那件衣服。等警长的人走开了,警长指着箭头问道:

"就是这支箭杀死了加斯顿?"

"是的。他喜欢战争和英雄电影,凌晨两点左右,他从卧室的窗户那儿射出了这支箭……"

"他蓄意杀死了他伯伯？"

"不是。听了他姐姐可怕的噩梦后，马克无法入睡，站在窗前观察邪恶的稻草人。他看到有什么东西在动，有个人影在忙活着什么，他以为这就是珍妮描述的可怕的鬼魂。他对着人影射了一箭，击中了目标。也许他后来很快就睡着了，对自己能够伸张正义感到心满意足。"

"我明白了，这个影子就是那个倒霉的加斯顿。但他到底在那个地方做什么？"

"他出去给稻草人穿上前女婿的衣服。这可能是他个人对安托万的报复，想着以这种方式嘲笑他、羞辱他。在安托万死后这样做，就是在玷污他死后的名声。因为他不可能再用其他方式对安托万造成伤害，那人已经死了。他弟弟第二天想烧掉它？不，他觉得把安托万弄成吓麻雀的稻草人更能侮辱他，就像他女儿刚刚梦到的那个稻草人一样……就在这时，侄子的箭射进了他的后背。第二天早上，他的弟弟就这样发现了他的尸体。因为家里只有一个人爱好射箭，勒内很快就明白了这一切。无论如何，他确信是儿子射出了这致命的一箭。不管发生了什么，当务之急是保护儿子。他拔出了箭，抓住双齿草叉，将其中一根叉齿精准地刺入了伤口的位置，他撕下了一些稻草，然后把稻草散在地上，这可能是受到了珍妮噩梦的启发。我觉得，他自然是在附近最合适的地方，也就是井边处理掉了这支会惹来麻烦的箭。他还把死者身边的外套扔进了井里，那是稻草人平时穿的外套，他本能地感到它的存在可能会使事情显得可疑。我猜当时他没空去仔细思考事情会怎么发展。他在通知朗贝尔后突然意识到，看上去只有鬼魂能杀了加斯顿。考虑到故事的背景和他们的迷信，这起案子至少会让大家产生这样的怀疑。在向他的儿子解释之后，勒内认为最好撤下《侠盗罗宾汉》的海报，但这是一个错误……"

"在我看来，他最大的错误，"朗贝尔笑着说，"就是在半路遇见了你。"

"悲剧，"图威斯特博士叹了口气，"事实上，这只是一起悲惨的事故，仅此而已。我有一个缺点，就是认为有时真相不必公之于众……你觉得呢？"

深吸一口气后，朗贝尔回答道：

"我的想法和你一样。我想我会忘了你所有的天马行空的推理，我亲爱的图威斯特。勒内·鲁塞尔是个好人，近年来他被折磨得够呛。可以说，他早已为他的包庇付出了代价，而这可以被宽恕。我想，这就是这起案子的结局……"

"我可能想到了另一个结局。"图威斯特博士想了想，恶作剧般地说道。

"啊！什么结局？"

"我们热爱正义的传奇英雄亲自出马，他从弓箭手的天堂射出了一支发光的箭，帮我们解开了谜团……"

地狱之火

哈迪斯俱乐部并非如其名所示，聚集着恶魔的信徒。相反，这儿的人铲奸除恶，这些伦敦人通晓谜案和复杂的犯罪谜题，著名的图威斯特博士也是其中之一，他是一位知名的私家侦探，是个身高很高的七旬老人，看起来就像房间家具的一部分。在大厅的一个黑暗角落里，他不紧不慢地点燃烟斗。燃着的火柴贴近他的脸时，他瘦弱的脸上映着金光。然后，他觉得有人在盯着他，便直起身子，看向他的邻座。那是个上了年纪的男人，举止得体，头发灰白，留着漂亮的红色小胡子，有点像十年前的他。

"请原谅我的轻率，先生，"陌生人带着歉意的微笑结结巴巴地说道，"我……好吧，火柴的亮光吸引了我的注意……就像一个孩子被圣诞期间光彩夺目的橱窗吸引……"

"我很乐意接受这种比喻，"图威斯特博士幽默地回答，

"虽然在我这个年纪，我的橱窗恐怕已经失去了大部分光彩。"

"希望我没有冒犯您……"

"完全没有。人类喜欢一切闪闪发光的东西，对火的迷恋可以追溯到……"图威斯特博士的目光在壁炉架子上的哈迪斯半身像上停留了一会儿，"追溯到普罗米修斯。"

"正是如此！"邻座叹了口气。

"您是从欧洲大陆来的吧，也许是法国？"

"您真是无所不知！"

"您的口音几乎听不出法国腔，但我很了解您的国家。"

"确实很少有人注意到我的口音。让我自我介绍一下，我是马丁上校。"

"马丁是法国最常见的名字。"图威斯特博士微微一笑说道。

上校的脸上泛起了皱纹：

"您似乎能读懂人心，图威斯特先生。是的，我知道您是谁，有人告诉过我关于您的事，关于您惊人的推理能力。我不得不改名换姓……但没关系。这和我要向您介绍的谜团没有关系，如果您有兴趣听的话……这是个惊人的谜团，值得您这样的专家去分析……"

"您过奖了。一个好的谜题是用来对抗这座城市的阴暗和消沉的最好方式。我猜这和火有关吧？也许是起关于纵火犯的案子？"

马丁上校点头表示赞同。然后，他从烟包里拿出一根烟，点燃一根火柴。金色的火光照亮了他那张沟壑纵横的脸，给他望着远处的目光增添了一丝金色。

"是的……一场莫名其妙的火灾，就像被施了魔法一样……这是个老故事了，发生在二十世纪二十年代初。请原谅我会对地点和主角稍作变动……我觉得我得谨慎一些。"

那是在我服役之前的事。我那时很年轻，开始了我的警察生涯。作为一名副队长，我被分配到了西班牙边境附近一个城镇的警队里，是在阿列日省。那里非常偏远，生活非常平静，丢了一只狗都算大事了。有一天，一对很年轻的夫妇在附近的一个湖边小村庄圣利济耶定居了下来。他们是瑞士人，但在美国待了几年，所以英语很好。他们在湖边买了一家客栈。女人叫玛丽娜·维勒莫尔，长得很漂亮。她有一双美丽且乌黑的眼睛，盯着人时嘴角会露出笑容。我相信，单单由于她的存在，他们甫一定居，旅店就创下了客流量纪录。男人叫查尔斯·亚历山大·维勒莫尔，是个挺奇怪的人。他又高又瘦，头发蓬松，脸上永远是悲伤和挫败的表情。他和他迷人、活跃的妻子一点也不般配，但是爱情这种事情，谁又知道呢……

然而，他绝非平庸之辈。他确实有一种很奇怪的天赋，我想，世界上所有的警察和侦探都会为此感到高兴！查尔斯·亚历山大·维勒莫尔有着卓越的预知能力，当他预感到罪案时，会毫不犹豫地告诉警察。起初我们不太相信。事实上,是这对夫妇自己和我们这么说的,因此,我们认为这是他们撒的谎,也许是为了让我们感到好奇,或者是为了给查尔斯·亚历山大一个他没有的光环,使他显得不那么平凡。

然而,有一天,他来警队找我们。他预感,在不久的将来,将发生一系列火灾,后果相当严重。起初他只告诉我们这些。我的长官马克斯·皮卡尔是一个留着红胡子的壮汉,当查尔斯·亚历山大离开警队的时候,他大笑了起来。他觉得这个人和他刚刚传达给我们的"消息"一样荒谬。

一周后,旅店老板又来找我们了,长官笑得更大声了,旅店老板声称莫雷尔家的农场将在两天后于夜幕降临时被烧毁。他"看见"了那个场面,据他说,火灾是不可避免的。就我个人而言,我认为最好通知在湖对岸的农场主莫雷尔,但准尉军士长皮卡尔明确禁止我这么做:"我们不能相信这些骗子的胡说八道!"他突然严厉了起来,争辩道:"共和国的警察从不轻信别人。"

两天后,大约晚上十点,莫雷尔家燃起了一场罕见的大火。整个农场都冒着黑烟,他们非常幸运,救出了被火焰包围的牛栏里的奶牛。马克斯·皮卡尔在第二天得知这件事后再也笑不出来了。一周后,当查尔斯·亚历山大再次来到警队,告诉我们他"看见"在山的另一边、距离湖约十公里的勒费弗尔锯木厂发生了火灾时,长官就没有笑了。据他说,火灾将在第二天下午爆发。这一次，我的长官决定亲自处理这件事。

下午，我们去了勒费弗尔的家，通知他们即将到来的危险。我们还查看了各种仓库和木材储备，试着想象这场可能发生的火灾会如何发生以及在哪里发生。马克斯·皮卡尔认为，为了能够进行更好的监视，呼叫增援更为稳妥。

第二天中午前后，我们有六名警察在农场里分区监视。两小时后，主储藏室里的木材突然着火了，没人知道这是怎么回事。库房眨眼间就被点燃，然后，火蔓延到了周围的仓库，我们只能眼睁睁地看着灾难发生，无能为力。所有东西都被烧毁后，火势才得到控制，但锯木厂只剩下灰烬了。我的长官处于一种难以形容的愤怒之中。

火灾是怎么爆发的？根据所有目击者的说法，火灾就是凭空发生的。在我们看来，恶意纵火的人几乎不可能逃过我们的监视。我们已经封锁了该地区，没有人能够闯入锯木厂纵火。不是天才的纵火犯做不到在那里放火。但这并不能解释查尔斯·亚历山大的预言。

几天后，这位"预言家"看见了第三场火灾，但这一次，他写了封信通知我们。我们几乎没有时间准备，因为火灾会在当晚发生在附近的一个农民家。不幸的是，半路上，我们的车坏了一个车轮，直到傍晚才到达现场。我们只来得及好好欣赏一片狼藉，因为火灾在我们到达一刻钟后就发生了。幸运的是，没有人员伤亡。这一次也一样，可以确定的是，任何人都不可能进入起火的干草仓。火灾似乎是自发的……

第二天，在警队里，马克斯·皮卡尔分析了局势。他坐在椅子上，脚搁上桌子，好像在扮演一个警长。马克斯的真名是马克西姆，但他更喜欢人们叫他马克斯。他喜欢美国西部的故事，梦想有一天能去美国。但他已经年近五十，他的幻想正乘着时间的翅膀慢慢飞走。在他身后，挂在墙上的两幅大插图画着落基山脉和自由女神像。维勒莫尔夫妇，他们有幸去过这个马克斯梦想中的国家，我想他因此对"预言家"先生有点怨念。那是一个美丽的春日，阳光倾泻进办公室，照在他满是雀斑和汗水的大脸上。

他点燃雪茄，把一团烟雾吐向头顶，跟我说："这个问题只能有两个解释，马丁。要么我们面对的是一个真正的预言家，在这种情况下，我们无能为力，只能感谢他的提示让我们能够降低损失，甚至救人性命；要么，这个维勒莫尔是个骗子，他的行为是为了达到某种目的，比如以'预言'赢得名声，让人们来找他咨询。但是，如果第二个假设是正确的——注意，无论如何，我更赞成这个假设——应该有个同犯在协助他，因为关于最近的一场火灾，他有着充分的不在场证明。他整个下午和整个晚上都在吧台，任何时候都不可能腾出时间去火灾现场。有几位证人可以保证这一点。"

"所以他有一个帮凶代劳？"

"毫无疑问。我已经试着动摇他，让他供出同伙，但没成功。虽然表面上看不出来,但他很坚定!"

"那这个同伙呢?您认为他做了什么?事实证明,几乎每一次火灾,都排除了人为犯案的可能!"

"差不多!你这么说是对的!因为其中一定有阴谋!这是肯定的!就我个人而言,我不相信鬼魂或其他超自然现象,以前从不相信,以后也不会相信!马丁,等你有了我的人生阅历,就会知道人类的聪明才智是没有极限的,尤其是在作恶这方面!相信我,总有一天,你会想起我的话!"

"在此期间,您打算怎么做?"

准尉军士长直起身子,身体前倾,手肘撑在桌子上,直视我的眼睛:

"这就是你的任务了,马丁。你去圣利济耶待一段时间,多在旅馆待一会儿。在一天中的任何时候都可以去那里。扮个酒鬼,做任何事,但不要放过这个骗子。试着找出他是如何通知他的同伙的。他肯定有同伙!他在向我们传达了他'看见'的内容后,就向同伙发出了指示。纵火犯就是他,维勒莫尔!"

将近一个星期里,我经常去湖边的旅馆。我谎称自己是个找工作的短工,比起工作,我更喜欢喝酒。我用了一些技巧来改变外形,同时,我也靠演技糊弄。我的任务很简单。在这几天里,我了解到了很多事,但不仅仅是关于嫌疑人的事。查尔斯·亚历山大相当沉默寡言,在下午和晚上的部分时间经营酒吧。也就是说,他不会离开他家。正如我料想的那样,是玛丽娜经营着他们的生意。她总是在做事,微笑着,对每个人都说着好话。好几个客户在追求她。老板在的时候,这些人尚且收敛一些,老板不在的时候,这些人更放肆。玛丽娜机智地回绝了他们,她在这方面有着无与伦比的天赋。然而,其中一个追求者比其他人更老练。他是一名销售代表,显然对女人有一些了解。他只比她大一点,人还不错。

一天晚上,我在湖边撞见了他们。我在一间渔民小屋后面,他们没有注意到我的存在。我如果没有负责这项调查,就不会特意去听他们在说什么。这个男的,好像叫马丁内斯,正如我注意到的那样,他巧舌如簧。他谈了他的生活,他的目标,他的遗憾,当然,他遗憾没有找到他梦想中的伴侣。他多么想代替查尔斯·亚历山大·维勒莫尔!他多想和玛丽娜这样迷人的女人一起奋斗!他多想得到一个和玛丽娜一样能干且聪明的女人的支持!她的命运应该配得上她的能力,等等。

最后,出于害羞,我还是悄悄离开了。所以,我没听完他们的谈话,但我觉得玛丽娜并不是对他的话无动于衷。事实上,在接下来的几天里,我再次见到了马丁内斯。从他们短暂交换的眼神来看,我觉得他们之间很可能有些什么。但查尔斯·亚历山大似乎并没有怀疑。虽然有时候,当一些喝醉了的顾客直勾勾地看着老板娘娴娜的身姿时,我还是从他迟钝的眼睛里察觉到几丝嫉妒。基本上就是这样,这就是我在圣利济耶期间了解到的。

在此期间，就在我回来向准尉军士长报告之前，他收到了查尔斯·亚历山大的新消息。我向他保证，他没有同伙，甚至没有固定的朋友。难道他能在酒吧与人偷偷交流信息？我特别注意过这种事，结果一无所获。两天后，发生了第四次火灾，情形与前几次一样神秘。大火凭空爆发了，仿佛变魔术一样。我们施加了更加严密的监视，但毫无意义！

查尔斯·亚历山大不厌其烦地又来通知了我们好几次他的"预言"。现在只要看到他的身影跨过警队的门槛，我们就很痛苦。马克斯·皮卡尔最终气馁了，像大多数人一样，相信了这些神奇的事件和预言家的惊人力量。他的预言似乎是一种宿命，人们只能逆来顺受，耐心地等待幸福的日子重新到来。这些"燃烧的灌木丛"事件——这是一位记者对这件事的表述——如今在整个地区都广为人知。

然而，有两次，怪事没有发生。分别是第六次和第八次火灾。但在这两起事件中，都有让我感到惊讶的地方。查尔斯·亚历山大起初"看见"了附近一家大型锯木厂正在燃烧，但到了他预言的时间，什么也没发生。绝对没发生什么。甚至没有一团烟雾。锯木厂主人加西亚在预言时刻到来前非常担心，奇怪的是，当危险过去之后，他看上去并不放心。相反，他甚至隐约有些不安，仿佛有什么难言之隐。我在蒙盖亚尔附近的一家专门从事山区木屋建设的承包商卡地亚身上观察到了类似的态度。当然，这些人在长时间焦急的等待之后难免神经紧张，但是，我还是觉得他们的态度有些出人意料。我向皮卡尔指出了这一点，但他不在乎。没有新的"燃烧的灌木丛"事件对他来说就是胜利，我们能理解他。

预言家宣布了第九起火灾，尽管我们采取了特殊的预防措施，但火灾还是发生了。皮卡尔很难接受这次挫折。第二天早上，他气愤地跺了跺雪茄盒，他告诉我，在事情结束之前，他不会再抽烟了！

"别误会我的意思，马丁！"他喊道，"如果这起该死的案子不尽快结束，我就得丢掉饭碗了！到目前为止，我已经尽我所能保持调查的方向，相信自己能找到答案。我不屑地拒绝了所有愿意帮助的人，包括业余爱好者和专业人士，更不用说科学家、超自然现象研究专家和其他专家了，但现在我们必须得出结论，马丁，你听到了吗？这件事必须结束！而且要快！"

"我完全同意您的看法，准尉军士长。而且，这么说并不过分，我认为这个地区的所有人都希望结束这件事，强烈希望！"

"很有头脑，年轻人，今后必然飞黄腾达！"

"向下飞吧，我猜！"

"闭嘴！现在真的不是开玩笑的时候。再说了，我们走到今天这个地步，也是因为你！"

"哦？"

"是的,因为你!如果你好好看着嫌疑人而不是盯着老板娘,可能早就知道了嫌犯是如何与他的同伙联络的!"

"啊?"我惊讶地问道,"所以您还是认为预言是这对夫妇编造出来的?"

"是的,因为不可能再有别的结论了!我已经考虑过了,现在对自己的论断很确定。而且,我想提醒你,他来了之后,才发生这些神秘的火灾……"

我顿了顿,然后说道:

"在我看来,与同伙联络的问题并不重要。更难解释的是纵火犯如何成功纵火却不被发现的……"

马克斯·皮卡尔大声哼了一声:

"我承认我还不明白。但这终归是次要的。如果我们设法抓住罪魁祸首,他会向我们解释的!"

"您确定查尔斯·亚历山大有罪吗?"

"你为什么会问这个问题,马丁?你觉得其他人有嫌疑吗?"

"既然我们现在处于假设阶段,没错,为什么不怀疑其他人呢?"

"你是说……"

"首先是美丽的玛丽娜。一个女人可能有无数个理由想要摆脱她的丈夫。"

皮卡尔斜了我一眼:

"如果我没理解错,你的意思是,她运用了某种诡计操纵她的丈夫，让他说出'预言'，然后她会负责实施预言的内容，这样，她的丈夫，预言家，最终成了替罪羊？"

"就是这样。在这种情况下，我们可以想象她有一个情人，这个情人使手段想要把她娶到手，这必然要铲除她的丈夫……"

马克斯·皮卡尔摸着胡须：

"当然。我承认我没这么想过。你能想到可能是谁吗？"

我犹豫了一下后回答：

"有个叫马丁内斯的，但其实只是假设的话，任何人都有可能！玛丽娜有一众狂热的追求者。"

长官张嘴想说些什么，却突然停了下来。他正盯着敞开的窗户外的一个地方，与此同时，我听到了脚步声。

"查尔斯·亚历山大·维勒莫尔先生。"他结结巴巴地说，"他又要告诉我们什么坏消息？"

预言家的个性一直给我留下了深刻的印象。他冷冰冰的灰色目光，既呆滞又深不可测，有些奇特。这是吸引玛丽娜的地方吗？无论如何，这个人具备某种气质，在这种气质面前，强势如皮卡尔，不管他前一刻说的是什么，也不得不耐着性子听他说话。他的声音低沉，不急不缓，措辞完美。

"又一场火灾？"皮卡尔做着笔记，"我不知道您是否意识到了，维勒莫尔先生，这将是第十次！"

"我知道。"

"这也太多了！人们已经厌倦了这些……他们想恢复宁静的生活！"

"我理解他们。但是我能做些什么呢？我只是把我看到的内容转达给你们。我对我身上的'力量'一无所知，但我们只能称赞这种力量，因为多亏了它，多亏了我非凡的天赋，我们才能够防止这些悲剧夺去许多人的生命！"

"当然，维勒莫尔先生。但是请告诉我，您在踏上法国的土地之前，看到过这些'图像'吗？"

"是的，当然，"预言家平静地回答道，"但我承认，那与近来看到的这些图像没有什么可比性。它们转瞬即逝，并且只有偶尔才会成为现实。这么说吧，我的第六感在进步。事实上，我从来没有见过像现在这样清晰的画面。此外，您已经知道了它有多么准。"

皮卡尔咧嘴一笑。

"让我们回到您这次看到的图像，维勒莫尔先生。这次我会要求您尽可能详细地描述它。"

"准尉先生，您每次都这么问我！"预言家带着一丝幽默说道。

"是的，但这次很特别！我们需要非常准确地知道时间和地点！"

"我不会回避这一点，先生，"维勒莫尔严肃地回答，显得有些自负,"火灾会发生在明天午夜前后,在圣吉隆的一家家具厂。起火点是三楼的旧房舍。"

第二天晚上十点,在圣吉隆杜普伊公司巨大的房舍里,我们待在各自的岗位上监视着。小镇上没有类似的工厂,因此我们绝不会弄错地点。但是家具厂非常大,且位于市中心。小杜普伊先生向我们解释,公司生意兴隆,他就把周围空出来的老房子也买来了。这里就像一座真正的迷宫,像章鱼的触手一样,延伸至附近的住宅区。阁楼已经改建过了,后院有匆忙建起的棚子,大部分是半木结构的。我们担忧地设想在这片杂乱无章的小路和老旧建筑中发生火灾的后果。附近所有消防员都被征用了,正在旁边的小巷里焦急地等待。

天黑了,一阵微风从东边吹来。透过破碎的窗玻璃,我们可以勉强看清周围屋顶扭曲的线条。那天非常热,我们在这些空气密闭的地方里感到窒息。这些房间太旧了,已经被废弃了,大家搬去了一楼更为现代化的房间。依据预言家的语言,大火势必在那里爆发。

当时我藏在阁楼上一扇敞开的门后面,就在通往马克斯·皮卡尔站着的办公室的木制走道的尽头,皮卡尔像我一样在黑暗中瞭望。我们全副武装。在较低的楼层,有国家安全部门的皮埃尔·勒努瓦中尉,他来协助我们,可以说是当局强塞给我们的!皮卡尔没法直接拒绝他们的帮助。

这个人就像是金属做的,他的权威使皮卡尔黯然失色,被降格为一个普通的下属。从一开始,我们就觉得他的存在让我们安心,让我们觉得被领导着,我开始认为有了这样一个人,纵火犯自由的日子已经屈指可数了。下午,我们花时间制定了战略并讨论整个计划。

听到这些事的时候,勒努瓦平静地说道:

"我不认为点火的手法对罪犯来说有什么难的。并不需要多少东西就能做到。例如,一块阴燃的木炭,用弹弓投掷出去。它非常紧实,可以从很远的距离发射,并且足够轻,在坠落时不会发出太大的声音。然后,只需要一点锯末和劈开的木头,就能迅速引起大火……而且几乎不会留下痕迹!"

"嗯,这是我没有想到的主意!"马克斯·皮卡尔强装潇洒,一边喝着啤酒,一边大汗淋漓地说道。

"您应该想到!"中尉冷冰冰地说道,"但在我看来,还有很多其他方法。例如把蜡烛放在一个满是锯末的纸箱中,把纸箱封起来,留下气孔。然后把纸箱放在干木头中间。这就成了一个很好的延时点火装置,点火的时间可以随意调整,取决于蜡烛的长度……"

"妙啊!"我惊呼道,"就像您前几次说的,长官,人类的聪明才智是没有极限的!"

马克斯·皮卡尔并不觉得我幽默。他给了我一个愤怒的眼神,那眼神会让一头向前猛冲的水牛停下脚步。

"您应该把调查的重点放在纵火犯的身份和动机上！"勒努瓦强烈责备我的头儿。

"我就是这么做的，"皮卡尔抗议道，他的汗越来越多，"马丁可以做证！从一开始，我们就把所有精力集中在主要嫌疑人维勒莫尔身上，但他总是有可靠的不在场证明。而且我们也考虑了存在同谋的可能性，但没有进展！"

"确实没有进展，"勒努瓦讽刺地咕哝道，喝干了他的啤酒，他接着说，"一切都会不同的，站起来。来吧，先生们，如果我们要在今晚抓住神秘的纵火犯，还有很多工作要做！"

当中尉走在我们前面时，皮卡尔气得脸色发黑，他悄悄和我说道：

"我发誓，我马克斯一定要抓住那个恶棍！我会把它当作我一个人的事情！我说，马丁，你有烟吗？"

十一点的钟声刚刚在教堂的钟楼响起。屋顶瓦片下的空气令人窒息，这些瓦片积累了一天的炎热。等待着折磨我的神经，我大汗淋漓，我想象着马克斯·皮卡尔在他办公室里的状态。恐惧肯定也笼罩着他。我们显然考虑过在发生火灾时匆忙撤退，但由于我们周围有那么多的木屋，我们不确定是否能逃出去……

时间在死一般的寂静中流逝，我想起了那天下午我们的各种谈话。然后我感到一种奇怪的紧张，有些东西告诉我，这个非同寻常的谜题即将揭晓答案。事件的发展很快就证明了我是对的。但我还不知道罪犯是谁。我一动不动，手放在左轮手枪的枪托上，我所有的感官都清醒了，我扫视着黑暗，捕捉着最细微的异常之处……

一切都发生得非常快。我突然听到一阵窗户破碎的声音，然后是几声闷响。多亏了我敏锐的听觉——在这漫长的静默等待中，我的听觉更敏锐了，立即锁定了这令人不安的骚动的位置：就在走道尽头的办公室，皮卡尔所在的位置。我毫不犹豫地冲了进去。

我注意到房间里光线昏暗。我冲进去时，看到我的长官一只手拿着他的左轮手枪，另一只手拿着有遮光装置的提灯。闪烁的灯光打在他憔悴的脸上。他身后的窗户大开着，能看见周围建筑的黑色轮廓。一扇窗户被打破了。地上躺着一个瘫倒的影子，一动不动。

"是他，"皮卡尔结结巴巴地说，仍然情绪激动地颤抖着，"他，维勒莫尔，纵火犯，被抓个正着！我在他打破窗户时抓住了他……当他看到我时，他试图用这根棒子打我，"皮卡尔用他的枪头指向地上的一个白色物体，"但我用左轮手枪的枪柄把他击倒了……"

我愣在门口，什么也没说。皮卡尔身体前倾，突然感叹道：

"看，他旁边有个东西……一个小盒子！马丁，拿着这盏灯。"

我照他说的做了，而他则拿起一个小纸箱，上面有几个洞，里面放着一堆锯末和一根蜡烛。这正是勒努瓦中尉描述的"延时点火装置"。

"这就是证据！"皮卡尔得意扬扬地叫道，"他是纵火犯！他和这个东西确凿地证明了这一点！"

如果不是偶然捡起了那根白色的棍子，用皮卡尔的话说，"歹徒常用的橡皮棍"，我可能会相信皮卡尔的话。这确实是一根橡皮棍，但不是歹徒喜欢用的橡皮棍，而是一根警察才能用的、规格统一的警棍。我心中涌起了巨大的怀疑，但当我把这根棍子举到灯下时，皮卡尔一定读懂了我的想法。我慢慢抬起头，他正用枪指着我，脸上带着难以辨认的微笑。

"我想你明白了，马丁，"他紧张地笑了，"我祝贺你，但也为你感到遗憾！你明白，这种秘密是不能让别人知道的……"

"我不用刻意去理解，马克斯。"我说，这是我第一次直呼他的名字。

"很简单。第一次，在维勒莫尔的第一次预测之后，莫雷尔农场被烧毁了，这给我留下了深刻的印象。然后我意识到这个疯子可以被利用，他只是偶然猜中了事实。接下来的几次，是我引发了他预测的火灾……"他油腻的笑容变得更加明显了，"想想看，当我负责监视这个地方的时候，除了我，还有谁最方便点火？这很符合逻辑，对吧？"

这时，受害者发出了一声呻吟。然后，一阵脚步声在楼梯上回荡。

"勒努瓦……"我低声说,随后立即对自己的话感到后悔。

皮卡尔果断地将左轮手枪对准我,含糊不清地说:

"我会把枪放在维勒莫尔的手指之间,说是他开的枪……"

我是最快的枪手。皮卡尔应该知道,我是警察学校里最好的枪手。我闪到一边,迅速拔出枪,毫不犹豫地开了两枪。后来我才知道,那两枪正中皮卡尔的心脏,他甚至还没来得及扣动扳机。那天下午如果他少喝一点啤酒,动作可能会更快!

勒努瓦几乎立即赶到,当维勒莫尔清醒过来时,我向中尉解释了事实:

"是他,皮卡尔,他是纵火犯。别搞错了。他用警棍敲晕了可怜的维勒莫尔,他肯定以某种巧妙的借口约他在这里见面。今天下午听到您对'延时点火装置'的描述后,他赶紧做了一个类似的东西,让人觉得维勒莫尔经常采用这种方法……"

马丁上校突然停顿了一下,然后叹了口气:

"我的上帝,我讲得太入迷了。在揭开凶手的身份之前,我应该先问问您的意见!"

"哦!我猜对了!"图威斯特博士回答说,脸上露出调皮的表情。

"真的?"

"您所要做的就是应用一位著名同行提出的公理:排除所有不可能的情况,剩下的那个,无论多不可能,都是事实。在这种情况下,只有您和皮卡尔能够成功纵火。不过我想您应该不会冒险把自己的犯罪经历讲出来,那么只剩下皮卡尔了……"

"他的动机是什么?"马丁上校挑衅地问道。

"我认为这是起经典的勒索案,就像那些向店主提供保护的黑手党,不给钱就洗劫他们的商店……"

"您的方向是对的,但能更具体一点吗?皮卡尔的深层动机是什么?"

"也许是那个美国梦?正如您在故事中指出的那样,皮卡尔梦想着前往美国。在感到自己变老了之后,他一定告诉自己,如果没有一大笔钱从天而降,他永远不会像牛仔一样,在新世界尘土飞扬的路上大摇大摆地行走。"

"是的,就是这样。"上校说道,他钦佩地看着博士。

"维勒莫尔的到来一定是他期待已久的事情。他利用了预言家的神奇力量,并通过放火烧毁当地的企业来散布恐慌,他利用了维勒莫尔的预言。通过这种方式,他能够用匿名信来勒索那些受到预言威胁的老板。他们要么支付一大笔钱,要么就眼睁睁地看着自己的心血化为乌有。您还强调了两位老板奇怪的态度,并且当时预测的火灾并没有发生。这能在很大程度上说明问题。他们保住了自己的产业，但为这个恶棍贡献了一笔钱财。"

"确实，"上校说道，"我还必须指出，当维勒莫尔的预言不精确时，皮卡尔还会帮助他'想到'自己计划进行勒索的公司！您看，我怎么也不敢相信这个胖子能想出这样的诡计，真是狡猾！而且，这个诡计非常简单：他所要做的就是在我们背对着他的时候点燃一根火柴！然后，当他觉得自己无利可图时，就准备了结案子，将维勒莫尔交给司法部门。维勒莫尔即使活着，声称自己是无辜的，也没有人会相信他！"

"而皮卡尔只需找到一个足够合理的理由来引诱他进入这个圈套。"

"我不知道是什么，但这一定很容易，因为维勒莫尔很天真。也许皮卡尔让他相信，他的出现对于解开这个谜团是必要的？"

图威斯特博士沉默了一会儿，说道：

"无论如何，维勒莫尔本人仍然是一个谜。顺便问一下，他后来没有再'看见'火灾吗？"

"我不知道。无论如何，他在得知真相后并没有说出什么相关的事情。事件发生后，我们再也没有见到马丁内斯，而我自己不久之后也离开了警队。我想出去走走，于是参军了。"

"我想，"图威斯特博士调皮地说，"美丽的玛丽娜在其中扮演了重要的角色吧？"

"也许吧，"上校说，他的声音紧张得像打了结，"她从未离开站在吧台后面的丈夫。她以一种重燃的激情看着他，仿佛维勒莫尔在最后的预言中，重燃了她心中的爱情之火……"

瑙西卡[1]之球

1

阿兰·图威斯特博士来科孚岛[2]度假了,这是他侄女的建议。"你会懂的,亲爱的叔叔,"她兴奋地告诉他,"地中海的空气和阳光会对你大有裨益。而科孚岛是一个极好的地方,或许是希腊最美的岛屿!"

这个建议确实无可指摘,图威斯特博士这样想到。这个高大瘦削、面色平静的八旬老人正在露台上吃早餐。这里风景迷人,从他居住的波塞冬酒店可以看到海岸线上的壮丽景色。几处陡峭苍翠的海角在碧海中划出迷人的小海湾,大海把泡沫柔和地洒在金色的沙滩上。一切都沐浴在明亮而灿烂的阳光里,

---

1 希腊神话中法埃亚科安国王的女儿。女神雅典娜曾托梦给她,让她清晨带婢女去海边,结果,她在海滩上玩球时,发现了被海浪冲到岸边的奥德修斯。
2 科孚岛是希腊西部爱奥尼亚群岛中最北端的岛屿。

这在英国是感受不到的。"

"最重要的是，"他的侄女补充道，"这能让你换换脑子，不会到哪儿都见着邪恶的事！"

不会到哪儿都见着邪恶的事？说起来容易！仿佛他自己能对别人的行为负责似的！他之所以经常被卷入刑事案件，都是拜他的逻辑感和推理意识所赐，也是因为在著名的伦敦警局苏格兰场遇到一些错综复杂的案件时，他偶尔会出手相助。然而，这一次，他决定只顾享受暑假的快乐。他一到波塞冬酒店，就见到了查尔斯·卡伦，这位老朋友是刚退休的前苏格兰场警司。他很高兴再次见到他，但两人不可避免地追忆起了往事，想起了那些他曾参与过的、结局出人意料的奇案。

尽管查尔斯穿着随意，但这位六旬老人气宇轩昂，身姿笔挺，一头灰发整齐地往后梳着。他亲切地问候了图威斯特博士，并在他的桌旁坐下。他们天南海北地聊了一会儿，但当他赞美这儿的美景时，查尔斯·卡伦突然压低了声音，说道：

"告诉我，图威斯特，你难道没有和我一样的感觉吗？这儿的一切都如此美丽、宁静，这儿的人们如此友好，这近乎异常……"

"对你来说，这美得不真实了？"图威斯特博士一边调侃道，一边摘下了他的夹鼻眼镜。

"是的，在某种程度上是这样。"

"你知道的，查尔斯，我太了解人性了，所以我从来不会陷入幻想。"

"你说得对，在人性这方面，我们太有经验了。但自从我到这儿，就感到了一种莫名的紧张气氛，好像要发生什么悲剧了……"

图威斯特博士叹了口气。

"还用你说？我经常有这种感觉。唉，我的直觉很少出错。"

老警察转身走向露台边上的花园。多刺的灌木丛中响起了蝉鸣。

"然而，这儿从来没有发生过任何事。据我了解，这么多年，一点可疑的事都没发生过。"

"一个意大利人上个月摔断了脚踝。"

这位前警司亲切地笑了笑。

"再平常不过的事，这与我们的话题无关。"

"你相信吗？好像这是一年里第三次有游客在同一个地方受伤。"

"在这儿？在酒店？"

"离这儿很近，就在我们对面，在路的另一头。悬崖脚下有一个小海湾，叫蓝湖，你知道吗？"

"我当然知道。那个地方的路不好走啊，但景色非常迷人。你可以在那儿租船，那儿甚至还有一个小跳水板。"

"没错。要到达跳水板，必须走下陡峭的崖边小路，然后沿着海岸线穿过岩石之间的窄路。这条路很滑……"

"那么,所以你相信世上有些地方受到了诅咒?"

"不如说是有些地方比其他地方更危险。"

"这是肯定的。"卡伦望着地平线,说道,"而且,在帕莱欧卡斯提撒[1],我们所处的地方绝非普通。好像奥德修斯[2]从热情似火的卡吕普索[3]的手中逃脱后,就是在附近的一个海湾被海水冲上了岸。"

"他被迷人的瑙西卡所吸引,瑙西卡正在海滩上和朋友们玩球。"

老警察慈祥的笑容中带着钦佩之情。

"真的,你什么都知道,图威斯特。那么你也知道,这一幕是一部电影中的场景,电影就是在眼前的这些地方拍的,拍摄时间不晚于去年,对吧?"

"我不知道。我也不知道两位主演现在和我们住在同一家酒店。"

查尔斯·卡伦疲惫地叹了口气。

"你才刚来,就什么都知道了,图威斯特。我还打算给你

---

1 帕莱欧卡斯提撒是科孚岛上风景优美的村庄,位于科孚镇西北23公里处。
2 奥德修斯是古希腊神话中的一位英雄,在特洛伊战争中屡立战功。战争结束后,他在海上漂流多年,最后终于回到了家乡。
3 卡吕普索是希腊神话中擎天巨神阿特拉斯之女。她在奥德修斯遭遇海难时救起了他,并爱上了他,最后用魔法迫使他陪伴自己长达七年之久。

一个惊喜呢!"

老人清澈的眼睛里闪出了一丝狡黠的光芒。

"我只是睁开了眼睛,竖起了耳朵。怎么会有人与瑞秋·西姆斯这样的美女擦肩而过而不注意到她呢?"

图威斯特博士突然沉默了。一对夫妇出现在了酒店的入口。男人四十多岁,褐发,身高中等,体格相当不起眼,与他身边美若天仙的女子形成鲜明对比,她正是瑞秋·西姆斯。她上身穿着一件运动服,内搭一件背心,下身穿着一条白色棉质短裙,露出了她美丽的锥形腿。女演员显然很不高兴,但皱起的眉头并不影响面容的美丽,她脸旁垂下了茂盛的黑发,波浪般的卷发落在她晒黑的肩膀上。她以傲慢的步态走过露台,身边是她的伴侣,他拿着沙滩用具,和她一样,毫不理睬落座的几个顾客。

当这对夫妇消失在通往公路的楼梯上时,查尔斯·卡伦对他的同座说。

"是的,你是对的,你怎么可能不注意到她?听说她性格不太好……"

老人调整了他的鼻夹眼镜。

"恕我直言,这很明显。但她身边的那个男人,他是谁?他不是我们刚说到的那个演员吗?"

"不,他不是。那是她的丈夫,乔治·波特曼,一个富有的汽车制造商的儿子,刚刚继承了他父亲的财产。从财产上说，他是个好伴侣。有传言说瑞秋·西姆斯嫁给他是另有所图。据说她好像还在拍电影的时候爱上了她的搭档——英俊的安东尼·斯坦普，一个年轻的演员，不是很出名，但评论家都说他演的奥德修斯非常棒。评论家也提到过，两位主角在出演奥德修斯和瑙西卡在海滩上相遇的一幕时一见钟情，当时瑙西卡正天真地和朋友们玩球。"

图威斯特博士叹了口气。

"有时候事情就是这样。你演了一场戏，然后入戏太深，落入爱情的陷阱……"

卡伦警司严肃地点点头。

"这只是传言……但根据我自己的观察，可能真是这样。我在这里待了一个星期，仔细地观察了他们四个人，瑞秋·西姆斯、她丈夫、安东尼·斯坦普和他当时的女朋友玛吉·莱斯特，玛吉是个眼神空洞的金发女郎，除了完美的外形，似乎没有其他吸引人的地方。

"他们经常一起吃午饭，我私以为奥德修斯和瑙西卡之间的暗送秋波显然超出了单纯的友谊或职业拍档的界限。波特曼似乎什么都没意识到，但话说回来，在这种情况下，丈夫总是盲目的。至于前面提到的玛吉，她就不好判断了。她更沉默，较少参与谈话。瑞秋·西姆斯似乎有点让她恼火。她可能无法忍受瑞秋比自己更漂亮的事实……"

图威斯特博士若有所思地捋了捋他的小胡子。

"他们怎么会在一起度假？为什么是在这里？是偶然吗？"

"据酒店老板说，好像是要拍另一部电影，用同样的班底。我只知道这些。"

阿兰·图威斯特凝视了一会儿查尔斯。

"就是他们让你心生疑窦的，对吧？"

"没错，这也不是不可能的，"查尔斯·卡伦僵硬地笑着，承认道，"你可以感觉到他们的关系很紧张，就像风暴将至。而我不太喜欢这样……"

这位前苏格兰场官员说完这句话便告辞了。图威斯特博士开始沉浸在自己的思考中。随着时间的推移，尽管有厚厚的柳条栅栏遮蔽着露台，他还是感到太阳越来越毒辣。这种压迫感越来越强，而他觉得夏天的炎热并不是带来压迫感的唯一原因。老朋友的倾诉让他感到困惑、陷入沉思。他试图驱逐在他内心滋生的疑虑，但没能做到。他不禁想到，也许此刻有人正在谋害他人，因为事情不太对劲，他的身体几乎都能感到这种不祥。而美丽的风景和蓝天的纯洁使这个令他难过的预感越发强烈。

上午十点，女演员在离开了半小时后再次单独现身。显然，事情不太对劲。瑞秋·西姆斯的脸色非常苍白，头发也很乱。当她经过他身边时，图威斯特博士注意到她的背心被撕破了，肩膀上有一道长长的抓伤。这位女演员走到吧台前，让服务员给她调了一杯双份苏格兰威士忌，她两口就喝完了。她的眼睛湿润了，紧握着双手以控制自己的颤抖。这时，安东尼·斯坦普到了，这是个一头红发的小伙子。图威斯特注意到了他的宽阔的肩膀和深邃的眼睛。他身穿短裤和印花衬衫，手里拿着一条浴巾。他本想给她一个迷人的微笑，但他看到了女演员一脸困惑。

"瑞秋，怎么了？"他用略带沙哑的声音惊呼。

"没怎么……"

"没怎么？"安东尼说，用手指着她被抓伤的肩膀。

年轻的女子吞了几下口水，挣扎着不让自己哭出来。

"我……我想和他谈谈……然后……然后……"

她说不出话了，然后突然开始啜泣。安东尼想把她抱在怀里，但她拒绝了。她站了起来，毅然决然地往酒店大堂的方向走去。安东尼不解地看着她，向酒保点了一杯双份苏格兰威士忌，并一口喝干了，他朝着瑞秋离开的方向走去。

这一切发生得如此之快，以至于阿兰·图威斯特没有时间来整理他的思路。不到一分钟后，他详细地听到了他们剩余的谈话内容。原来，女演员的房间就在楼上，像阳台一样朝着南面，离图威斯特所在的地方不远，房间的窗户还开着。

他感到不太自在，更何况听到瑞秋那痛苦解释的回声的人，可能不止他一个。他看见邻座的脸上也有一丝尴尬。

"发生了什么事？"安东尼一字一顿地重复着。

"我不知道……我不知道了……"瑞秋·西姆斯心酸的声

音传来,"但我知道的是,我恨他,我恨他,我恨他!"

"你告诉了他我们的事吗?"

"是的……他两眼冒火……然后他骂了我,甚至打了我……但我没有任由他打我。"

"很好,我去跟他聊聊。"

"不,托尼,别去……他……他……"

"总之,让我们把事情说清楚。"

"托尼……托尼,我求你了……别去!"

女演员恳求的话还没说完,就传来了关门的声音,没过多久,图威斯特博士看到安东尼从酒店大堂走了出来。他仍然拿着他的浴巾,但只是机械地拿着,因为他看上去一点没有要去游泳的样子。他怒气冲冲地穿过露台,消失在了通往公路的台阶上。

一刻钟后,他再次出现时,表情已经完全变了。他满脸困惑,神情沮丧,要酒保去找酒店老板,并以几乎听不见的声音说道:"波特曼先生刚刚发生了意外……"

2

过了一段时间,救护车来了。下午早些时候,一辆警车停在了酒店外。稍后,有人请求查尔斯·卡伦在蓝湖湾与克里斯托普洛斯探长会合,乔治·波特曼在那边的一条危险的滨海小道上摔死了。图威斯特第一时间所了解到的就是这些。但在下午茶的时候,他的朋友卡伦警司亲自到酒店的包间来找他了。

"我们的直觉没出错,"他悲伤地说道,"我们担心的事情已经发生了。我亲爱的图威斯特,我有时候觉得历史早就被人写好了……"

"所以你怀疑历史?"

"不是。要让我说的话,我觉得历史总以一种阴险且单调的方式重演着,有时让我怀疑书写历史的人是不是没安好心。这事太奇怪了,在这种情况下,竟然发生了意外,我会理所当然地觉得事情可能更加严重。"

"说得更清楚一点,你觉得这是一场谋杀。"图威斯特博士说。

查尔斯·卡伦边点头边用手背揩了揩汗湿的额头。

"这起案子有些棘手,因为涉及的人都是英国侨民。负责调查的警探得知我的履历后,便立即向我寻求帮忙。"

"他不可能找到一个更好的副手了!"

"拜托,图威斯特,现在不是开玩笑的时候。"

"我是认真的。所以你答应了,并进行了调查。调查结果是什么?"

"事情很清楚。波特曼在上午九点三十分和他的妻子一起去了小河边。一番争吵之后,瑞秋离开了波特曼。波特曼走在石子路上,可能是因为生气,失足摔在一块石头上,头部受了致命伤。这时,安东尼发现了他,他躺在路上,已经没有生命迹象了。据安东尼说，当时事故可能刚发生没多久，因为尸体还是热的，法医的初步检查也证实了这一点。"

"所以这里面没有什么可疑之处？"

"没有。这样的事故也是有的，但也可能是有人用了什么工具重重地砸向了他的头。令警探惊讶的是，死者的前臂有抓痕，可能他与妻子吵架的时候被抓到了，但警探得知他们婚姻的性质时……案子就变得不太一样，我也同意他的说法。对了，有人告诉我，你是关键的证人，是这样的吗？"

当阿兰·图威斯特向他转述了案发前后自己的所见所闻时，这位老警官钦佩地笑了笑，然后思考了一会儿，说道：

"图威斯特，我想我要雇你当助手。克里斯托普洛斯警官既然让我全权负责这起案子，就没法拒绝我这个请求。"

"我想，警探是不是怀疑瑞秋在和丈夫吵架时杀害了他？"

"你什么都知道啊。但你也得承认，你很容易就能得出这样的论断，因为，你看到瑞秋回来的时候——可以这么说——她受到了巨大的冲击。"

"她对这起案子怎么说？"

"她表示记不清了。我们去她的房间找她的时候，她确实处于一种奇怪的状态。为了让自己平静下来，她已经喝了半瓶威士忌。但她现在感觉好一点了，所以我建议你听听她怎么说。"

酒店给克里斯托普洛斯探长提供了一个小包间。探长是个身材矮小、脸型瘦削的希腊人，他穿着一袭白衣，留着一对漂亮的翘八字胡。他的笑容含蓄而亲切，语气也很有礼貌。图威斯特博士坐在查尔斯·卡伦旁边，对面是美丽的瑞秋·西姆斯，她戴着黑框眼镜，整个人从上到下都散发着一种深深的不安。她的胸口在轻薄的开襟短背心下急速起伏着。她爽快地承认了她与安东尼·斯坦普的恋情。

"隐瞒又有什么意义？大家好像都知道了！"

"我听说你和你的搭档来这里是要拍一部新电影？"克里斯托普洛斯问道，点了一支烟。

"是的，我们的经纪人让我们来的。他计划拍部续集，所以要我们回到这里，找些新的取景地。"

"所以白天，你、你已故的丈夫以及你的朋友们，你们乘船游览了该地区的海湾，对吗？"

"是的，是这样。但今天早上，乔治和我只是想享受小海湾的宁静。事实上，我想和他谈谈，告诉他，托尼和我……"

"你考虑和他正式分开？"

"是的，这就是我想要的。但是，他听完之后非常痛苦。他抓住我的肩膀，使劲摇晃，就像让我清醒过来似的。正如我多次和你们说过的，我挣扎了一番……"

"然后呢，发生了什么？"克里斯托普洛斯用更尖锐的声音向她逼问。

这位女演员突然哭了起来，两手捂着头。

"我不知道……我不太清楚具体发生了什么。他勃然大怒，这吓到我了。我不知道他竟然这么粗暴。我跑开了……"

"在用石头砸了他之后？"

这位女演员立即摘下眼镜，露出她那双被泪水浸润的大眼睛，并一字一句地说道：

"不，探长，我没有杀他！这一点我很确定！"

"那么也许你离开时推了他一把？"

"我不知道……当时我不想见他，我只想逃走……那一刻我可能希望他死，但我没有杀他，不，我没有杀他。"

安东尼·斯坦普随后到了。图威斯特发现他比中午那会儿平静了许多。他的证词与图威斯特看到和听到的完全吻合。这位演员甚至承认，因为波特曼对妻子的粗暴行径，他想给波特曼一点颜色瞧瞧，但他最希望的还是向波特曼表明自己对瑞秋的感情以及他们的恋情已经无法回头了。

他揉了揉自己的后颈，仿佛是为了表明自己事后的惊讶，他说：

"这就是为什么，你们知道的，发现他躺在岩石之间一动不动的时候，我非常惊讶。我走近他，立即意识到一切都晚了……"

"是什么时候？"查尔斯·卡伦问。

"我没有看表，但应该是十点一刻左右。"

"对上了。有人看到你在十点十分离开酒店，并在十点二十五分返回。而且，要花五分钟才能走到海湾。"

"是的，至少五分钟。这是一条蜿蜒的小路，紧贴着悬崖，从公路开始，陡峭地向下延伸到岸边……"

"所以你站在死者面前，思考了五分钟……"

这句话似乎让这位演员措手不及。

"嗯，是的。我非常惊讶，没有立即做出反应。"

"你当时是怎么想的，斯坦普先生？你觉得这是你的情人做的？"

这位演员突然显得非常不自在。

"不……不……我惊呆了，无法思考。"

"你告诉过我们，当时海湾那儿没有人？"

"的确没有人。出租游船的人不会在十点半之前到那儿。所有的顾客都知道这一点。不管怎样，我没看到任何人……"

"据我所知，想到达海湾，就只能走穿岩而过的台阶，是吗？"

"是的。台阶两侧是高达三十米的悬崖。台阶通向一个小小的木制码头，那里停泊着可供出租的船。然后是那条该死的石子路，这条路通向供游客使用的跳水板。"

"所以你可以游到那里？"

"是的，但你必须像船一样从海那边过来，因为海岸线上到处都是礁石。这只有训练有素的泳者才能做到。"

"其他船只有时会在这里停留吗？"

"是的，有时候会。有些游客想用跳水板，或者只是想远离人群晒晒日光浴，就会开船来。但，先生们，为什么问这些问题？"

"为什么？"克里斯托普洛斯带着拘谨的微笑重复道，"因为我们想知道，除了你和瑞秋·西姆斯，还有谁能接触到乔治·波特曼。因为，你也明白，我们不排除他杀的可能性。那么，这样假设的话，到目前为止，你和你的情人是嫌疑最大的人。你既有强烈的动机，又有机会作案。然而，我必须承认，你的搭档的处境比你更糟糕。想想当时的情况，想想她从海湾回来之后的态度、说过的话，我们很容易想到她刚刚在愤怒之下杀死了她的丈夫。此外，我又和法医聊了聊，他发现死者太阳穴上的伤口很可疑。据他说，这是由钝器造成的，而不是由岩石的尖锐边缘造成的……"

安东尼脸色煞白。

"但根据我的理解，事情不是这样！而且尸体附近没有凶器，对吗？除非你说的神秘杀手用的是一个充气的球……"

"一个充气的球？什么充气的球？"图威斯特博士忙问道。

查尔斯·卡伦略微耸了耸肩，解释道：

"一个孩子玩的充气的球，飘在岩石之间，离死者不远。"

"那不是瑙西卡的球吗，查尔斯？当瑙西卡在岸边看到奥德修斯时，她正在玩球，我们今天早上还在谈论这件事……"

三人齐刷刷地投来好奇的目光，图威斯特博士赶紧补充道：

"但这并不重要。这只是我脑海中掠过的一个画面。"

有人敲门了,一个穿制服的警察走了进来。他打开随身携带的挎包,拿出一把用塑料袋包裹的扳手,并把它放在桌子上。

"潜水员在海里发现了这个东西,距离海岸大约三十米。正如你们所见,这把扳手几乎是新的。水可能冲走了血迹,但没有冲走指纹。指纹非常清晰,都属于同一个人。我们立即对指纹进行了检查,并将指纹与酒店客人护照的指纹进行了比对。"

警察慢慢地转向安东尼,并说出结论:

"是你的指纹,先生……"

3

当晚,在露台栅栏上悬挂的灯笼的昏暗灯光下,图威斯特博士和卡伦警司一起吃着晚饭。太阳刚刚消失在地平线上,天气也变得温和了。

"他当时那么惊讶,我以为他要当场认罪了!"这位老警察在吃完他的穆萨卡[1]后说,他显然美餐了一顿。

"是的,"图威斯特博士说道,"但他成功为自己开脱了。因为船东确认扳手一直都在船上,因为要用它来固定遮阳棚。而且,这些人定期租用那艘船。正如他肯定的那样,安东

---

[1] 希腊传统美食,形似意大利面,用茄子、肉馅、奶酪做成。

尼·斯坦普肯定也用过几次这把扳手。他不记得把它掉水里了，但在海上，只要有轻微的海浪，这样的事情就很有可能发生，而且没人会注意到。"

卡伦摇了摇头，表示怀疑。

"但这并不能证明他的清白。当时，他确实像一个面对铁证无可辩驳的有罪之人，他花了很长时间才想出这些解释。"

"你不觉得在同样的情形下，一个无辜的人也会有同样的反应吗？"

"这是有可能的。但对我来说，他还是有嫌疑。扳手不小心从船上掉下去了？我不相信这回事。而且我很感谢警司继续进行了审讯。我有一种感觉，这家伙尽管身材健壮，但内心并不像他看起来那么强大。他是一个容易冲动的人，只相信自己的直觉。我能轻松想象出他去到海湾，决心要和波特曼干一架的场面。你看到他穿过露台的时候，他就是这副架势，不是吗？他没和对手多费口舌，从船上抓起扳手，把波特曼敲死了。之后，他才开始思考，并想起了这个地区的一些意外事件。也许大家都知道这个地方很危险，这或许能让他免受牢狱之灾。他把凶器扔进海里处掉，然后把尸体放在小路边的岩石上，让波特曼的太阳穴靠着一块大石头的边缘，这样一切看起来就像一场意外。"

"我明天会去案发现场看一看，"图威斯特博士思忖道，"然后得出我的结论。而且，这样我也能锻炼锻炼身体……"

查尔斯·卡伦点燃了一支雪茄，对他的同伴和蔼地笑了笑。

"你知道吗，图威斯特，我对调查的进展并不担心。你在这儿的话，凶手，无论他是谁，都不可能逍遥法外。他真不走运，不知道他的对手是具有顶尖洞察力的侦探。"

"好了，查尔斯，你会让我难堪的。我没有什么特别的才能，只是有点判断力，而且对人性了如指掌。"

"你用什么方法并不重要。我相信你能找出真相。"

"我觉得，你是玫瑰红葡萄酒喝多了……"

"此外，"查尔斯吸了一口雪茄，说道，"那句关于充气的球的话在我看来并不简单。你脑子里也有个想法，对吧？"

"这么说吧，我觉得这个细节很有意思，让我立刻想到了《奥德赛》中的那个段落。"

查尔斯·卡伦坐回到他的座位上。

"我突然想到，可能有人把那个充气的球放在了路上，导致波特曼摔了一跤，从而丧命。"

"在光天化日之下？受害者怎么可能看不到呢？而且那儿的地形不好走，需要你时刻注意脚下。这对凶手来说也太冒险了！"

"是的，当然。"查尔斯相当勉强地说道，"这只是一个想法而已！你有其他建议吗？"

"有的，这让我想起了另一起案子……凶手将一个半瘪的充气的球放在通往一楼的楼梯的第二个台阶上。在晚上，这个计划奏效了。女人摔断脖子死了。挺可怕的一件事……可怜的女人只犯了一个错误,就是不准儿子回一个法国笔友的来信,她认为这封信的内容太过露骨。凶手当时还是个少年……"

这位老警察无奈地摇了摇头。

"是的,我依稀记得。而且不幸的是,这并不是个例。我可以告诉你许多类似的案例,一件比一件可怕。见的案子多了,你告诉自己,再没有什么会让你感到惊讶了,但这没什么用,我们还是会判断错误!言归正传吧,图威斯特,你还没有回答我的问题……"

老人耸了耸肩,笑了笑。

"也许我们对这个东西看得太重要了。毕竟,在海滩上找到一个球不是很自然吗?我认为我们应该更多地把它视作一个心理上的线索……"

"你这话是什么意思?"

"想想《奥德赛》中的那个段落,瑙西卡放下了球,找到了船只失事的奥德修斯。"

"我不明白。瑞秋和安东尼分别是瑙西卡和奥德修斯,那么波特曼是谁?"

"我不知道,"图威斯特博士若有所思地答道,"让我们只考虑瑙西卡吧,她放下了球……"

"所以你认为瑞秋·西姆斯是罪魁祸首?"

图威斯特并没有回答这个问题,这时克里斯托普洛斯来到两个朋友的桌前,他的眼睛闪闪发光,嘴角带着微笑。

"终于,他承认了。我们的工作得到了回报。我当时就感觉,如果审问他一下,他就会说出来!"

"怎么会呢?"图威斯特感叹道,"他是凶手吗?"

"并不是,他只是想让犯罪看起来像一场意外。事情正如他所说的那样,但他隐瞒了扳手就在尸体旁边这件事。为了保护他的情人,他只好把它扔进海里,让它消失……总之,尽管有一些复杂的情况,这起案子还是非常简单。正如一切显示的那样,瑞秋·西姆斯在一怒之下杀死了她的丈夫。"

4

晚上十一点左右,侦探们在酒店的小包间里再次听取女演员的口供。有了第一次审问的成功,克里斯托普洛斯认为他接下来可以很容易地让罪犯认罪。但出乎意料的是,瑞秋·西姆斯并不消沉,也没想说出探长想听到的话。她没有表现出之前的慌乱,似乎恢复了一些体力。

"什么?"她惊呼道,眼睛瞪得大大的,"我用一把扳手杀了乔治?这太可怕、太荒唐了!我要是杀了他,我肯定会记得的!如果你能提供证人,发誓说我突然推了他一把,我可能会相信你。但用这样的东西打死他,不!这不可能!我只是挣扎着跑开了……我不想再见到他,再也不想……我记得我从楼梯那儿跑着往上爬……当我跑到路上时,我感觉肺都烧起来了。"

"我们并不怀疑这一点，夫人，"克里斯托普洛斯带着恭敬且钦佩的眼神说道，"我在报纸上看到，你是个出色的运动员，我实话实说，如果我可以这么说的话，这一眼就能看出来。但是，如果我们冷静地考虑事实，你就会明白，只有你才能犯下这桩罪行。我记下了事情发生的时间，这已得到所有证人的证实。

"你看，上午九点三十分，你和你丈夫离开酒店去了海湾。你在上午十点回到这里，情绪非常激动。由于到这里需要五分钟，所以你离开时应该是上午九点五十五分。你冲向酒吧，然后回到你的房间。你和你的情人的谈话被人听见了，其中就有在座的图威斯特博士。安东尼·斯坦普离开酒店时是十点十分，他到达案发现场时是十点十五分，他在那里发现了你的丈夫，还有尸体旁边的扳手……"

"我的天，"女演员叹了口气，"所以托尼，他也认为我杀了乔治！"

"请想想吧。你求他不要去海湾……然而，他发现了你丈夫的尸体，你丈夫的太阳穴受到了重击，身旁还有把扳手。虽然他现在要接受法律的制裁，但他把扳手处理掉，这件事做得还是挺有骑士风度的。"

"但我没有杀他。"她坚持说。

"那是谁干的，夫人？从您离开他到别人发现他被谋杀，顶多只过了二十分钟。此外，根据你们两个人的证词，海湾附近除了你们没有其他人……"

美丽的瑞秋双手抱头，压抑着啜泣，然后结结巴巴地说：

"如果我能记得的话……"

"你知道，夫人，人们在这种行为之后暂时失去记忆是很常见的。大脑会主动抹去卑鄙的行为，尤其是那些让人后悔的行为。你知道有名的赫拉克勒斯的悲剧情节吗？他在一怒之下杀死了自己的妻子。他在事后也都忘记了……而且你看，事实已经不言自明。你的丈夫在你离开后，再也没活着回来。"

"等等！"瑞秋·西姆斯突然坐了起来，"我想在我离开他的时候，有一艘船来了。"

"一艘船？这并非不可能。但我们得知道是哪艘船。这里的游船太多了！"

"不，这艘船不是路过。当时，它正朝小海湾行驶着……"女演员闭上眼睛，以便更好地回想，"是的，我敢肯定……我没认出船上的乘客，但可能是那些经常在早上来这儿的退休老人……如果乘客是他们，他们可能和乔治说过些什么。"

克里斯托普洛斯的脸皱了起来。

"他们住在酒店吗？"

"不，他们不在波塞冬酒店。"

"你认识他们吗？"

"不认识，我们只是和他们聊了几句。"

"这一切都很含糊。如果你不知道他们的名字……"

"我知道他们的名字。他们自我介绍过。让我想想,好像是叫弗伦克还是特伦特来着……应该是特伦特先生和特伦特夫人……"

"我们会确认一下的。"探长回答说,他感到不可思议,"但别高兴得太早……"

5

第二天早上,调查人员讯问了安东尼的女友。玛吉·莱斯特的脸长得俏皮可爱,长满雀斑,如果不是眼神略显呆滞,这张脸应该更漂亮。她的金发与晒黑的皮肤很相配,而且,图威斯特博士认为,在英俊的安东尼身旁,她也毫不逊色。但现在,在警察透露完情况之后,她对安东尼的感情明显发生了一些变化。

"你明白的,小姐,鉴于这种情况,我们不得不提起这桩地下恋。"

"我早有预料,"女孩深吸了一口气后说,"总之,我一直知道他不会是我的真命天子。"

"既然如此,你为什么和他在一起?"查尔斯·卡伦忍不住问道。

"寻欢作乐,仅此而已。他很有趣,他有钱,这对我来说就够了。"

这位前苏格兰场的官员点了点头,有点疑惑,然后转过头来，遇上了图威斯特博士愉悦的目光，那目光似乎在说："瞧瞧，我亲爱的查尔斯，现在的年轻人跟以前不一样了！"

克里斯托普洛斯清了清嗓子，然后继续说道：

"你当然有权按自己的意愿决定如何生活。但无论你是否愿意，你已经是涉案人员了，所以你必须回答我们的问题。"

"啊？"玛吉惊讶道，"我以为这件事已经解决了！"

"什么意思？"

"是她杀了她的丈夫，不是吗？而且我甚至不确定她是不是出于愤怒才杀了他。我一直以为她是为了钱才嫁给他的！"

"还没说到这儿，"克里斯托普洛斯干脆地说道，他打开了一个文件夹，"还有几点需要核实，包括你自己的证词，莱斯特小姐。根据你的陈述，惨案发生时，你正在参观山上的修道院。这很奇怪……"

"有什么奇怪的？"玛吉问道，眼里闪过一丝蔑视，"因为我去参观修道院？虽然说起来很奇怪，但我是虔诚的信徒，你明白吗？"

这位警察尴尬地笑了笑。

"这不是问题，小姐。不，我觉得奇怪的是，你选择上午去修道院。根据工作人员的陈述，除了和你的朋友一起去乘船游览风景那次，你从来没在中午之前醒过。"

"我承认，但我很早就想去修道院了。由于托尼、瑞秋还有她的丈夫都对这个主意不感兴趣，我就觉得上午是个好时机……"

"行,"警察说道,并做着笔记,"但这不是问题。我们问了修道院的教士。他们都不记得你这个人。很奇怪,不是吗?昨天早上,去修道院的人并不多。我们向他们相当详细地描述了你,如果我可以这么说的话,像你这样的漂亮女孩,修道院里并不常见……"

有几秒钟,玛吉·莱斯特透出一股不安,然后她笑了。

"我想我明白了。我第一次到门口的时候,他们不让我进去,因为当时我穿得有点少。我忘了必须遮住手臂和肩膀。于是我回了酒店,说实话,我当时很不高兴,为了不再被拦住,我完全改变了外表,把头发盘成了大发髻,像当地妇女一样穿上了黑色长裙。因此,我有可能没被其他游客注意到。问问门卫,我相信他一定会记得我。在我离开之前,他把我从头到脚打量了一遍,他态度轻蔑,但带着一种奇怪的坚决……"

"你什么时候去的修道院?"

"大约九点钟,在修道院开门的时候。"

"什么时候回修道院的?"

"大概半小时后,"莱斯特小姐支支吾吾地回答,"又要换装,又得重跑一趟。"

"你倒是挺麻利的,因为从这儿到修道院正好要走十分钟!"

"其实,我腿脚挺好的。我喜欢徒步旅行。"

"而且也喜欢游泳?别人是这么说的。"

"没错,我曾经参加过比赛,瑞秋也是。"

"在遇到安东尼之前,你认识她吗?"

女孩的脸僵住了。

"认识。我可以告诉你们,即使在运动方面,我们也算是对手。正是通过她,我认识了托尼……"

"你当时知道他们之间有什么吗?"

玛吉耸了耸肩。

"不知道,当然不知道。否则……我挺宽容的,但也有底线。"

克里斯托普洛斯点了点头,然后继续说道:

"现在说说你回修道院的时候,大约在上午九点半。你提到的门卫当时认出了你吗?"

"不,我不这么认为。因为我的装束不一样了!所以,他对我没兴趣了。没人瞧过我一眼。"

"你是什么时候回酒店的?"

"大约十一点钟。马上有人告诉了我这起惨案……"

经过片刻的思考,克里斯托普洛斯似乎正要问一个问题,但被电话铃声打断了。他拿起电话,语气冰冷地介绍着自己。一分钟后,他挂断了电话,看上去既严肃又疑惑。

他说:"瑞秋·西姆斯现在已经摆脱嫌疑了。但她的情人遇到了一点麻烦。在安东尼发现尸体的前五分钟,波特曼还活着……"

6

下午,图威斯特博士和查尔斯·卡伦在一片芬芳的植被和沙沙作响的蝉声中,沿着一系列陡峭的、蜿蜒至悬崖边的台阶,到了蓝湖。植被中经常出现大片的空隙,望过去,是蔚蓝大海的壮丽景色。

当他们到达海湾时,他们注意到有座小小的木制码头,周围是些小船。他们沿着海边的石子路走着,在波特曼死去的地方停了下来。

图威斯特博士说:"现在,凶手的范围大大缩小了。"

"以至于只剩下一个了!"

"你快到中午才录了特伦特的口供吗?"

"对。他们的证词非常明确,与瑞秋·西姆斯所说的完全吻合。就是他们在瑞秋离开她丈夫时,也就是十点前不久,坐船来的。他们是一对退休的夫妇,住在附近的一家酒店,酒店在海湾另一边。他们很喜欢这个地方,经常在早上的这个时候来这儿跳水,然后他们会沿着海边散步。他们当时把船停在这个码头。波特曼坐在一块岩石上,看着大海。他们经过他时,他向他们简单地挥手致意。他和往常一样友好,但看起来不太高兴。在做完日常锻炼,也就是在十分钟内跳了两三次水、游了几次泳以后,他们回去了。夫妇俩问波特曼一切都还好吗,波特曼回答说，生活总是有起有落。就这样，他们回到了自己的船上，向大海驶去。据他们说，当时是上午十点十分。"

"五分钟后，波特曼被人发现死了，是被人用扳手杀害的……"

"想想安东尼·斯坦普的证词，他很可能对我们撒了谎！因为除他之外，还有谁能犯案呢？"查尔斯·卡伦问道，出神地看着周围的环境，"显然，没人可以。而且，特伦特夫妇声称当时在海湾附近没有看到任何船只、游泳的人和其他什么人。所以凶手得在五分钟内到达这里并动手。这几乎不可能。恐怕对安东尼·斯坦普来说，大局已定喽。"

图威斯特博士一言不发，沿着小路向小跳板走去，但他每走一步都非常谨慎。

"我的天！"他叫道，弯下腰来，"这下面的水真深！深不见底！"

"这很正常，这是悬崖水下部分的延伸。所以人们才会在这跳水……"

"绝佳的地方，"图威斯特说，他直起身来，环顾四周，"在这儿会觉得自己与世隔绝，而海湾旁的礁石似乎能让你免受侵犯。蓝湖？没错，这个名字很适合它。海水清澈，波光粼粼，令人心旷神怡……"

"你想说什么？"他的同伴皱着眉头问道。

"我想说，事实就是这个地方相当偏僻，难以进入。但是你看，在那里，在跳水板前的深水区，我们可以轻松地躲起来，等特伦特夫妇离开，然后赶到波特曼身边，用扳手敲死他。你觉得这要用多久，查尔斯？"

"这个，顶多几秒钟吧……"

"这可是你自己说的。然后，只要离开就行了，比如说回到藏身之处……"

"然后在水下游走？"

"对于一个游泳健将来说，这是可行的，不是吗？"

"是可行，尤其是安东尼·斯坦普发现尸体的时候，并没有留心海面是否有游泳者。但我似乎已经猜到了你的想法，图威斯特……"

"你相信吗？"他回答说，仍然盯着跳水板，"我不太确定。"

"我知道你想到的是谁。"

"好吧，我想的是个东西，不是什么人。"

"那你想到的是脚蹼或呼吸管吗？"

"不，是充气的球。"

"啊！又是充气的球，但我觉得你在这一点上搞错了，图威斯特。我们刚刚找到了充气的球的主人，是酒店的一个孩子，他在案件发生前一天的傍晚把充气的球弄丢了。他当时跑过马路去捡充气的球的时候，被他的母亲训了一顿。"

说这话时，这位老警察指着他们头上的悬崖顶。

"尽管他母亲不让他捡回来,这个男孩还是靠上去看了看,发现他的充气的球没掉进海里,而是落在了石头上。他松了一口气,因为他第二天就能拿回来。是这么回事,你得承认,这个充气的球不可能直接或间接地帮凶手行凶。"

顺着查尔斯·卡伦所指的方向,图威斯特博士沉思了一会儿。

"怎么?"他惊叹道,"充气的球是从上面掉下来的吗?"

"是的,但这有什么好奇怪的?"

"不,当然不奇怪。这很正常。孩子都有一个坏习惯,就是把他们的玩具丢在一些不可能会丢东西的地方。我有个发小叫彼得,他好像在这方面很有天赋。他父亲有一次为了把他的风筝从电线杆顶上拿下来,差点儿摔断了骨头。但这并不妨碍他在接下来的一周里故技重施。这一次,是他们的猫爬上了电线杆。可怜的猫咪,差点儿就被当地的流浪汉抓住了,这个流浪汉扯破了不少孩子的裤子。这是个丑闻!我已经说过很多次……"

"图威斯特博士,你想说什么?"

阳光映照在他的夹鼻眼镜上,老人微微一笑,回答道:

"我想我刚刚明白了一些重要的事情。啊!我还得跟你说说托尼的指纹。太奇怪了,到现在竟然都没人注意到……"

尾声

次日一早，克里斯托普洛斯将嫌疑人召集到那个因公征用的小包间。在场的还有图威斯特博士、查尔斯·卡伦以及两个面露凶相、穿制服的警察，他们似乎在门口站岗。玛吉·莱斯特小姐看起来非常拘谨，瑞秋·西姆斯和她的情人则显得沮丧，警察首先用有些客套的语气对安东尼说道：

"斯坦普先生，我得先告诉你，从现在起你所说的一切都能够用作你的呈堂证供。"

"你……你要逮捕我吗？"演员问道，露出可怜的眼神。

克里斯托普洛斯面色阴沉地揉了揉他的小胡子。

"事实上，如果不是图威斯特博士插手，我可能早就这么做了，他坚持要核实最后一个疑点。无论如何，我们都可以逮捕你。不过，我也不会对你隐瞒什么，坦白认罪能够减轻你的处罚，甚至能保你一命。"

这位演员握紧拳头，结结巴巴地说：

"但是……我没有杀他！我只想救瑞秋……所以我把扳手给扔了……"

瑞秋·西姆斯深深地叹了口气。

"所以你认为我杀了他？"

"不，我不这么认为……但事实摆在眼前……"

警官叫大家安静，然后开始讲话。他重述了事情的时间顺序和惨案发生当天早上各位的行踪。当他说完后，安东尼·斯坦普用手抱着头，呻吟着：

"是别人杀了他……"

"谁？在什么时候？"克里斯托普洛斯激动地问道。

"我不知道是谁，但显然是在我到之前的某个人……是的，没错，你记得吗，我甚至告诉过你，当时波特曼的尸体还是热的……"

"特伦特夫妇离开时没看到任何人！"

"也许有人躲在水里等待合适的时机……"

"我们也考虑过这个假设。卡伦先生认为……"他转向警司，补充道，"但他会亲自向你解释……"

卡伦清了清嗓子，说道：

"我的假设是，这个游泳的人知道这对夫妇会在蓝湖大吵一架。换句话说，凶手和你们走得很近，而且可能是你们中的一个。从附近的一个海湾出发，绕过一些礁石就可以游到那里。这很危险，但可以做到，游到那儿至少要半小时。由于谋杀发生在十点十分至十点十五分，这个人可能在九点四十分左右下水，可能是在最近的海湾，即修道院山脚下的海湾。这里也是凶手行凶后一定会返回的地方。既然瑞秋·西姆斯绝对不可能犯下这起谋杀案，因为她的情人把她单独留在酒店房间里，那么还有谁能做到呢？"

在一片死寂中，所有的目光都集中到了玛吉·莱斯特身上，她斜睨了一眼警官。

"我就知道你在怀疑我，因为你昨天问了我一堆古怪的问题！"

克里斯托普洛斯微笑着，用怀着歉意的语气说：

"我只是想确认你没有不在场证明，小姐。这似乎是事实。没有人在修道院正式确认过你的身份。你可以像卡伦先生所说的那样杀了波特曼。你有时间，有机会，而且动机强烈……"

"什么动机？"

"妒忌。为了报复你的伴侣，因为他不忠，所以你杀了波特曼，让安东尼背黑锅！"

玛吉对安东尼哂笑道：

"我会为他做这一切？为他冒这么大的风险？看看他……他只要走出片场，就只是个窝囊废，只晓得装腔作势，勾引轻浮的女子。他值得我这样做吗？不。承认吧，这太荒唐了！"

查尔斯·卡伦没有理会她的话，而安东尼·斯坦普则惊讶地看着她。

"可以肯定的是，"卡伦继续说，"这之中有蹊跷。因为扳手上只有你的指纹，斯坦普先生，只有你的指纹，这非常重要。是图威斯特博士注意到了这件怪事。你看，船上不少人应该都用过这把扳手。所以，这上面应该有所有人的指纹。因此，显然有人为了让安东尼·斯坦普拿起扳手，所以事先擦拭了指纹，然后小心翼翼地把扳手放好了，这可能是谋杀前一天的事。我请图威斯特博士来解释一下他自己的推理吧。"

老人透过夹鼻眼镜，扫了一眼在场的嫌疑人，然后说道：

"我的上帝。这很简单，没有什么可说的，如果要说什么，那就是这个手法暴露了凶手的策略。作案后，他小心翼翼地放好了凶器……尽管这个措辞不太恰当，因为凶手很可能用的是另一种工具，例如类似扳手的其他工具或是一根简单的铁棍。这不重要。可以肯定的是，他把这把扳手显眼地放在尸体旁边，这样斯坦普就一定会看见扳手。但他会有什么反应呢？事实上，他只会有两种态度……

"第一种是什么也不做，一走了之，然后报案。当时的情况和扳手上的指纹会清楚地表明他是凶手；第二种是像他做的那样，即让'凶器'消失，救他的情人，因为在当时的情况下，瑞秋疑似是罪犯。我确信，凶手寄希望于安东尼会有这样的想法，而且凶手没想错。凶手料想警察最终会找到扳手，不是在海里就是在周围的岩石里。然后，加上特伦特夫妇提供的证词，斯坦普就完蛋了。没有人会相信他当时是想救他的情人。这种事后的坦白会被看成谎言，而这只会让他的处境更艰难。我认为凶手唯一担心的是扳手没被人找到，但这对凶手来说无关紧要，因为假如扳手没被找到，对案件的论断可能还是会置斯坦普于死地。

"我想补充的是，凶手故意让警察怀疑一个看似为本案量身定制的嫌疑人，这恰好大大缩小了嫌犯的范围。因为很明显，这些手法不是毫无来由的，反而是必不可少的。换句话说，有这样一个人，在没有这些障眼法的情况下，自然而然会被怀疑为凶手……"

在长时间的沉默之后，瑞秋·西姆斯眨了眨眼皮，惊讶地说道：

"我？"

"是的，你，波特曼的妻子，你即将继承一大笔财富。对此，我没有证据，但我打赌你和斯坦普私通只是为了利用他。因为，正如我告诉你的，你需要一个替罪羊来保护你。一切都计划到了最微小的细节：作案的时间和地点；向你丈夫坦白你的不忠，让他勃然大怒，毫不犹豫地打你；当你回到酒店时，给斯坦普看你在冲突中受的伤，这样你的情人就会立即做出反应，大家都会看到他气鼓鼓地离开酒店，准备殊死一搏。你很聪明，一开始把嫌疑引到自己身上，但人们发现你的罪责不过是和丈夫争吵，而他却死了。在此之后，你只会变得更清白！

"是的，一切都计划好了，经过了深思熟虑和精心准备。因为你对特伦特家的习惯了如指掌，他们每天都在这个时候来到海湾。你知道他们随后的证词能让你摆脱嫌疑，也会给你的情人致命一击。从艺术的角度来看，这是一桩了不起的谋杀案。人们不得不佩服你的微妙计划，你的聪明才智，还有你的表演天赋。但至于表演天赋这一点，我们都知道，你已经没有什么需要证明的了。"

在片刻的沮丧之后,美丽的瑞秋·西姆斯把头向后一仰,笑了起来,但这一次笑声听起来很诡异,像是假笑。

"这太滑稽了!"她笑着说,"但就算这是真的!我人在酒店,怎么可能犯下这起谋杀案?你在案发的时候没看到我吗?"

"看到了,但那是你犯案之前的事。正如你期望的那样,我也听到了你的声音,因为你故意提高了嗓门儿,还把窗户打开了。你的情人穿过露台时,已经是十点十分了……"

"对了!我还求他回来呢!我怎么可能超过他又不被人发现呢?他走得很快,不是吗?"

"是。但他从悬崖边的小路往下走的时候,你仍有几分钟的时间。你从酒店后面出发,在他之前到达了海湾……"

"怎么可能?用魔毯吗?"

"不,你的方法并没有什么神奇之处。你只是走了一遍球走过的路……瑙西卡的球,记得吗?"

这位女演员不解地环顾四周,然后把手指放在太阳穴上,冷笑道:

"他是个疯子!你们看,他在胡说八道!"

图威斯特博士半眯的眼睛中闪出一道光。

"哦,不,我没疯,夫人。我还很清醒,但你就很不走运了。充气的球在事发前一天从悬崖顶上掉了下去,你的路线和充气的球的路线大差不差。当你的情人走上了通往海湾的台阶时，也就是特伦特一家刚刚离开的时候——而你所在的位置肯定能看见特伦特夫妇离开——你从悬崖顶上纵身一跃，跳到了唯一可能的地方，也就是跳水板前面，跳水板前的水足够深。危险的三十米高空跳水！好吧，对一个业余选手来说，这很危险，但对你这样的职业泳者来说就不一样了。

"你迅速出水，趁你的丈夫还在诧异，把他杀了，然后你放下扳手，匆忙回程，你用一根绳子爬回了悬崖，绳子可能是一大早就放好的。对于像你这样的运动员来说，爬一根三十米长的绳子用不了一分钟。爬到顶以后，你把绳子卷起来，大功告成了。你甚至还在沙滩上观望了一会儿，看看你的情人会有什么反应。之后，你要做的就是溜回你的房间，擦干身体，好好喝几口威士忌，继续你的表演。"

仇恨闪过瑞秋的眼睛，她难以抑制自己的怒火，嘴里含糊地说道：

"你不过是个卑鄙的老巫师！"

"你不觉得在这种情况下，你才是丑陋的巫婆吗？你贪得无厌的野心让你失去了理智，但你并没有疯。你远远不是个疯子。你已经展现了你的聪敏，我希望陪审团不会对此产生误解。"

"你是怎么知道的？你怎么会猜到……"女演员哽咽着说，语气充满着怒气。

"当然是因为璐西卡的球啊!自从发现这个球以后,我一直对你很怀疑。我承认,这只是直觉。我告诉自己,这个东西是上天的启示。除了调皮的、正在玩球的璐西卡,还有谁会对波特曼恶作剧呢?"

凋零之墓

"为什么墓碑会在这里?当然得在这,因为这儿不长草!"

勒内·巴隆说完后,大家沉默了。巴隆四十来岁,性格开朗,个子矮小,留着卓别林式的小胡子。由于当晚双冠客栈几乎没有客人,老板巴隆便离开吧台,与他的朋友查尔斯·比伦斯基和迈克·费尔德一起坐在桌边,同桌的还有个过路的男人——阿兰·图威斯特博士。

看着这个高瘦、陌生的老人走进他的酒吧时,勒内·巴隆顿时感到好奇,因为这儿的新客很少,尤其是在冬季末尾这样时节。他和他的朋友不知道的是,这位客人业余爱好犯罪学,而且有着敏锐的推理能力,以至于杰出的苏格兰场警察局经常向他求助。巴隆的直觉告诉他,眼前这个人并不一般。图威斯特博士的英式冷淡、得体举止和剪裁精致的斜纹软呢外套让人肃然起敬。

事实上，这位著名的侦探远没有看上去那般自信。他不无苦涩地告诉自己，他已经过了冒险的年纪，过了跳上汽车逃离首都的喧嚣，随心所欲在英国乡间游荡的年纪。当天晚上，向西开了一天以后，他已经到了威尔士的边界，像一只重获自由的野猫一样兴奋。当他在荒凉的山上迷了路，逐渐深入迷宫般的小路时，他的热情便慢慢减退了。然后，悬崖边的急刹车把他吓得不轻。路上没有路标，黑夜又降临了，并且开了一天车，他身心俱疲，这些都要了他的命。所以现在他必须得休息一下了，如果他不想睡在星空下，就得找一家旅馆落脚。当然，睡在星空之下也不是他这个年纪该干的事了。

他看到身后有一个小村庄，来的时候没注意到它，于是他决定去碰碰运气。就在这时，他走到了这个奇怪的地方，这地方处在他最先遇到的屋舍的边缘。这是一片草地，除了极为平坦的表面和中心的一块纪念碑外，并无特别之处。这纪念碑是一块大石板，大约两米宽、三米长，石块闪着水汽，在淡淡的月光下微微发亮。但这块石板是纪念什么的呢？是一种特殊的坟墓或墓穴吗？可能吧，因为他想不出其他解释。不知为何，他打了个寒战。是因为这个奇怪的墓穴、夜晚的潮湿和清冷，还是因为屋顶传来的凄凉的风声？

他进入客栈。尽管老板友好地欢迎了他，老式炉子的温暖也让他感到舒服，但他一直无法消除这种奇怪的印象，仿佛有个幽灵从巨大潮湿的石板上升了起来，跟着他进入了这个温暖的乡村房间。于是他急忙把话题引向了他的发现，以求得到一个解释来消除他的疑虑。但这三人的反应与他的预想相去甚远。相反，他们的脸立马阴沉了下来。

喝完酒后，图威斯特博士皱起了眉头：

"那里不长草吗？但我好像看到了一大片绿地……"

"四周的话，是长草的，"迈克·费尔德说，他四十多岁，身材笔挺，目光坦率，"但就是那一块地不长。这就是为什么要在那儿立块石碑，这样就不会有人注意到这块光秃秃的长方形土地……"

侦探越来越感到惊讶。

"我不明白……您的意思是说，只有这几平方米的地方不长草？"

"是的。"

"但这……"

"很荒谬，没错。但事实就是如此。这儿的人都知道这件事。这个地方已经快一百年不长草了。人们多次试图消除这个反常的现象，但都没成功。"

查尔斯·比伦斯基是三个同伴中最小的一个，但也是话最少的一个，他的口音暴露了他的斯拉夫血统。

"你明白，草没法在那儿生长了，再也不可能了！"

"再也不可能了？"图威斯特博士说，"那儿究竟为什么不长草呢？"

勒内·巴隆以平和但略带嘲弄的口吻说：

"啊，这是个科学无法解释的谜，先生。但我猜您想了解这种奇怪现象的起因，对吗？"

"是的，确实如此，请讲。"

旅店老板先上了一轮酒，然后开始了他奇怪的讲述。他说话的声音有点像唱歌，和法国南部的人近似。他的口音与比伦斯基的不同，几乎听不出来，但图威斯特对老板的故乡非常了解，因为图威斯特会经常在那儿待上一段时间。此外，他刚刚在吧台后面的一张镶框照片中认出了勒内·巴隆，当时巴隆的年纪只有现在的一半大。照片里的他正在和朋友们玩滚球，背景是古老的地中海港口。旁边的另一张照片似乎透露出了更多信息。三个年轻人穿着皇家空军飞行员的制服，自豪地站在喷火式战斗机的机头前。尽管岁月改变了他们的容貌，图威斯特还是认出了他的同伴们。

"大约一个世纪前，"老板开始了他的叙述，"一个叫大卫·琼斯的人路过这里，因为谋杀罪被逮捕了。两个当地的流氓告发了他，他们声称看到他拦路抢劫，把一个老人打死了。琼斯却表示事实正好相反。据他说，那些指控他的人正是杀害老人的凶手。我不知道是什么使得正义的天平倾斜了，也许是因为琼斯不是本地人。反正，尽管他极力反抗，还是被绞死了。"

"当时，司法程序非常草率，"迈克·费尔德评论道，

"而在这种情况下,很有可能出现冤案。"

"是的,"勒内·巴隆严肃地说,"因为大卫·琼斯直到走上绞刑架,都一直在说自己是清白的。他祈求上帝不要让他的坟上长草,以证明他的清白。他的墓离村子有些距离,因为有些人反对把一个罪犯和诚实的公民埋在一起。在他被埋在那里后不久,草先是变黄,然后彻底消失了。从此以后……草就再没长过。"

老板沉默了一会儿,然后问道:

"那么,您怎么看,图威斯特先生?"

侦探捋了捋他的小胡子,看上去若有所思。

"上帝的安排的确无懈可击,但对于这样的故事,还是谨慎些好。如果可以的话,我想说人类的恶意以及由恶意生出的诡计多次令我感到惊叹。"

"嗯……"旅馆老板微笑着说,"您持怀疑态度,图威斯特先生。这很正常。查尔斯和我,在我们搬到这里之前,我们也很怀疑。现在让我们的朋友迈克说下去吧,他是本地人,也是这个村的村长。"

费尔德转向那张年轻飞行员的照片,说道:

"我看到了,图威斯特先生,您已经注意到了在保卫战时我们效力的军团。战争过去了,我们还活着。我们的许多同志,哎!他们却没法讲述这么多故事了。"

"他们仍然活在英国人的心中,先生。"图威斯特同情地说道。

"是的,当然了。事实上,战争结束后,没有人是毫发无伤的。我们清点了伤员和死者。但与此同时,我们这些幸存下来的人结下了深厚的友谊。这种友谊使我们经受住了生活的考验。对我来说,日子更容易些,因为我一直习惯于……这么说吧,习惯于一种清苦的生活,因为我生来就是个孤儿。勒内,他在马赛失去了他所有的家人,所以他被征入皇家空军后就再没回过家……"

"可怜啊!"旅馆老板笑着说,"生活不是一帆风顺的!因为在这里,很少见到地中海的阳光!但我已经明白,当阳光不在空中闪耀时,它一定就藏在人们心中。而且我现在感觉很好,我只想住在这儿,相信我!"

"至于我们的朋友查尔斯,在战后不久,他也度过了一段艰难的日子。他也永远不会离开这个村子,对吗,查尔斯?"

查尔斯用有些粗暴的声音表示同意。他背很驼,脸上长了一个酒糟鼻,眼神在圆圆的玳瑁眼镜后面显得捉摸不定。比伦斯基看上去其貌不扬。图威斯特怀疑他是个酒鬼,从他进门之后喝的啤酒数量也能看出这一点。

"别被他的外表骗了,图威斯特先生,"费尔德继续说,"我们的朋友是'二战'中最有名望的英雄之一。勒内和我很会开喷火式战斗机,但他,查尔斯,是个真正的高手。他身上挂满了奖章,在当时,他的名字为人们熟知……尤其作为戈林元帅的飞行员，他们怕他怕得要命！说了这么多，是想告诉您，大约二十年前我的两个朋友来到这儿定居时，我跟他们讲了这个古老的故事。当时他们也并不相信，甚至笑了起来。不得不说，当时，这位大卫·琼斯的坟旁没有像今天这样漂亮的草坪。那儿更像是一片荒地，满是石子，非常贫瘠，但当时也是有草的。到处都长了草，除了坟墓这块地方。以前，人们试了好几次，想让那儿重新长草，但没成功。为了把这件有损当地形象的事掩盖起来，人们在坟墓周围种了几棵紫杉，然后差不多就把这事给忘了。从前，小孩经常在那边玩，人们以为地面光秃秃的是因为经常被践踏。对吧，勒内？"

"是的，这是我的想法，"这位从前的马赛人说道，"但说到底，我并不关心这件事。我的工作过去是为口渴的人端上饮料，现在依旧如此，天晓得这里有没有人口渴！但是，我们也得承认，并非每个人都和我态度一致。尤其是那个布里斯托尔的促销员……你们还记得他吗？"

"那些事就像在昨天，"费尔德点了点头，他的脸刚刚变得通红，"有个叫埃文斯的人，很有钱，很任性，喜欢接受各种挑战，尽管当时市长和我都反对，当然我的反对没什么分量，因为我当时只是个副手，但埃文斯还是凭借自己的关系买下了这块地。他决定就在这块草地上建一个高尔夫球场，然后再建一家大酒店。他居然有脸来告诉我们他的计划，就在这儿，在这个酒吧！"

"我，"勒内·巴隆摇着头说，"我当时刚刚接手这个酒吧。我对此感到震惊！我记得有人告诉他，这块土地上长不出草，这对高尔夫来说不是件好事。他听了这话，笑出了眼泪，他表示曾经完成过更难的挑战。简言之，当天晚上，在所有客人的见证下，他承诺要破除这个古老的诅咒，否则他就放弃他的项目。"

"对他来说，"费尔德继续说，"事情都筹备好了。几天后，他让人把紫杉树之间挺厚的一层土给移走了，换上了更肥沃的土壤，然后在土上种了草。草才刚刚开始长，就变黄了……这是第一次失败，当然他没有就此罢休。他让人把周围所有的地都铲得平平整整，把坟上的土也换成新的，还请来了当地最著名的园艺师，但仍然没有成功。于是，他开始怀疑我们中有人给他使了绊子……"

"在坟墓上喷洒除草剂？"图威斯特微笑着问道。

"是的，因此他从那时起采取了预防措施。在我看来，这些防备越发严密，接近于偏执。这人接受不了失败。草偏不在这块地方生长，对他来说，这事已经成了他的执念，是对他自尊的冒犯，是他必须接受的对他个人的挑战。然后，他千方百计想消灭他的'敌人'。他接下来在那周围建了一堵墙，墙与坟墓的距离约为二十米。他不惜人力和物力。两个星期后，用砖围成的保护带就建好了。保护带呈正方形，高近两米。在正方形的一边有一扇门。起初，他只是让狗看守围墙。尽管有狗守卫,还换了新土、施了肥料,但坟头还是不长草。"

图威斯特博士点燃了他的烟管,过了一会儿问道:

"那些紫杉是怎么种的?有多大?"

"一棵紧挨着一棵种的,围成了长方形,严格来说,长方形有墓的两三倍大。树叶组成了一道茂盛的树篱,树篱应该也有近两米高。从大门延伸出来的小路只有一个狭窄的开口,就像绿墙上的一个小凹槽。"费尔德的眼神中亮起一道嘲弄的光,"但我想我能猜到您这个问题的含义,图威斯特先生,您在想会不会是有人从墙后用水管或水泵朝那儿浇过东西吧?"

"是的,或者其他类似的伎俩。但在这种情况下,这是不可能的。可以这么说,喷出来的腐蚀性的水也会浇到墓以外的所有地方,然后四处都会受到腐蚀。更不用说距离了。如果要把水喷出二十多米,需要一辆消防车!"

"是的。而这也是埃文斯的想法。几个月过去了,他差点儿中风,屡战屡败让他感到非常沮丧。于是,他开始雇用守卫,让他们守在墙内。两三个守卫在墙内,甚至还派一个在外面巡视。都是专业人士,年轻且警觉,有第二队人马接班,好让坟墓日夜都有人看守……

"然而,他们从未注意到任何可疑之处。狗有时会叫,但仅此而已。有很多错误的警报。而草还是不长……埃文斯简直气得发狂。有人提出紫杉树投在坟墓上的影子或者紫杉本身可能导致了土壤贫瘠,于是他毫不犹豫地把紫杉都砍掉了。砍完后,严密看守的围墙内只剩下一块极其平坦的草坪。但这没能改变什么。坟墓上面的土还是光秃秃的。一种下新种子,就只有一片稀疏的草会从土里稍稍探出头来,然后马上变黄、枯萎,仿佛这块土壤真被诅咒了。"

"难以置信。"图威斯特摇了摇头,说道,"你是说这片土地上其他任何地方都没被诅咒?"

"没有,只有不幸的大卫·琼斯的那块长方形墓地被诅咒了,而琼斯很可能是无辜的。"费尔德严肃的脸上浮现出一丝微笑,"直觉告诉我,图威斯特先生,您和那个承包商一样,觉得这事很可疑。相信我,埃文斯不是一个好人,但也不是个傻瓜。最后,他和我们大家一样,相信这不是骗局。他放弃了他的项目,可以说他毫不后悔,因为有了这样的怪事,高尔夫球场会让顾客唯恐避之不及。几个月的努力无果而终,他非常失望,同意拆掉围墙,因为围墙也没用了,而且挡住了这边的视野,这里朝向悬崖。至于我们,我们决定把您看到的那块大石板放在坟墓上。这样就不会有人注意到那块寸草不生的长方形土地。"

图威斯特沉默了一会儿,朝天花板吐了一串烟圈。

"如果这个埃文斯是某个恶作剧的受害者,那我认为只有两种可能。除草剂要么是从地上扔过去的,要么是从空中投过去的。鉴于狗和守卫一直守着,第一种可能性被排除。考虑到围墙本身、围墙和墓的距离,还有紫杉树篱的保护,第二种情况也不可能，除非这个坏家伙能到坟墓的正上方，保持不动，就像浮在半空，手里拿着浇水壶，小心翼翼地给这块他中意的长方形土块浇除草剂。总之，他得有……一条飞毯！"

"您给我们讲的是《天方夜谭》里的精彩故事，图威斯特先生！"旅馆老板感叹道，眼神中有些玩笑的意味。

"是的，这个故事可以证明人是绝对不可能实现这个手法的。不过……"

图威斯特最后的话音发出回响，他沉默了，而三个同伴仍在倾听着。

"您有什么解释吗？"费尔德皱着眉头问。

"不……还没有。"图威斯特博士犹豫了一下，若有所思地环顾四周，"但我打算找到这个谜团的答案，因为我手中似乎握着所有必要的线索。"

尽管图威斯特这番话给人以希望，查尔斯·比伦斯基还是站了起来，向他的朋友和图威斯特博士告别了，然后他慢慢走向出口。这个小个子消沉的步态中让人感到可怜。

他刚走出旅店，图威斯特博士就说：

"你们的朋友看上去状态不好。"

"是的，"费尔德说道，"他一直是这样。但他是个好人，相信我。啊，如果您以前就认识他的话，就会懂了。他很有风度，从吧台后的照片上看得出来。他是明星，一个杰出的英雄，闪着荣耀的光芒，舞会上，他很抢手。他最后娶了基地最漂亮的女孩,漂亮到最后当模特了,而我们的明星就在那个时候开始走下坡路了。事实上,他的颓废和他的崛起来得一样迅速。就好像他开着喷火战斗机在达到天顶后,突然在地面坠毁。回归平民生活太突然了。查尔斯才意识到,他只是一个普通人,他必须努力工作以谋生。他尝试过各种工作,但没什么成就。他的妻子离开了他,他开始喝酒,这就是恶性循环的开始。此外,他也没有家人了。在逃离纳粹时,他把他的父母从捷克斯洛伐克带到了这里,但他们在德国空军初期的空袭中丧生。战争爆发两年后的一个晚上,我碰巧在一座仍是废墟的楼前发现了他,他的父母就是在那儿丧生的。他当时喝醉了,但意识还是清醒的,还是可以哭的……然后,我就让他跟我走了。"

"费尔德也是个好人,"勒内·巴隆对图威斯特博士微笑道,"因为我也是,他也帮我振作起来了。我们如此热切渴望的和平,到头来却像宣战一样给我们带来了剧烈的冲击。在经历了焦虑不安、提心吊胆、紧急集合和致命的空战之后……平民生活对我们来说似乎显得很平淡。当然,没人习惯危险的生活,但你确实会依赖上这样的生活。当时我和查尔斯一样,而我低落的时候,我再次见到了我的朋友迈克。多亏了他,我才重回正轨。"

"你们都是好人。"图威斯特博士的声音里充满了感情,"我们都经历过伦敦大轰炸时躁动的、不安的夜晚,我们亏欠你们很多。因此，我决定不把你们的小秘密传出去……"

空气突然安静了，然后费尔德带着惊讶的神情问道：

"我们的小秘密？"

侦探直视着他的眼睛。

"是的，你们的秘密，也就是说，你们对那个捣蛋鬼埃文斯玩的把戏，他威胁要扰乱这个村子的生活，打搅你们日常的安宁；你们，几个头脑发热的人，终于在这个和平的港湾重新找到了生活的乐趣，你们发现最简单的快乐和马不停蹄的生活或危险带来的兴奋一样精致，而且更加持久。"

又是一阵沉默，然后费尔德不慌不忙地回应道：

"您这么说，可有什么证据？"

"哦！我不确定你们三个人是不是一伙的，但可以肯定的是，搞恶作剧的是你们中的一个。"

"恕我冒昧，"费尔德继续说，"您已经把他找出来了？"

"对。"

"而且找到了他的手法？"

侦探微微一笑，缓缓点头表示同意，然后转向吧台，问旅馆老板：

"您有茴香酒吗，巴隆先生？"

"茴香酒，"老板惊讶道，他眼睛瞪得溜圆，"您要茴香酒干什么？"

"当然是为了喝啊！我已经很久没喝过了。"

"好吧……我应该还有一瓶。但我们已经喝了格罗格和啤酒……我不知道这是否还有必要。"

"格罗格酒,"图威斯特调皮地答道,"是为了让我暖暖身子。啤酒是为了给我解渴……"

费尔德小心翼翼地问:"茴香酒呢?"

"为了知识的乐趣。"

巴隆很快就把客人点的饮料拿回来了。

"您忘加冰块了,巴隆先生!"图威斯特边说边拿起杯子和酒壶。

"对,当然,我在想什么呢?"旅馆老板说,又溜走了。

"事实上,"侦探边品尝着加冰的酒,边说道,"我并不是真的想这样做,但这对我的论证是必要的,主要是这件事提醒了我,让我想到了我自己做的一些事。你们很快就会明白。我之前向你解释了我的看法。我不相信世上有飞毯,所以我得修改一下我的解释。这个恶作剧的手法既要通过地面也要通过空中。但是让我们看看……我们怎样才能在这样一个难以接近的地方喷洒除草剂?答案是通过投掷,把紧实的东西扔过去,比如压缩粉末……"

"扔过高高的一圈紫杉树?"勒内·巴隆问道,"我觉得这太难了!"

"没错,但树篱上有个缺口,有小门那么大,而且根据我的理解,这个缺口与通往大门的小路是在一条直线上的。"

"大门是关着的,而且有人把守。"

"的确,但在晚上,就不会被注意到,如果这个搞恶作剧的人利用了狗叫,那就更注意不到了,他甚至可能为了恶作剧故意让狗叫了起来。"

"简言之,"费尔德认为,"有人可能从大门后面,隔着二十米,扔出了一块干粉。"

"这是可行的,因为外面的守卫在围墙周围巡逻,所以这个搞恶作剧的人在守卫每次巡逻的时候都能有一段搞破坏的时间。"

"对。但是,我觉得扔过去风险太大。一块干粉,稍微有点风就能吹偏,更不用说得扔得特别准。有时候,粉团肯定会落在其他地方。而这团粉,怎么才能均匀地撒在坟墓上呢?"

"有雨就行。"

"当然,我们这里经常下阵雨,但不是每晚都下雨!然后第二天早上这团干粉肯定会被发现!"

"是的,你说得有道理,"图威斯特同意道,"我们必须找到另一种办法,"他盯着老板拿来的装满冰块的碗,"比如说,这个人可以扔进去一块含有大量除草剂的大冰块,您觉得这个方法如何?夜间,冰块有足够的时间融化,然后在地面上散成一个大水坑。"

费尔德说:"那就剩下投掷的准度问题了。"

侦探的眼镜后面闪现出一丝狡黠的光芒。

"如果这块大冰块的形状像一个球,比如说像一个漂亮的橙子,那会怎么样?那么它就几乎和滚球一样重。"他转向贴在吧台上的图片,"一个好的滚球运动员可以投出一连串相对精准的球,特别是如果他能把这个球像空投一样投下去。但我就不在您面前班门弄斧了,巴隆先生!球在门的上方升空,沿着小路滚动,在树篱的小拱门下穿过,停在了坟墓上。用精心准备的冰弹投上半打,到了早上,不会留下任何痕迹,除了一点水,而人们会以为这只是露水。没有必要每晚都这样做。只需要在换土的时候,重新做一次就行了。"

这位前马赛人露出了半笑半嗔的笑容。他指着挂在吧台上的照片,问道:

"是这张照片让您明白了这些吗?"

"这么说吧,它给了我启发。"

"好吧,向您的推理致敬,先生,"勒内·巴隆说,他微微鞠躬,"但是您知道,我认为村里没人希望大酒店破坏我们的风景。而事实上,我也只是顺势而为,好让事情变得更明确。在埃文斯来之前,我从来没有做过这样的事情,我认识的其他人也没有⋯⋯"

"我没说我已经解开了整个谜题,先生们。"图威斯特严肃地说。

"那么,我想我们最好把它忘掉,对吧?"费尔德喝完啤酒后说。

"是的，"图威斯特博士同意道，"我会对此保持沉默，更别说我自己有一次不得已用过这种伎俩。这就是我很容易就破解了这个谜题的原因。以前，我有个邻居非常可恶，他用干草叉把附近的猫都赶走了。我很生气，要求他立即停止他的野蛮行径，否则，他的房子和他精心照料的草坪会受天打雷劈。对了，他在此之前还从另一个地区运来了一些肥沃、特殊的红色土壤，这些土也一样。"

图威斯特停顿了一下，把手伸进碗里，拿起了几个冰块。

"所以，巴隆先生，我像你一样，在我的冰格里放了大量的除草剂，一到晚上，喔！小冰块像雨一样落在了暴徒的花园里。几天后，他的草坪看起来就像得了麻疹一样！"

白兰地谋杀案

在一个晴朗的夏日午后,一辆塔博特牌轿车正沿着夏朗德省一条宁静的乡间公路缓缓行驶。司机是个五十多岁的肥胖男人,他用焦躁和迟疑的目光环视着四周。司机肥胖的脸颊憋得通红,满脸的汗水闪烁着光芒,可见车内的酷热令人难以忍受。

平时,苏格兰场的阿奇博尔德·赫斯特探长也许会欣赏这里柔美的地貌:青翠的牧场和葡萄园交替出现,沉浸在一片深沉的宁静中。他也许还会为村庄内敛的魅力所吸引,村庄接连不断,一座座美丽的罗马式教堂由金色的石头筑成,正面雕饰十分精美。但这正是问题所在……为了找到他朋友图威斯特近来隐居的村子,他已经来回转了一个多小时。图威斯特不仅是位哲学博士,更是个业余侦探,时常主动协助警方破解最神秘的案件。

"见鬼！他到底住在哪儿？"探长发着牢骚，双手紧握着方向盘。

赫斯特筋疲力尽，满头大汗，正要放弃。就在这时，他发现自己面前正是村庄的入口。这里，大部分房屋由坚固的石块堆成，看上去属于另一个时代。探长笑了，认出了那儿有一处他朋友非常喜欢的典型的田园屋舍。

片刻之后，友人做伴，探长身处乡野会客室的宜人凉爽之中，品尝着一杯白兰地。

"在这儿找到你真是太巧了！"阿奇博尔德·赫斯特说，现在他更放松了，"我知道你来法国度假了，但我不知道你在哪儿！今天早上，我很惊讶，因为查尔斯警长告诉我，伦敦大名鼎鼎的犯罪学家在这儿附近的一座老宅子里休假！我立马跳上我的车来跟你打个招呼。"

一抹微笑浮现在了房屋主人和蔼的脸上，他有一定年纪了，有着漂亮的小胡子，身材高高瘦瘦的，但思维仍很敏捷。"伦敦大名鼎鼎的犯罪学家？"他重复道，"如果可以这么说，我觉得你可真是会说话……"

"这是警长说的……"

"因为……其实我来这儿的目的恰恰相反。这几天，我不想当什么犯罪学家，不想当伦敦人，也不想当名人！我只想静静，休息休息，然后舒舒服服地品尝一下当地的美食和当地上乘的名酒……"

"你还想怎么样?这就是出名的代价!我亲爱的图威斯特,你的名声早就传到大英王国之外了!"他环顾了一下房间,"但我不得不说,这里布置得真不错!从外面根本看不出来……"

"住在这儿非常舒适,"图威斯特肯定道,"我很高兴你喜欢这里……如果你也愿意的话,那就别犹豫了,我也乐意收留你几天……"

警官瞥了一眼木质天花板,天花板由至少有一百年历史的老旧橡木横梁支撑着,警察回答道:"嗯……这对我来说有点太老气了……"

"这儿还有部电话呢!"图威斯特坚持道。

"是,我知道。警局的人跟我说过了。这样我来找你的时候,他们就能跟我取得联系。"

"啊?你是因为工作上的事才来这儿的?"

"是,也不是……和你一样,今年我选择来法国度假。我顺道拜访了我从上次世界大战就没见过的一个弟媳……我跟你讲过我那个在敦刻尔克牺牲的弟弟,对吧?他年轻的遗孀那时便离开了英国,回到了她的家乡夏朗德,在这儿她又嫁给了一个警察——查尔斯,当时小伙子只是一名警员。从那以后,他步步高升。就在最近,他被任命为干邑的警长。但现在,他手上有个难办的案子,这败了他升官的兴致,事实上,这起案子非常奇怪……"

"这案子已经成了你的案子？"

"这么说吧，我只是给了他一点建议。案子有点棘手，好像是要保护好一个叫米歇尔·苏达尔的人，这人退休前是种葡萄的。一个礼拜以来，他都把自己关在家里，因为他受到了威胁……"

两人正谈着，赫斯特不由自主地把手伸向了桌子，想喝上一杯，这时，主人突然大叫："赫尔墨斯！别！"

图威斯特突然的警告于事无补。一个黑影早已从房屋的一角蹿了出来，差点儿把警官的杯子打翻了。这不听话的赫尔墨斯不是别的什么人，而是一只黑猫，它好像忽然对警官产生了好感。它高兴地发出咕噜咕噜的声音，眨着眼睛，在警官柔软的大腿上踱着步，然后蜷缩了起来。但猫咪的温柔并没有感染赫斯特。赫斯特眼睛转动着，好像挨了电击。

"赫斯特，它又没得鼠疫！你可以摸摸它。"

警官伸出犹豫的手，然后嘟囔着："你知道我受不了这种小动物……我控制不住我自己……"

"你跟村里的人一样迷信！我来这儿的时候，收养了这只小猫，当时它瘦得皮包骨了。没人想收养它，就因为它是只黑猫……或者说，它是恶魔的化身……"

"这些畜生，它们会带来厄运，大家都知道！"

"荒唐！就是因为这些观念的存在，这个可怜的小东西才饥肠辘辘、无人疼爱。"

"有你在,我就放心了,它肯定能弥补逝去的流浪时光!不过啊,图威斯特,若你能帮它找到我大腿之外的另一个坐垫,我一定感激不尽……"

片刻之后,把毛茸茸的猫陛下在另一个房间安顿好后,图威斯特回到了他朋友身边,然后用略带挖苦的口吻说道:"好了,恶魔已经走了,你可以放心了。"

但是,赫斯特看上去依旧有些不安,尽管室内比较凉爽,他红红的脸还是被汗水浸湿了。

"我不确定,"他有些犹豫地答道,"我感觉要和恶魔本人交手了。"

"你是说你那起案子?"

"对。"

"好吧,如果你保护的人的对头是恶魔,那你感到不安也不无道理!"

"根据大家的说法,那个发誓要杀了米歇尔·苏达尔的人可能和撒旦一样恐怖!这人是菲利普·福,有人给他起了个外号:犯罪魔术师。"

"这是个危险的杀手?"

"不,但他可能会成为杀手,所以大家对这起案子很重视。此人聪明绝顶,是个魔术师,业余爱好是犯罪学。据说他读过所有和犯罪相关的书,真实案件和虚构作品他都读过,而且他有一个书柜,里面全是这类书。"

图威斯特仰靠在椅背上,赞同道:"没错,他就像是恐怖对手的范例。但是这个菲利普·福为什么对米歇尔·苏达尔怀恨在心?"

赫斯特喝干了啤酒,舒服地坐在扶手椅上,说道:

"我从头说起吧。米歇尔·苏达尔以前是种葡萄的,除了经营葡萄园,也有些别的爱好。自从卖了葡萄园,他大赚了一笔,毕竟从他酒庄里生产出来的拿破仑白兰地[1]享有盛名,他终于可以全情地投入他的爱好中了,比如读书啊,幻术啊,还有秘术,不过他并不沉溺其中。就是他创立了灵异事件调查协会,你大概也听说过吧?"

"对。这群人毫不留情地拆穿那些靠秘术招摇撞骗的人和其他的江湖骗子,对吧?"

"完全正确。而菲利普·福是个有着超凡能力的魔术师,能够完成许多奇迹般的事情。他定期进行免费的公开表演,可能是为了巩固他的信誉和慈善家的好名声吧,好继续骗那些……哎!那些成群结队的傻瓜!因为根据可靠消息,很多人私下请他去施展通灵术。关于这一点,可以肯定的是,他不是单纯出于对艺术的热爱才干这行的。从他的银行账户可以看出来,这桩生意似乎非常赚钱,因此我们可以理解,他当然会厌恶苏达尔在最近的一次聚会上干预他的演出……当时,在一堆

---

[1] 拿破仑白兰地是干邑地区特产的一种需在橡木桶中陈酿至少六年半的白兰地。传说中,法国皇帝拿破仑喜欢干邑的白兰地。

目瞪口呆的观众面前，他正展示着惊人的能力：在一只装满清水的大盆里，他神奇地把鱼钓了上来，然后，把水变成了……白兰地！对于像苏达尔这样经验丰富的葡萄种植者来说，这完全是挑衅！苏达尔跳出人群，然后从魔术师的口袋里抽出了一袋橙色粉末……福的反应很激烈。起初他否认作弊，声称这袋粉末有完全不一样的用途，然后，面对苏达尔的一再指责——苏达尔想要揭穿他的骗局——他威胁苏达尔，反驳道这是羞辱，是对他神秘力量的冒犯，苏达尔将因这种行为被处以极刑……因此，魔术师公开威胁了苏达尔，甚至警告说苏达尔将死于他曾犯下的罪孽……"

"死于白兰地？"

"可能吧……也可能是鱼，因为苏达尔也向大众解释了他钓鱼的戏法……"

图威斯特若有所思地点了点头，然后说道：

"警方也把他的威胁当真了？"

"对，因为很明显，福当时没在开玩笑。他的声誉和未来都岌岌可危……"

"如果苏达尔在接下来几天都没死，那福就完蛋了。"

"如果这位老葡农出了什么意外，那我的同事查尔斯就完了，因为在干邑，这个死亡威胁的故事已经不胫而走！人们会因为查尔斯没有采取必要措施而指责他。目前，查尔斯听从了我的建议，派人监视着这两个人。一个人跟踪犯罪魔术师,另一个人守在苏达尔家,在那座塔楼附近,苏达尔躲在塔楼里……"

"塔楼?"图威斯特惊叹道。

"对,塔楼……那是一座城堡最后的遗迹,被当地的一个怪人改造成了塔楼。米歇尔退休后就住进了塔楼,也许是想享受那儿的清净。总之,我们都觉得那儿是一个用以自卫的战略要地,你可能得到了那儿才能意识到这一点,因为我们很难想象,防备到这个份儿上,苏达尔的敌人怎样才能接近他。"

"这就是我刚在想的,毕竟有一名警员在盯着了。不过,你是在担心魔术师真的能够把威胁变成现实吗?"

"对,"赫斯特答道,他攥紧了拳头,"因为这个人足智多谋。此外,苏达尔采取的防备措施在我看来就足以说明问题……但是,如果这位'犯罪魔术师'真能应对自如,那他可能真是恶魔……"

这时,电话响了,警官愣住了。图威斯特起身拿起听筒,然后转向了他的伙伴:

"找你的。"

赫斯特露出怀疑的眼神,在接过听筒前犹豫了一下。他用粗暴的语气介绍了自己,然后沉默了一会儿,此时,一根青筋在他太阳穴那儿暴起。

"什么?怎么可能?"他咆哮道,"但这不可能……我的天啊,佩尔蒂埃,说清楚点,我听不明白……你在说什么?"

谈话以同样的语气持续了几秒钟。当赫斯特挂断电话时，他的表情就像一个遭了灭顶之灾的人。他呆住了，理不顺的头发垂在了额头上。

"谁打来的？"房主问道。

"佩尔蒂埃，干邑警局的年轻接线员。挺好的一个男孩，但他心里一乱就会口齿不清……这时候，听他讲话完全是种折磨。这不重要……我们碰上麻烦了……"

"不会是——"

"没错，"赫斯特用阴沉的语气说道，"最坏的情况发生了……魔术师的诅咒成真了，老葡农刚刚去世了。是苏达尔本人告诉我们的……在咽气之前，他给警察局打了电话，然后尽力嘟囔了几个词。他可能是在讲猫和沙丁鱼，然后就断气了。警局的人立即去了他家……他们在他的房间里找到了他，他躺在地上一动不动……已经没有生命体征……盯梢的警员可以确定没有人接近塔楼。"

"那他是怎么死的？"

"中毒身亡……"

图威斯特摘下了他的夹鼻眼镜，然后疑惑地看着他的朋友：

"我想是喝了白兰地？"

"还不确定……因为，就像我说的那样，他的遗言好像是'猫和鱼'……"

这会儿，赫斯特探长果断地向门口走去：

"走吧，图威斯特，没时间耽误了。我们去现场吧。"

一刻钟后，探长把他的塔博特停在了其他两辆车旁边，这两辆车并排停在塔楼脚下。这座塔楼是某座中世纪城堡的残垣，由坚固的方石砌成，矗立在一丛山毛榉树边缘的岩石山丘上。塔楼周围没有任何建筑，使这座建筑显得更加怪异，它看上去像一架没了叶片的风车。但是，这座塔楼隐约透出一些威胁，让人联想到它最初的用处。可能是为了保留其中世纪的风格，人们给它建了一个非常陡峭的屋顶，并在其厚厚的墙壁上开了几扇椭圆形的窗户；其中一扇窗户位于顶层，朝向南面，就在一棵引人注目的紫藤上面，紫藤附在墙上，在一定程度上缓和了塔楼生硬的外表。

"那就是苏达尔的卧室。"赫斯特边用下巴指了指窗户边解释道，"卧室下面是小厨房和浴室。就在那儿。你看，这扇东面的窗户有格栅保护。他在西侧也装了格栅。一楼是储藏室。唯一的进出口是前门和另一扇带栅栏的小窗户……我们现在去看看……"

那扇大门虚掩着，图威斯特一下子就注意到了锁框上的木头碎片。他们进了门，爬上了一个昏暗的螺旋形楼梯，到了第四层，也是最后一层，听到了一些声音。原来是两名身穿制服的警察在检查一个相当宽敞、装潢舒适的房间。一个年轻的金发男子弯着身子，正在查看躺在洗手池下的尸体。小伙看见刚到的人，便走到他俩面前作自我介绍：

"我是文森特·马南医生。我猜你们其中之一是苏格兰场的警官吧。"

赫斯特点了点头,简单介绍了他的朋友。

"警长跟我说起过你,"马南医生接着说,"他刚去干邑了,要你们等等他。法医很快就会来了……"这位年轻人脸上洋溢着青春的微笑:"我只是村里的医生,查尔斯警长在路上遇到了我,让我跟他到这儿来。"

文森特·马南转向尸体,他的脸色阴沉下来:

"我认识米歇尔·苏达尔本人。我从没想过再次见到他是在这种情境下……"

死者是一名中等身材、有着灰色头发的男子,他躺在地毯上,身体轻微蜷缩,双臂张开。他那副薄边银色眼镜掉在他翻白了的眼睛前面。尸体左边的洗手池上有几条棕色的污渍,右边的一张桌子脚下,电话翻倒在地。

"他是被毒死的,对吧?"赫斯特问道。

"对,氰化钾中毒……毋庸置疑,尽管我只是按照查尔斯警长的指示粗略检查了一番。你们能闻到这股刺鼻又发甜,让人想到苦杏仁的味道吗?氰化钾的味道很有特点……"

"这毒物是怎么到这里的呢?"

马南医生若有所思地摇了摇头:

"问题就出在这儿……据我所知,警长指望你们找到凶手的手法……我得承认,这一切非常神秘。按理来说,这个房间里没有氰化物，而且很明显，没有人可以在苏达尔不知情的情况下进来这里……"

两位侦探迅速查看了一下四周。房间的东部主要是些实用物品：一个洗手池、一个柜子和一张桌子。一个书架占据了整面西墙。除了书，书架上还有一些古玩和奇怪的物件，比如一座宝塔的模型和一个装着立方体的玻璃盒子，立方体悬浮在盒子里，图威斯特立即意识到这是变戏法的道具。书柜前面有一张沙发，沙发旁边有一盏落地灯和一张咖啡桌。咖啡桌上有一个装着玻璃杯的托盘、一瓶白兰地和一只长颈瓶，瓶中装满了水，一名警官正在小心翼翼地查看这只水瓶。一本打开的书翻放在沙发上。南面正对着门的是整个房间唯一的窗户，透过窗户可以看到夏朗德省的田园风光。

"不，凶手不可能进入这里。"负责监视的警员确认道。

"是你负责监视死者吗？"赫斯特问道，声音中带着责备的意味。

年轻官员脸色变得苍白，但不失自信地说道：

"是的，我可以向您保证，今天早上，除了卖面包的经过房子，之后根本没有人靠近。那时，苏达尔还好好的。上午九点的时候我看到他在门口买了法棍。在那之后，到警官来这儿之前，也就是下午四点左右，我没看见一个活人。要想进来这儿，嫌犯就要破门而入，打破前门和这里的门，这两扇门都是从里面反锁的……因此，如你们所见，从外面不可能把锁打开。"

赫斯特和图威斯特注意到了门上坚固的锁并点了点头。只有钉在门框上的框架在警察硬闯进来的时候变了形。

"总之，"赫斯特说，"进入这个房间的唯一途径是从窗子那儿爬进来……我想窗户是开着的吧？"

"是的……天气这么好的时候，开窗很正常。但我可以向你保证，没人爬进来过。窗户是我盯得最紧的地方。再者说，要怎样爬上来呢？这房间离地有差不多八米高！抓着紫藤爬上来？对一个凡人来说是不可能的……紫藤太脆了，而且，这肯定会留下痕迹。但我们没有找到任何痕迹。痕迹是我们首先检查的事项之一。"

"用梯子呢？"

"不可能的，如果是这样，那我会注意到的。"

赫斯特揉了揉后颈：

"好吧，要是没有人能够潜入这里，那么氰化物应该早就被放在这个房间里了……"

"可是，实际上，这里的东西都不含氰化物。"年轻警察说道，他的目光停在了托盘上，"长颈瓶里的无色液体确实是水，而酒瓶底部是白兰地。杯子里只剩几滴酒了。当然，我们必须等待实验室的分析结果，但我现在可以向你们确认，它们都不含氰化物……除非是我没看见……没有巧克力或其他食品的包装纸，除此之外，有个空的沙丁鱼罐被扔在了垃圾桶里。至于你看到的洗手池上的瓶子，它是完全干净的。就剩下面一层没仔细检查过了，但鉴于受害者把自己关在这个房间里，而氰化物是众所周知的烈性毒药……"

赫斯特看上去有些生气，然后向他的同事询问了受害者那通电话的详细情况。

"那是下午三点左右，"最年长的警察解释道，"他没说太多，但我们马上就知道事态很严重。一刻钟后，我们到了这里……强行开了这两扇门……我们发现了他，就像你们这儿看到的那样……我猜他曾试图向洗手池里呕吐，但没吐出来。"

"氰化物的作用速度是非常快的，"文森特·马南医生说道，他把一根手指放在嘴唇上，沉思着，"事情发生时，他一定坐在沙发上。"

"你是怎么知道的？"赫斯特怀疑道，并扬起了眉毛。

"因为书已经翻开了，他感到恶心，于是起身走到洗手池前，试图缓解症状，然后，他明白了事情的严重性，就伸手去拿电话，给你们打了电话……"

"他最后到底说了什么？"赫斯特问那个警察。

"是我们的接线员接的电话。"

"是的，我知道，他通知我了。但我恐怕没有搞清楚他在说什么……"

"苏达尔当时的状况非常糟糕……他就说，他快死了，而且……"

"嗯，这是什么？"阿兰·图威斯特感叹道，他把身子探向窗户,"它看起来像一个宠物的食盆……它是空的,但仍有一些残留的食物……"

文森特·马南说:"苏达尔喜欢和猫在一起。他曾跟我说,猫就像一杯好酒一样……猫能让他内心平静,特别有利于他集中注意力。我来看他的时候,他经常在专心读小说,腿上趴着一只猫……"

"啊,真是个好人!"图威斯特评论道。他弯下腰去捡起茶碟。他闻了闻,皱了皱眉头,然后摇了摇头,说道:"闻起来像沙丁鱼,但不是氰化物。"

"是的,这可能是我们在垃圾桶里发现的那个罐子里的东西,"警察说道,"当然,我们已经检查过了,但它好像没有问题。"

图威斯特走到垃圾桶前,但并没有管那个金属罐子,而是从里面拾起了一个包裹封皮,上面写着死者的姓名和住址。

他一边检查,一边说:"那么,苏达尔在电话里的最后一句话是什么?"

"是句很奇怪的话,"警察回答道,目光看向茶杯,"据佩尔蒂埃说,苏达尔说的是:'猫带来了鱼(Le chat a apporté le poisson)……'"

一阵沉默,赫斯特首先开口:

"这太愚蠢了!这句话毫无意义!你们想想……一只猫叼着一条沙丁鱼到主人面前邀功?苏达尔能毫无防备地吃下一条

全是氰化物的沙丁鱼？他像一个四处躲避追捕的动物一样生活了好多天了！不，太扯了！说不通！另外，事实证明是主人把沙丁鱼给猫的，不是猫把沙丁鱼给了主人！什么鬼东西！"

"你还记得吗，阿奇博尔德？"图威斯特博士打断他，"威胁他的人说，他将死于自己所犯下的罪孽……也许菲利普·福说的是'死于他钓鱼的地方'，毕竟苏达尔向观众泄露了福把鱼钓上来的诀窍……"

"你忘了白兰地！"赫斯特探长满脸通红地说道，"从托盘上的长颈瓶和酒瓶就能知道，苏达尔当时是想重现把水变成白兰地的魔术……这可能要了他的命。"

图威斯特看着咖啡桌上的托盘思索了一会儿，然后转向医生："你认识死者本人吗，马南医生？"

马南医生悲伤地点点头："是的，甚至可以说他是我的一个老朋友……我们曾有一个共同的爱好……"

"什么爱好？"

文森特·马南转向书架："侦探小说。米歇尔·苏达尔和我一样是个狂热的收藏家……我们是在一家小二手书店认识的，大约十年前的事，当时我还是个大学生……也是在那个时候，我们认识了菲利普·福……"

"怎么认识的呢？"赫斯特感到很惊讶，"你是说你们三个人以前是朋友，而苏达尔与福关系也很好？"

"正是如此。至少那时是这样的……我们甚至合作写了一份关于侦探小说的研究报告,特别选了不可能犯罪为主题,但后来,不幸的是,我们各奔东西了。我开始行医,而米歇尔·苏达尔专门追击搞秘术的骗子……但他最后遇到了一个可能是我们中最有天赋的人。"

"菲利普·福,犯罪魔术师!"阿奇博尔德·赫斯特严肃地说道。

"对,而且这个外号还是我和苏达尔给他起的,因为他在犯罪学方面学识渊博,而且在魔术方面天赋异禀。这个外号就流传下来了,在他选择专攻占卜和灵异事件之后,这个外号依然伴随着他……"

"对你们来说,他就是个骗子……"

"一点不错……而且是一个知道研究秘术比研究犯罪要赚钱的骗子……"

"那你,你后来也一样,跟他决裂了?"

文森特·马南调了调眼镜,想了想,说道:

"没有,起码没有正式决裂。其实我们很久没见过了……"

医生沉默了一会儿,转向尸体,然后不理解地摇了摇头:

"不,说真的,我无法相信……当然,福无疑具有实施完美犯罪所需的所有特质,但把理论付诸实践,我觉得这条鸿沟还是很难跨越的!再者说,苏达尔和福过去关系很好……几乎就和兄弟一样……"

"众所周知,兄弟间的仇恨往往更深,"赫斯特说,"此外,苏达尔丝毫没有考虑,就把福的威胁当真了。不幸的是,事实证明,他的担心是有道理的。我们还需要知道,凶手是怎么作案的,是用白兰地还是鱼?"

苏格兰场的警官说教一般的发言结束后,现场一片寂静,图威斯特打破了这种寂静,他走到墙边,查看着书架上的作品。

"不错的藏书,"他赞叹道,"这儿还有几本珍藏版……"然后他又把目光投向了沙发上那本被翻开的书。他拿起它,翻了翻,然后对文森特·马南说:

"初版《死神有翼》,作者是个叫哈罗德·维基的人。这本书很受读者欢迎吗?"

"毫无疑问,"年轻的医生证实,"这一定是最近才买的,我从来没有在他的书架上看到过。不然,他应该会告诉我的……"

"奇怪的是,"图威斯特一边说,一边从垃圾桶里拿起盒子,"这本书与这个包装盒的大小完全吻合。邮戳表明包裹是前天送的。因此,苏达尔可能昨天才收到这个包裹。"

"而包裹里是这本《死神有翼》……"文森特若有所思地说道。

"是谁送来的?"赫斯特生硬地问道。

"没有写寄件人的名字,"图威斯特回答道,他仔细查看着包裹,"包装上甚至一个字都没有,但鉴于这本书的价值,至少对死者来说这本书很珍贵,它应该是一个好友送的。书商或卖家很少不在包裹上标明他们的地址。"

就在这时，查尔斯到了，他身边跟着法医。这位干邑的警长身材矮小，是个留着小胡子而且满脸雀斑的年轻人，一看到伦敦的侦探，似乎大大松了一口气：

"阿奇博尔德·赫斯特和他的朋友，著名的犯罪学家图威斯特！"他感叹道，"谢天谢地，你们终于来了！我的朋友们，这叫什么事啊！这一切都跟谜一样！！但赶紧跟我讲讲，你们对案子有什么初步想法？你们已经破解了这个谜团吗？至于我，尽管我能想象到凶手的作案方式一定特别巧妙，但完全不知道凶手用了什么诡计！！我刚刚看到了我们的嫌疑人，他显然有完美的不在场证明……"

傍晚，菲利普·福在干邑的公寓接待了两位侦探。在公寓可以看到弗朗索瓦一世公园的美丽景色。接待二位的客厅布置得很朴素，但这种朴素似乎是有意为之的。除了两三件宗教物件、基克拉迪艺术[1]和波利尼西亚艺术雕塑，整间客厅都散发着宁静的气息，与房子主人的温和、殷勤的态度一致。房主坐在扶手椅上，向客人露出了一个和蔼的微笑。看了他精心的打扮和得体的姿态，人们可能会误以为他是一位牧师或神父。但是，再看仔细点就会发现，他清澈的眼神很有魅力，却含着一

---

[1] 在古希腊青铜时代早期，爱琴海中部的基克拉迪群岛形成了基克拉迪文明，该文明的艺术代表之一便是大理石雕像。

丝讽刺。然而，当侦探们提到这起悲剧时，他却摆出了一副沉思的面孔：

"哦，这难以置信……我还是有些震惊……当警长跟我说的时候，我简直不敢相信自己的耳朵。所以，他的死亡确实是不可避免的……"

"毕竟威胁他的人是你，不是吗，福先生？"赫斯特直截了当地说道。

"对，可能是……但相信我，先生们，我没想到我的超能力如此灵验……我从没想过命运会对拦我路的人这样残忍。"

"犯罪魔术师先生，我们相信是你用巧妙的手法实施了这场谋杀，我们一定会识破这个手法。"

"犯罪魔术师？"菲利普抱怨道，"这样叫我太傻了……"

"这个绰号一直伴随着你，而且，这个绰号就像为你量身定做的。"

福的脸上露出了迷人的微笑：

"不管怎样，好像我已经被证实了不可能实施这场谋杀。多亏了你们警长派人监视我，他能向你们保证，我今天一天都没离开过公寓……"

"这顶多能证明你今天没进入过苏达尔的住处。此外，警方也证明了没人能进到他的住处……"

"这样的话，那你们到底为什么还要相信这是人为的？"

赫斯特没理会这句话：

"你很可能在夜里行动,设置了你的陷阱,或者几天前就做好了……我们还不知道你使了什么花招儿,但相信我,我们会找到它……假设你是无辜的,那么,福先生,我换个方式问你吧……"

魔术师耸了耸肩:"完全没问题,警官。"

"照你的说法,考虑到案件发生时的情况,凶手有没有可能在不在场的情况下,用个妙招把苏达尔毒死?"

"当然,这是有可能的,但你还是得找到这个办法……"

"你既然是个聪明的魔术师,应该能想出个办法吧。"

"探长,你才是聪明人,我本来都快觉得你已经不怀疑我了!"

"你没有回答我的问题。你既然能轻而易举地把水变成白兰地,那你也应该能够向我们解释如何把水变成一种致命却又不易察觉的饮料吧?"

"我的天啊,我从来没有过这种亵渎的想法!"

"你可能是个双料专家,人们都认为你是最伟大的侦探文学理论家之一!"

房主脸上掠过一丝恼怒的神情:

"是,这是真的,曾经,我学了一些这个领域的知识……那时,我可能把关于犯罪学的书都读完了……"

"你突然就对犯罪理论不再感兴趣了吗?"

"这么说吧,我只是找到了一条更赚钱的路。"

"所以你承认你是靠观众的信任而生存？"

"我更要承认，探长，我没法用意念杀人，因为我如果可以，相信我，那可能就坏事了……"

赫斯特眯了眯眼睛：

"比如去威胁别人？"

一个残忍的表情在菲利普·福的脸上闪过，他意识到自己有些失控，便马上恢复了和蔼的笑容：

"不，探长，只是给别人一个小小的警告。所以别试图伤害我，给我安上莫须有的罪名。而现在，如果你们不介意的话，烦请你们长话短说。失去一个昔日的密友，还是让我感到悲痛的。"

当天晚上，两位侦探在马南医生居住的村子里的旅馆吃了晚饭，餐馆离塔楼不到一公里。约好与他们见面的查尔斯警长还没现身。相反，他们在这儿遇到了马南医生，医生便和他们坐在一起。欢快的气氛让这个乡间的小房间充满了活力，人们在这儿喝酒、唱歌，大声讨论着一场竞争激烈的贝洛特卡牌[1]比赛。赫斯特探长低沉而愤怒的嗓音几乎让人听不清楚："真是个无耻之徒！"他提高声音，"一个头号嫌犯，居然敢取笑我，还敢威胁我！"

---

1 贝洛特卡牌是欧美常见的纸牌游戏，套牌只有三十二张，每个花色只有A、10、K、Q、J、9、8、7八张。

"菲利普·福很有个性。"文森特·马南沉思道,"你很难让他自乱阵脚,他是个很自信的人……"

赫斯特愤怒地瞥了一眼他的朋友:

"你呢,图威斯特,你怎么不说话?我觉得你刚刚在嫌犯面前表现得很慎重……"

图威斯特的注意力全在厨师刚刚端上的、令人很有食欲的白兰地火烧[1]馅饼上。他向厨师投去感激的眼神,机械地把盘子拿近,然后回答道:

"没有什么好说的。我们的访问不带任何官方性质,福也明确知道这一点。我甚至觉得他在回答两个陌生人的问题的时候,表现出了一种殷勤……尽管如此,我的想法和你们一样,马南医生,如果福是我们的对手,那我们很难迫使他认罪。"

"倘若我们识破了他的诡计——"医生犹豫地补充道。

赫斯特皱了皱眉,说道:"怎么,你有什么想法吗?"

"讲真的,因为我读了很多侦探小说——"

文森特·马南被刚到的查尔斯警长打断了,后者显得愉快且自信,向三个同伴打了招呼。赫斯特阴沉的脸色最终传染了其他人。

他皱起额头,说道:"我猜你们碰了一鼻子灰吧。"

"很可惜,他有这么完美的不在场证明,"赫斯特抱怨

---

[1] 白兰地火烧是法国美食的一种烹饪方式,先给食材浇上白兰地,然后火烧食材。

道,"而且,最糟糕的是,因为我们派了个警察盯着他,帮他证明了清白。但是查尔斯,你对你的人提供的证词有绝对把握吗?你确定福一天都没有离开过他的公寓吗?"

"绝对确定,就像我确定没人能闯入塔内一样。"警长紧张地用手捋了捋他的红发,"现在我们已经仔细检查了所有的东西:锁、墙、紫藤……没有任何可疑的痕迹。我们可以确信,凶手要了个花招儿把死者毒害了。唯一的问题是要搞清楚凶手是怎么做到的,因为即便是这样假设,我们也还没找到毒药的痕迹。我还在等最新的分析结果。对了,凶手用的肯定是氰化钾,法医已经向我证实了这一点。根据他的说法,死者吸入的氰化钾可能非常少,除非氰化钾被稀释在别的东西里,否则,以它的毒性,米歇尔·苏达尔不太可能还有力气给我们打电话。"

"我觉得马南医生有个想法。"图威斯特插话说,他转向医生,医生脸红了。

"对,但只是个想法,"他有些害羞地嘟囔道,"我并不想摆出一副教你们做事的样子。"

赫斯特耸了耸肩,说道:"既然我们现在毫无进展,我们洗耳恭听,马南。"

"这是关于那本书的。图威斯特博士判断得很正确,这个包裹是在案发前一天寄给死者的,由此我们知道是死者的某个朋友寄的。我觉得寄件人可能动了什么手脚。"

"我明白了,"赫斯特说着,然后像父亲般地看着马南,"可能是凶手寄的,然后他用这本书毒死了苏达尔?但究竟是怎么做到的?在书上撒上氰化物,让这位老葡农在翻书时吸入氰化物?难以置信……"

"不,只需在书的边缘上毒。有些人,尤其是皮肤干燥的人,有舔手指翻书的习惯。你明白吗?这样的话,只需要小剂量毒药,就能毒死人。不过,我可以向你保证,所有认识苏达尔的人都知道苏达尔有这个习惯。每次他手里拿着一本书的时候,我都会看到他用嘴唇去舔手指尖。"

赫斯特先是愣了一会儿,然后脸上突然绽放出了笑容:

"马南医生!你真聪明!我的天啊,我觉得你想得没错!多亏有你在!"

"不,功劳不在我,我只是在一本侦探小说里看到过这个手法,故事是在一个恐怖的修道院里展开的,那里的僧侣比恶魔还吓人……"

"这不重要!"赫斯特非常满意地说,"我越想越觉得这个想法是对的!而且福本人就喜欢读书,可能之前他在类似的书里得到了灵感。"他转向他的同事们:"那么,先生们,你们怎么想?"

"没错,我认为我们的路子是对的。我会立即询问相关的分析结果。考虑到苏达尔这几天可能嗅觉不太好,这个想法就更可能实现了。据验尸官说,苏达尔得了重感冒。他们在他的口袋里发现了不少于三条手帕。福把我们引上了一条错误的道路，他说苏达尔将死于他所犯下的罪孽。事实上他没说错，只是这句话是说给他自己的：犯罪将使他自己走向毁灭！"

赫斯特和查尔斯警长当晚一样，对案件的进展感到十分乐观。他对即将逮捕罪犯感到非常高兴，他和图威斯特讲着他会怎样抓到福，并且会怎样打击这个犯罪魔术师的嚣张气焰，这人竟敢威胁执法人员，尽管这些威胁的话很含蓄。他的朋友提醒他道，俗话说，"没杀死熊之前别想着卖熊皮"。听到这些话，他有些生气，指责图威斯特打击他的信心，从而毁掉调查。他送图威斯特回家的路上，还满腹牢骚：

"熊、猫、鱼……如果我们听了你的话，调查还不知道会偏到什么地方去呢。恐怕偏到动物园去了吧，肯定是这样！！但我不是动物学家，你知道的，我是个警察！你知道我怎么看你那套小动物推理……"

图威斯特没有回答。赫斯特刚在他家门口停下了车，他一打开车门，就看到台阶上有两个绿色的小点。一声"喵"扰乱了夜晚的宁静，他温柔地说道：

"我可怜的赫尔墨斯，今天一天我都把你扔在家了，你该多生我的气啊！"

塔博特轿车传来了一阵沉闷的轰鸣声。赫斯特几乎控制不住自己的情绪了……

"现在你有的是时间跟你的猫说胡话了！"

图威斯特下了车。赫斯特对自己的话感到后悔，他等图威斯特在他发动汽车前跟他告别，但他的同伴并没有这个意思。过了一会儿，赫斯特透过车窗瞥了一眼，惊讶地看到图威斯特静静地站在黑暗中，仿佛早已变成一尊雕塑。

"有什么问题吗，图威斯特？"他问道，"我希望我说的话没有冒犯到你……你知道，我们度过了艰难的一天，然后天也很热……"

"你不知道，阿奇博尔德，你的坏脾气对我的思考常常是有益的，甚至可以说是必要的，不是吗？你知道我现在在想什么吗？"

"可能是某种动物吧……"

"对，一条蛇。"

赫斯特不解地盯着他的朋友。

"一条蛇？你疯了。现在又在想蛇了？你在想什么蛇？"

"'在你头上咝咝作响'的蛇[1]……它们到底是什么？"

赫斯特机械地把手放在头上。侦探接着说道：

"我知道这对你来说不算什么……不要紧。今晚你可能理解不了我的话……"

"如果是你调查的结果，"警察冷笑道，"那可能不需要你

---

[1] 这是法国剧作家让·拉辛于1667年创作的悲剧《安德罗玛克》中的一个名句："这些在你们头上发出咝咝声的蛇是为了谁？"这个句子运用了头韵的修辞手法，让"s"这个音不断重复，模拟了蛇的声音，让人感到恐怖。

赘述了，因为我们现在知道了凶手的手法！"

"如果这个手法是错误的呢？那么也许你会有兴趣听我说一说关于蛇的故事？无论如何，祝你今晚安睡，阿奇博尔德。我有一种感觉，想要干完接下来的事，你明天得有抖擞的精神。"

阿奇博尔德·赫斯特那天晚上没怎么睡。他几次闭上眼睛都做了噩梦，被可怕的美杜莎和她攒动的蛇发纠缠，每当这个丑八怪把头靠近他的头时，他都能看见发光的蛇在蠕动，发出阴森的咝咝声……

他醒来时仍然无法将"在你头上咝咝作响的蛇"逐出脑海。他打电话给警局，想找查尔斯，但接线员佩尔蒂埃告诉他，警长出去了。当他挂断电话时，佩尔蒂埃一边脸上出现了冷酷的笑容，一边造作地说："不好意思，探臧（长）先森（生），我不兹（知）道他去哪儿了。"查尔斯曾告诉他，他的手下只有在受到震惊的时候才会口齿不清，佩尔蒂埃对阿奇博尔德·赫斯特探长讲话时当然也是这样，因为赫斯特是伦敦有史以来最著名的警探之一。

赫斯特于是又露出了宽容的微笑，并决定去找图威斯特。他开心地走着，但发现图威斯特家的门是关着的，心情便沉了下来。他回到干邑时已近十一点。太阳已经很耀眼了，赫斯特坐在塔博特里开始出汗。他迫切地想知道调查的进展情况以及他的同伴们在做什么。他们要在没有他的情况下逮捕福吗？想到这里，一股愤怒袭上了心头。亲自负责守护苏达尔，却取得了悲惨的结果，让自己为苏达尔的死负一部分责任，这似乎合情合理。他在城里的一家餐馆吃午饭，就在瓦卢瓦古堡附近，只有他糟糕的情绪和他做伴。然后，回到旅馆，前台接待员递来一份电报，阿奇博尔德·赫斯特探长几乎是把电报夺了过来：

下午三点到塔楼，紧急逮捕罪犯。

——查尔斯

为什么要回到案发现场去逮捕罪犯？为什么要等到今天下午？他的两个朋友在上午的时候都做了什么？阿奇博尔德·赫斯特到了塔楼的时候，仍在思考这些问题。他自言自语地咕哝道："整件事都像极了一场戏。"他马上要见证他朋友图威斯特所谓的戏剧般的逮捕了吗？

他透过案发寝室的窗户看到了图威斯特。图威斯特给他的微笑似乎和塔楼本身一样奇怪。塔楼在宁静的夏朗德省乡村中显得灰暗而刺眼。在那些炎热的日子里，植被已经有些发黄，甚至连过去生长在塔楼南侧的不屈的紫藤也在阳光下没精打采。但这座黑暗而庞大的古老建筑，似乎丝毫不受阳光的影响。莫非它是要守住某种秘密？

想到这里，赫斯特耸了耸肩，回想起谜团现在已经解开了。他绕过塔楼走到大门，大门由一名穿制服的警察守着。另一名警察在楼梯口向他致意，在案发的寝室前面，图威斯特和查尔斯警长在那儿等他。

"你终于来了，"查尔斯警长说道，他似乎比以前任何时刻都更激动，"我们刚刚还在想你是不是没收到我们的信息……"

"收到了，就刚刚，"赫斯特抱怨道，他的眉头皱了起来，"这是怎么回事？"

查尔斯转向图威斯特，图威斯特似乎望着风景入迷了。

"我信任你的朋友，他会负责整个行动。文森特·马南、菲利普·福马上就来，我们在等他们，当然，最重要的是，我们在等凶手……"

"怎么会？"赫斯特惊呼道，眼睛睁得大大的，"凶手难道不是那位犯罪魔术师吗？"

大家沉默了一阵子。查尔斯似乎正准备说话，然后在听到汽车引擎的嗡嗡声时又转过了身。过了一会儿，文森特·马南加入了他们。马南医生向在场的各位打了招呼，他脸颊泛红，呼吸急促，致歉道：

"我被一个病人耽搁了……我没迟到吧？"

"没有，我们还在等待菲利普·福。"查尔斯答道，语气非常冷淡。

年轻的医生和赫斯特一样惊讶，然后警长继续说道：

"对了,你那个给书涂毒的想法很聪明,唉!不过这个想法是错的……分析结果确凿无误。死者生前接触过含有氰化物的物品或食品,这一点几乎可以肯定,因为我们在他的手上发现了微量的毒物。唉!可书上什么也没沾到。所以,我们之前设想的涂毒的礼物应该不是这本书。哟,我听见了另一辆车的声音,应该是福来了……"

犯罪魔术师到了。他是一个很有风度的人。他这个人和他的装束似乎都很整洁和考究。他平静而略微倨傲的微笑掠过了现场的每一个人,并在赫斯特探长身上多停留了一会儿,探长强迫自己表现得彬彬有礼、轻松自如。

查尔斯专门为福重新解释了一遍他们对于涂毒的书的想法,魔术师则回答道:

"嗯,这点子相当聪明,虽然在我看来有点太老套了!说实话,你们昨天要是向我作这种解释,我可能会觉得没意思……昨天你们在我家折腾了一番之后,我还期待一个更高明的解释呢。"

"那好,我希望这次你不会觉得失望,"图威斯特插话道,"因为罪犯可能很快就会露出狐狸尾巴……"

"罪犯?"福惊呼道,"他马上就会和我们碰面?就在这儿?"

"应该这么称呼他:犯罪的邮递员。可惜,我没法保证他肯定会来,但我想他会按时吃饭……差不多就在昨天的这个时候，苏达尔死了。"

"图威斯特先生，你喜欢故弄玄虚，是吗？"福虚伪地微笑问道。

赫斯特暗自同意魔术师的说法，因为他也可以做证：他朋友最喜欢的就是吊人胃口。但他不得不承认，图威斯特破起案来很有天赋。

大侦探的眼里闪着恶作剧的光芒，他接着说道：

"就在昨天晚上，我的朋友赫斯特让我注意到，这起案子似乎和动物有关。的确如此，这起案子的许多方面肯定都与动物有关。先从众所周知的蛇讲起……我指的是拉辛笔下的蛇，他在他美丽而著名的压头韵的句子中写过：'头上的蛇为谁而咝咝作响？'他多次运用了辅音's'，也就是字母's'。我昨天想到了这个问题，因为我想到我们可能严重误解了什么……我们可能误解了死者的话，他好像是和我们说了：'猫带来了鱼。'……但是这话只是我们从佩尔蒂埃那儿听来的，别人跟我说，他有一个不好的习惯，那就是他'z''s'不分……我想，当时他发的是z，而不是s……"

"对，就是这样。"查尔斯确认道，认真地听着侦探的分析。

"而且，如果你听他讲话听多了，我想你会自动纠正他的发音的小错误，这有时会导致一些偏差……于是，我们就有可能把他本来发出的'z'理解成's'。一切都取决于具体情况……说到猫，我们很容易想到鱼，或者沙丁鱼，因为猫爱吃鱼。因此，这句'猫带来了鱼（Le chat a apporté le poisson）'……"

查尔斯把手放在了额头上：

"我明白了……苏达尔说的是'猫带来了毒药（Le chat a apporté le poison）'。"

"其实这挺明显的，因为死者是被毒死的！我想，如果我们没有在这儿发现这罐用来喂猫的沙丁鱼，我们当时很快就能明白死者的原话。"

"但即使如此，"福插话道，语气中带着一丝恼怒，"我还是不明白猫是怎么把氰化物带进来的……"

图威斯特笑了笑，然后突然转向窗户，竖起了耳朵。先是一阵树叶被摇晃的声音，然后一个柔软的身影出现在窗台上。那是一只叫不出名字的杂种猫，长着大理石般的花纹，它似乎和大家一样惊讶。它"喵"了一声，好像在问他们为什么在这儿，然后它看到了缩在人群后面的文森特·马南医生，便跳到地上，走到他身边，在他腿上蹭了蹭，发出呼呼声。医生的脸红到了耳朵根。察觉到同伴们不解的眼神，他结结巴巴地说：

"乖，小猫咪，乖……这是刚去世的米歇尔·苏达尔的猫。一只非常重感情的猫……正如你们所见……"

"我们看得很明白，马南先生，"图威斯特博士说，他悲伤地看着这位年轻医生。"哎！"犯罪学家转向魔术师，"那么福先生,你要把舌头给猫吗?

魔术师沉默了一会儿,然后喊道:

"天哪!我明白了"。

图威斯特点了点头,然后走到文森特·马南面前:

"你对猫的喜爱已经出卖了你,医生。我想你给它吃了解药,或是,事后又悉心地给它洗了澡……不过这不重要。无论如何,你很机智地用那本书把我们引向了错误的答案。我想,你的计划的最终目的是要加害菲利普·福,让他为你背黑锅吧?"

马南的眼突然亮起一道凶光,他死死地盯着魔术师。马南哽咽了,声音由于激动而颤抖,结巴地说道:

"是的,我找不到词语来描述这个卑鄙小人的行为,他原本是我的朋友。可以说,为了利益,他毫不犹豫地从别人的尸体上走过。我曾亲眼看见一个女人死在我面前,她当时急于找到钱来付这个所谓的魔术师的服务费,但又不敢向她的丈夫承认是她让他们家陷入了毁灭,所以她宁愿自杀……还有许多同行声称处理过类似的事情……福这家伙身上有许多桩命案……"

"如果人类的正义对此无能为力,马南先生,"图威斯特博士打断道,"别忘了,还有另一种正义……"

"这样的话,我衷心希望这种正义能尽快完成我未竟的任务。"

"为了这种正义,你毫不犹豫地牺牲了苏达尔,是吗?"

马南耸了耸肩:

"我最近和他闹翻了,因为他逼着我还他借给我的一笔钱。但他也讨厌菲利普·福。我相信在某种程度上,他或许会为自己的牺牲感到高兴的!毕竟他有肾癌,而且拒绝接受治疗……以他的状况,他也活不了多久了。我让他免受了这种疾病的痛苦。"

"也是你寄了《死神有翼》给他?"

"对,这是他很长时间以来都在找的一个版本,我之前已经和你们说过了……我料到他一收到书,就会认真地读起来……但是,警察先生们,如果你们更精明一点,你们就会注意到书的包装上有这个浑蛋的指纹……我设法让他不知不觉地把指纹沾到了包装上。"

"我们今天早上发现了指纹,"查尔斯警长解释说,"但图威斯特博士明确要求我在这场会面之前不要深究。"

阿兰·图威斯特点了点头,然后问道:

"在福威胁了苏达尔之后,你就制订了这个计划吧?"

"对,但我在最近才想好具体的方案,是借口询问他的健康状况给他打电话后才想好的。他当时告诉我他刚得了重感冒……"

"这感冒是天赐良机,给了你方便,你由此可以用一个特别精妙的诡计杀死苏达尔。无论死者会读哪本书,这个方法都一定会奏效，不是吗？"

文森特·马南点了点头，然后痛苦地咽了一下口水：

"你是怎么知道的？"

"其实，我也喜欢猫。我不像我的朋友赫斯特，他甚至不敢去摸猫。昨晚回家看见我的猫时，我就在想这个问题。如你所知，苏达尔习惯一边舔着手指读书，一边摸着他的猫。那天，这只讨人喜欢的小猫咪和今天一样顺着紫藤爬进这个房间来找他的时候，他应该没有起疑心，而你所做的只是在这只小猫咪的背上涂上氰化物，然后就能做到完美犯罪。我们可以说，苏达尔他把舌头给猫了。"

奇怪的眼神

"我受不了他了!看看你亲爱的乔治对我做了什么!"

年轻漂亮的贝丝·乔尔丹夫人转过身去,背对着她的母亲,突然下了这样的一个论断,却无人回应她。她站在窗前,全神贯注地凝视着眼前的风景,陷入了沉思。一九七〇年十一月二十日,冬日渐近,纽约的天气冷得令人发抖。在老布鲁克林,哈得孙河滨公园里的树木看上去死气沉沉、没精打采,静静地等待着寒冬的到来。接近日暮时分,在微弱的光线下,河对岸建筑物的轮廓显得有些格格不入,一排屋顶影影绰绰,像是刺猬背上的刺一般。贝丝心想,或许她的坏心情和刚才那番肆无忌惮的话都是因为眼前这幅暗淡萧条的景象,她已然追悔莫及。

但是,她其实本应当感到高兴。两周前,她得知自己怀孕了。和她一样,她的丈夫约翰也欣喜若狂。自从结婚以来,他们一直都在期待着第一个孩子的到来。这个消息也让她的母亲芭芭拉·利奇满心欢喜。当贝丝告诉她这件喜事时,她十分激动地祝贺了自己的女儿,但她的一句话如一盆凉水浇在贝丝的头上:"亲爱的,这真是太好了!我真的很高兴,准确来说,我是更加高兴了!明年真是一个双喜临门的幸福年啊!第一件喜事就是你的孩子,至于另一件喜事,我还没有告诉你呢,我和乔治就要结婚了。我想你一定很期待,对吧?"

听完这话,贝丝并没有做出任何回答。十年前,她失去了父亲,她的母亲并不可能一直守寡,她很早就已经接受了这件事,更何况她自己在与约翰结婚后就离开了娘家。她甚至试着说服自己,有个老伴对她母亲来说是件好事。但在三个月前,芭芭拉将那个男人介绍给她认识,而她觉得那个男人从一开始就不讨人喜欢。乔治·奥尔菲尔德似乎是个不错的伴侣,五十多岁的他身材高大,体态优雅,两鬓斑白,仪表堂堂,是周边一位有名望的全科医生,他不仅对贝丝的母亲体贴入微,对贝丝也非常好。对于此人,她没有什么可以指摘的地方,只是她也不知道为什么这位医生会让她感到莫名的排斥。也许是因为他与母亲的关系过于和谐,以至于让她认为是对她死去的父亲的背叛?

在今天之前,她尚且能够隐藏自己对此人的印象。但事到如今,她已经无法控制自己的想法。

"贝丝,你从来没有喜欢过他,是吗?"芭芭拉·利奇问道。她留着一头长发，手上染着指甲油，尽管岁月在她的脸上刀凿斧刻，却并未夺去她的美丽。

"的确如此。"

"但他有哪里让你不满意的呢？"

"我不知道。这纯粹是我的一种本能。他有些方面让我不大喜欢……"

"什么方面呢？"

"我不是跟你说了吗？我不知道。也许是因为他看你的眼神吧……有的时候我觉得他在想……如果我是你，我就会怀疑他！"

芭芭拉·利奇摇了摇头，说道："怀疑他？可怜的孩子，他如果听到你的话，一定会非常生气，真的！你要知道，乔治可是非常喜欢你的。事实上，他认为你长得很像……"

"像她是吧？"贝丝说完，转过身去，看向客厅墙上用来装饰的那些照片和电影海报。

所有的画面都聚焦在同一个人身上，那就是利奇夫人的偶像，前好莱坞明星吉恩·蒂尔尼。贝丝走到这位女演员的一幅画像前仔细端详，画上的蒂尔尼正躺在一身东方打扮的维克多·迈彻的怀里。

"妈妈，是你总想方设法把我打扮得像她一样，不是吗？"

"亲爱的，你知道的，你和她几乎一样美丽动人！"

"你说这话，我当然知道这是天大的赞美。可你总是把我的头发弄得像她那样，还让我穿上像她那样的衣服……"

"你是在怪我吗？"

"怪你？当然不是，你想多了。我只是想说，乔治对我的印象并不令我感到惊讶，因为我知道，他和你一样，都是蒂尔尼的狂热粉丝！"

利奇夫人微笑着点了点头："没有最狂热，只有更狂热！"

贝丝叹了口气，向她的母亲投去同情的目光，说道："更狂热？真的吗？好吧，我觉得不太可能有人比你们现在这样更狂热的了！"

"亲爱的，你知道我和乔治是因为她才相识的吗？"

"不知道，不过这对我来说也没什么可惊讶的。"

"我们在吉恩·蒂尔尼的粉丝俱乐部相遇。我们一拍即合，也许是因为我们是这群人中最痴迷蒂尔尼的！"

贝丝摇了摇头，伸手抓起她的外套："好吧，妈妈，我想我该走了。"

贝丝的手刚抓住门把手，正要离开时，听见她的母亲大声喊道："贝丝，你忘记带上他的礼物了。在你来之前，他把给你的礼物放在我这儿了。"

贝丝惊道："乔治在这儿？"

"他不在，他回去换衣服了。我们今晚要出去约会，不过他随时会回来。我敢肯定，如果他看到你没有拿走礼物的话一定会生气的。"

贝丝接过芭芭拉递给她的小礼盒,打开包装,发现里面放着一条粉红色的围巾,上面绣着三只小熊。她展开围巾,不解地问:"这条围巾……是送给我的?"

"对呀,它漂亮极了,不是吗?"

"你真这么觉得?这条围巾看起来不像是新的,而且你瞧瞧这些幼稚的图案!要我说,他肯定还觉得我是个小孩子!"

"贝丝,就当是我拜托你了,请你戴上这条围巾。如果他看到你戴上他送的围巾,一定会很高兴的!"

"他是怕我感冒吗?"

"这恰好证明了他很关心你,尤其是你的健康。"

"但这也可能是一种职业病!"

"就算是吧,但这足以证明你对他的看法是完全错误的。"

贝丝深深叹了口气,然后温柔地看着她的母亲:"妈妈,也许你说的是对的,我最近有点神经兮兮的。"

"亲爱的,这很正常,我在你这个年龄的时候也很紧张,尤其是我在等你出生的时候……"

贝丝把围巾系在脖子上,对她的母亲露出一个微笑,然后走了出去。从河水里升腾起一股冰冷的湿气向她迎面扑来,她拉了拉柔软的羊毛边,将她精致小巧的鼻子藏了进去,然后迈着轻快的步伐离开了,她心想,不管怎么说,乔治·奥尔菲尔德医生也是出于好意。

日落西山,天色渐暗,利奇夫人仍然独自站在客厅里沉思。她置身于吉恩·蒂尔尼的众多肖像中，看着蒂尔尼的那双眼睛似乎在幽暗中散发光芒。那双美丽的蓝色大眼睛曾经感动了那么多观众，其中不乏知名人士和著名演员，还有印度王子，甚至是未来的美国总统。她的身上散发出一种奇怪的磁性，带着神秘、诗意和悲伤的色彩。要是足够大胆，也许还能发现一丝疯狂。然而，利奇夫人从中读出了一种严厉的斥责。有时候，她觉得这些眼睛甚至是在控诉……

芭芭拉·利奇叹了口气。过去的记忆如潮水般涌来，将她淹没其中。一想到今天是吉恩·蒂尔尼五十岁的生日，她便感到喉头发紧。她原本计划要和乔治在一家餐厅庆祝这个日子。她也想过把这件事告诉她的女儿，但最终还是决定不告诉她，因为她害怕再次被女儿蔑视。她想起那天告诉女儿这位女演员正是在这个街区度过她的童年时，贝丝回答道："那又怎样？你又想要我做什么呢？"这样冷漠和不屑的言论无疑是在冒犯蒂尔尼，而这样的冒犯一直让敏感的芭芭拉十分受伤。贝丝的话还在她的脑海中回响："你什么意思？这就是我们住在这里的原因吗？妈妈，这也太荒唐了！你要记住，别再向任何人说起这件事情。"

在她的记忆中，贝丝没有崇拜过任何人。即使是童话故事，也只是在她的童年时代如流星划过天际般短暂地让她相信了一阵子。贝丝是个出奇务实的人，这显然是遗传自她那已故的父亲。相反，芭芭拉的思想就像随风飘摇的芦苇，常常想一出是一出。她心甘情愿地长途跋涉，去看那些一直让她着迷的好莱坞女明星。但在她眼里，有一位女明星在舞台表现力和美貌方面远远胜过其他人。当她第一次在银幕上看到吉恩·蒂尔尼在电影《弗兰克·詹姆斯的归来》中的表演时，她就被征服了。在芭芭拉看来，蒂尔尼后来的电影作品只不过是证明了她的才华横溢罢了。

她一生中只见过蒂尔尼两次。那是两个难忘的时刻，在芭芭拉心中留下了永远的烙印。特别是第二次，让她尤为印象深刻，只是那是一次奇怪的经历……

当她和蒂尔尼说话时，蒂尔尼一直用一种奇异的目光盯着她。她的眼睛睁得浑圆，仿佛已经陷入深深的情感之中。那个眼神是如此犀利，芭芭拉甚至感到浑身冰凉。这件事让芭芭拉感到疑惑，令她想不通的是，她并未说什么过分的话，何至于引起蒂尔尼这样的反应呢？几年后，她才幡然醒悟。然后，她惊恐地意识到自己的行为酿成了大错。时至今日，她有时还会在半夜醒来，脑海中重现着她与蒂尔尼的第二次会面。

她看见蒂尔尼的目光……那双蓝色的大眼睛，如此美丽，原本闪烁着生气与光芒，却突然变得晦暗不明，遥不可及，深不可测，犹如高山上结冰的湖泊一般冰冷无神。

芭芭拉咽了咽口水，然后起身给自己倒了一杯甜葡萄酒。就在此时，乔治来了。他穿着一身无可挑剔的晚礼服，看上去似乎比平时更具魅力。

她把他引进客厅,说道:"好啊你,怎么去了这么久?"

这位五十多岁的男人优雅地点燃一根烟,回答道:"我希望自己今晚能表现得完美。"

"我们要去哪儿?"

"去纽约最好的餐厅之一。不过现在出发恐怕还有些早。"

"好吧,亲爱的,为了那些让我们感到幸福的人,干一杯吧。"

"好主意。对了,贝丝没来吗?"

"她来过,不过已经走了。不管怎么说,我还是希望我们俩能单独庆祝这个日子。你知道的,她向来不喜欢我们俩那么热爱吉恩。"

乔治露出苦涩的微笑,问道:"我还知道她也不怎么喜欢我,对吧?"

"乔治,才不是呢!你听谁乱说的?哦!我忘了跟你说,你的礼物让她非常高兴。你刚刚来的路上没有碰到她吗?"

乔治没有回答,只是带着神秘的微笑接过爱人递给他的热葡萄酒。他喝了一口,然后问道:"我们聊聊吉恩吧?"

"亲爱的,听你的。我们的这个夜晚本来就是献给她的!"

"聊聊她就能让我忘掉一些事情,因为我今天太累了,感觉今天好像全世界的人都来看病了。我差点儿走不开,好在有同事来接替我,我离开时,候诊室里还是满满当当的。"

在这个完全为这位女演员而设的客厅里谈论她和她的生

活，是这对恋人的一种习惯。他们轮流说着同样的话，做出同样的评价，却没有丝毫的倦怠。对他们来说，这是个聊不完的话题。乔治总是在评价时努力强调这位女演员的天赋："我们必须承认，她的电影并非全部都是杰作，但仅仅是她的存在，就赋予了这些作品某种优良品质。"

"那你觉得这是什么原因呢？"

"是因为她出色的镜头感、完美的美貌、游刃有余而精准无误的演技、低调又光芒四射的气质。无论她扮演什么角色，她都是故事的中心人物，是作品的核心。她散发着魅力和才华，犹如一块珍贵的水晶传递着神奇的振动。"

"就像那位法国记者所写的，她是'第七艺术的蓝宝石'！这个形容恰当极了！"

乔治抬头看着《弗兰克·詹姆斯的归来》上映时福克斯出品的第一张主演海报，海报上的吉恩面庞如出水芙蓉，戴着一顶精致的花帽子。乔治继续说道："我还没说完呢。她是个美人。大多数电影明星，还有那些世俗意义上美丽的年轻女孩，让我们着迷的都是性感的风情，她们要么用自己放荡的美貌勾引我们，要么就用灼热或慵懒的神情撩拨我们。但吉恩身上却从来没有一丝一毫的粗鄙之气，即使是在她最大胆的角色中也没有。她的单纯，她的自然与众不同，她的美是如此纯洁，如此完美，可以驱散下流的情欲，即使是角色强行赋予她的情欲也丝毫不影响她的纯洁，比如她在《烟草路》中的角色。她不需要情欲。她是完美的,是美的化身……"

芭芭拉调笑着说:"她是唯一让我感到嫉妒的女人!"

二人陷入一阵沉默。再开口时,乔治的语气变得沉重:"唉!直到那个晴天,这颗美丽的星星的轨迹发生了变化。她的职业生涯像水晶花瓶一样被砸碎了。就像其他明星一样,她困顿于自己的成功之中,越来越脆弱,无法承受不断施加在她身上的压力。她的理智动摇了,然后在银幕前消失了很久。她试图自杀,又几次被送进精神病院。甚至有一次,有人发现她在一家服装店当店员。经过强化治疗,她康复了,但再也无法回到她巅峰时期的表现。在此后出演的几部电影中,她只是扮演了一些小角色。一个这么有前途的女演员,却在她的崛起过程中被摧毁了。"他忍不住扼腕叹息,"真的,就好像地球上有一个幸福调节器,就像是一辆无情的推土机,从那些奔向快乐和成功的人身上碾过去,将他们碾得粉碎……"

芭芭拉叹了口气:"我必须说,上帝似乎并没有眷顾吉恩的感情生活。她与奥列格·卡西尼的第一次婚姻是失败的。她后来的恋爱也没有多快乐。似乎她在与约翰·肯尼迪的婚外情中受到了很大的影响……"

"不仅如此,她生下的那个残疾的孩子对她来说一定是一种非常残酷的折磨。"

"的确如此!我的上帝,我都不敢想象这样的情况。"

"我想知道这是不是导致她精神失常的原因。"

"在我看来，这是多种原因导致的，也是她成名成腕的代价。正如你刚刚所说的那样，许多明星困顿于自己的成功之中。仅仅是粉丝的压力，从长远来看，对他们来说也一定是非常痛苦的……"

乔治点头表示同意："比如我们俩，我们只是抱有对她的尊重与钦佩，其他某些人却越界了。有些人甚至不惜杀人灭口！"

芭芭拉严肃地点点头："我最近读到，一位著名的女演员在她的家中被残忍地谋杀了，就在她位于加利福尼亚的房子里！她就是一个很好的例子。"

"的确如此。而最令人好奇的就是凶手的动机。我在广播中听到，他刚刚认罪。据他说，他杀了他最喜欢的明星，愤怒地砍掉了他非常喜欢的那张脸……这样一来，她的脸就不会变得衰老了！"

芭芭拉用手捂住了头，惊叫道："太恐怖了！"

"有的时候，我觉得平平淡淡就是最好的。"

"我也这样想。但说句实话，这件事情会令我非常生气。最糟糕的是，官方总是宣称这些怪物无须对其行为负责。他们不仅躲过了死刑，甚至没有牢狱之灾。而且往往很快就会被释放。"

乔治又喝了一口热葡萄酒："亲爱的，如果你能行使正义，你会怎么做？"

"准确地说，我会主持公道。我会尽可能地保证公平，因为残忍剥夺无辜生命的人再怎么惩罚也不为过，即使是付出生命也不足惜。"

"以眼还眼，以牙还牙？"

"在这些情况下，是的，我会毫不犹豫地这样做。乔治，怎么了？你不同意我的观点吗？"

医生思索片刻，回答道："我同意你的观点。对我来说，疯狂并不足以成为借口。一方面，所有的罪犯都可以被认为是疯狂的，因为他们所犯下的罪本来就很疯狂；可另一方面，他们又不是真的疯了，因为他们总是能够利用自己非凡的智慧来逃过警察的追捕。的确，我也认为，那些剥夺他人生命的人罪有应得，应该得到相应的惩罚。不过，亲爱的，也许我们可以换个话题吗？我想我们该出发了……"

芭芭拉与乔治共进丰盛的晚餐。几小时后，芭芭拉感谢乔治的邀请和这个令人难忘的夜晚，她觉得今晚的约会特别成功。上好的葡萄酒令她沉醉，她激动不已，眼中的泪水难以自抑，她将手搭在爱人的身上，诉说着自己此刻的所思所想："乔治，自从我遇到你以来，我是如此幸福，我有时候都怀疑我是否值得这样的幸福……"

"你为什么要怀疑呢？"

"我经常想起她……她，似乎原本应该永远幸福美满。她不应该受到残酷生活的鞭笞……我希望……"

乔治皱起了眉头，对芭芭拉的吞吞吐吐感到不解，便问道:"怎么了,亲爱的?"

芭芭拉突然掩面而泣:"我希望她的不幸不是我一手造成的……我的上帝啊,亲爱的,我必须告诉你,这太可怕了,这件事令我的良心备受煎熬,可我从来没有想过要伤害她。"

乔治医生缓缓地吸了一口烟,吐出一圈薄薄的烟雾:"芭芭拉,事情开始变得有趣了。这究竟是怎么一回事呢?"

"我之前告诉过你,我和她见过两次面,对吧?"

"是的,有一次在一九四三年初,在好莱坞餐厅,如果我没记错的话,是在你加入女子海军陆战队的时候。第二次是两年后,在战争结束的时候。你经常提醒我这一点……"

"也许吧,但我还没有告诉你全部的事情。一九四三年初,吉恩和几位女演员受邀前来为士兵们解闷。你可以想象,对我来说这是天赐良机,我肯定不能错过。这是我一生中最重要的一天!我整个晚上都陪着她。但我为此中断了隔离,而我那时得了风疹。所以我后来再次见到吉恩时,我问她是否被我传染了风疹,因为当时部队里大部分的人已经被我传染了!她说:'我不知道。'她看了我很久,却没有说一句话,表情让我毛骨悚然,然后她就走了。后来,我在读到一篇医学文章和一本关于她的传记后,才明白她的悲剧从何而来。原来她在怀孕初期就感染了风疹,而这恰好是在好莱坞餐厅的那个晚上。几天后,她的脸上冒出了一些小红疙瘩。所以是我把这种疾病传染给了她,对她来说是良性的疾病,但对她腹中的胎儿来说却是一场灾难。"

乔治医生重重地点了点头："是的，我知道。这种病毒很特殊，会通过血液传播给胎儿，会对未出生的孩子造成严重的损害。"

芭芭拉擦干泪水，说道："当时，我完全没有意识到这一点，医学界也只是刚刚发现这个危险的现象。你现在明白两年后我再次见到吉恩时，她作何感受了吗？我亲口告诉她，我是导致她的孩子患上精神疾病的罪魁祸首！"

两人都没有作声，只有芭芭拉的眼泪在不停地流淌。她抽抽搭搭地说："我永远不会忘记她的眼睛，在那一刻，在她的内心深处，有一块地方被撕裂了，我理解她。如果我是她，我一定会一耳光接一耳光地抽打着眼前这个厚颜无耻的蠢人。但她什么也没做，什么也没说。只是她那可怕的眼神，我一直没有忘记。乔治，我希望你不会介意这件事……"

"芭芭拉，我早就已经知道了。"

利奇夫人突然坐了起来："你这是什么意思？你知道？"

乔治医生平静地回答道："是的。在我见到你之前，俱乐部的人就告诉过我这件事了。"

"可你什么也没有跟我说？"

"我什么也没说，我为什么要说呢？伤害已经造成了，往事不可追，现在没有什么，也没有人能够挽回了。"

"但是，乔治，我不是故意这样做的！我不知道这种病会有这么严重的后果！"

"造成了如此严重的后果，你的行为可以称得上是一种犯罪。很明显，正是这场悲剧把吉恩逼成了疯子，虽然她本来就有抑郁症的倾向。那一天，你把这种病毒传染给了她，就是你摧毁了她，就好像你用剑刺穿她一样。是你摧毁了她的生活，让她陷入绝望，最重要的是，你摧毁了她这个出色的演员。你这个愚蠢至极的女人，是你害得整个世界失去了最美妙的电影，失去了才华横溢的她本应该奉献的杰出作品。"

乔治眼中满是轻蔑的怜悯，他一字一顿地教训着芭芭拉："事实上，你犯下了最严重的罪行，你杀死了'美好'。"

利奇夫人愕然地看着他，她的眼睛哭得红肿，然后结结巴巴地说："可是，乔治，我一直在跟你说，我不知道！我的天啊，你吓坏我了！你现在看我的眼神和她当时一模一样……"

"你觉得自己应当受到什么样的惩罚？"

"可是悔恨和内疚已经把我折磨得不成人样了！乔治，你不会为了这件事情离开我吧？"

"离开你？"乔治冷笑道，"不会的。我觉得该是你提出分手，如果你能活下来的话……首先，你得知道，你对我来说就像过街老鼠一样，我看不起你，原因我想我不需要说了吧？不过话说回来，我想你应该知道，这样的蔑视正是我当初吸引你的原因。"

芭芭拉的面孔在惊愕与痛苦之间不停转换，一下子便被揉皱了，仿佛苍老了许多。只是，她颤抖的声音中仍然掺杂着一丝浅浅的希望："乔治，亲爱的，告诉我这不是真的，这只是噩梦，对吗……"

乔治医生冷漠而礼貌地点点头："当然了，这就是一个噩梦。但你还是没有回答我的问题。你犯下了不可饶恕的罪行，应该受到什么惩罚？你是不是忘记了你几小时前说的话？想想看，我们在聊关于那些谋杀他们偶像的疯子的时候你说了什么？你犯下的罪行有过之而无不及，不是吗？而且你的方式尤为残酷！更重要的是，你下手的对象是最出色的女演员！像你这样卑鄙的人应该得到什么样的惩罚？回答我！"

芭芭拉又惊又恐，结结巴巴地说："同样的报复……"

乔治的眼神仿佛在控诉芭芭拉的罪行，他紧紧盯着她的眼睛，眼神中闪烁着疯狂的光芒："是的，以眼还眼，以牙还牙！"

"可是我……"

"是的，我知道。你不能再怀孕了，你也不能再得风疹了，因为你现在已经免疫了。但想想看，我还是有办法让你经历同样的痛苦，甚至可能更痛苦……对了，今天下午我在来你家的路上确实遇到了贝丝。我很高兴看到她把我送给她的小礼物围在脖子上。不过呢，这条围巾不是我在商店里买的。就在我把它带给你之前，我正在检查我最后的一个病人。那个小女孩得了风疹，我多嘴说一句，现在这个季节可是一年中风疹传染性最强的时候。她还有点感冒,所以她的围巾一直贴在鼻子上,在候诊室里也不摘下。我给了她一大笔钱,买下了这条围巾,让她再去买一条新的。她的旧围巾上面绣着三只小熊,而且……嗯,其实你应该很了解这条围巾了吧?毕竟是你亲手递给贝丝的。"

金色的幽灵

雪几乎下了整整一天。伦敦的夜幕缓缓垂下，但在上个世纪末的这个圣诞夜，商店的玻璃橱窗却灯亮如昼，在夜色中，仿佛是魔法森林中跃动的点点烛光。店主们纷纷发挥聪明才智，竞相展现着自己的商品。人们的热情几乎能够融化周遭的严寒，四处都是一派狂欢的景象，美酒佳肴更是暖人心脾。

但是，离市中心越远，灯光便越暗淡，那里的房屋犹如阴森可怖的密林。在那里，没有精心布置、明亮如许的商店橱窗，有的只是街角几盏晦暗的煤气灯，还有些在斑驳的黑夜中无力地摇曳的可怜火柴。这里的路人也不再欢欣鼓舞、满面春风，在这些肮脏的街区里，面对冰冷与苦难，每个人都憔悴不堪，神情呆滞，一副看破尘世的模样，步态总是鬼鬼祟祟、踌躇不前、忧心忡忡，那是因为深夜仍在这些弯弯曲曲的小巷里徘徊，即便是在平安夜，这也不是个好兆头。

查尔斯·葛德利老头住在附近的一家小店里，小店位于一条十分脏乱的断头巷子的尽头。其实，葛德利老头并不算太老。他年近花甲，却有着强健的体魄，令人望而生畏，即便是胆大包天的匪盗想将他围堵在街角打劫，都要三思而后行。若是他们看到葛德利那对冷若冰霜的灰色小眼睛中渗满敌意，恐怕登时便逃之夭夭。他那冷酷得几乎丧失人性的凝视，令他看起来既没有朝气，也没有温度。

此外，虽然查尔斯·葛德利的家看上去十分寒酸，可他其实并不贫穷。事实上，他是个非常富有的人。只不过在这个街区，他并不引人注目。人们都认为他只是拥有附近的一间破屋，为人十分斤斤计较，痴迷于算账。因为那些大着胆子闯进他住的死胡同里的人，总是看到他正弯着腰，在自己小窝的大窗户后面翻阅账目。他的屋子相当宽敞，却塞满了账本。

他的账本无处不在。账本、文件夹、各种各样的文件将书架堆得满满当当，几乎要断裂，架子上放不下的则暂时摞在客厅的四个角落里，或是装在纸箱里。对于外行人来说，那是一堆理不清的文件，葛德利却总能快速找到数额最小的发票，甚至是最无足轻重的债务人的地址。他总是不遗余力地追踪着他们。

查尔斯·葛德利在生意上一丝不苟、不讲情面。他独自一人白手起家，将自己的一生都投入赚钱中去，甚至放弃了安逸的生活，这间简陋的办公室年久失修，室内潮湿而冰冷，但葛德利竟连取暖的木材和炭火也不舍得买。一年一度的圣诞节是他唯一允许自己挥霍的时候——至少在他看来已经是挥霍了，因为他下血本买了一棵冷杉树，用彩色的包装纸装饰。用花环装饰对他来说实在太昂贵了。他往壁炉里塞了几块柴火，打开一瓶雪利酒，坐在炉火边追忆往事。

通常情况下，他的好友西克特会同他一起。也许说"好友"有些夸张，但在这样的语境下是合适的。因为对于这位富商而言，友谊的概念实在太过模糊与抽象。简单来说，葛德利认为他是自己的主要合伙人，很欣赏他的专业素养、准确判断和逻辑思维。此外，他也很难再找到第二个伙伴陪他一同庆贺圣诞日。那天晚上，他一反常态地思绪万千，陷入怀念与感伤，心里想着："情感与事业通常是不能共存的。"

查尔斯·葛德利舒适地躺在扶手椅上，手中端着的雪利酒被壁炉的火烤得暖烘烘的，他突感回忆如远处的巨浪般袭来，将他淹没其中。这些回忆几乎可以溯至最遥远的年代，因为这个铁石心肠的人内心最柔软、敏感的地方已经太久太久未被触及。他在回忆中看到自己还是个孩子时的模样，看到早逝的母亲那张模糊的面庞，旁边那张更为清晰的面容是一位年轻的女孩，她是唯一曾经令他动情的人，他甚至犹豫了良久，才选择走上那条他强加给自己的路。

这是一段奇怪的记忆，既冷若冰霜又炽热似火，总是让他感到不安，他一直无法将这段记忆从灵魂中讳莫如深的禁区里驱逐出去。当他被这种不愉快的想法折磨的时候，他也感到了孤独的煎熬。冰冷的手控制了他的心，查尔斯·葛德利开始怀疑。他怀疑自己，怀疑自己的生活，怀疑自己选择的道路，怀疑一切。就在那一刻，他感觉到了壁炉中的火苗散发出来的温暖，但无论他在其中怎么燃烧柴火，壁炉总是不够热，也无法给他带来真正属于家庭的那份宽慰。

这些混乱的思绪在商人葛德利的脑海中相互碰撞，这时，外面响起了一阵脚步声。他直起身子，竖起耳朵，听见一阵匆忙的脚步声从巷子里传来，离他的居所越来越近。毫无疑问，这是冲着他来的，毕竟他是这条死胡同的唯一居民。可来人究竟是谁呢？也许是他的朋友西克特吧。但他又为什么跑得如此着急？

他正思索着，脚步声却戛然而止，取而代之的是一阵猛烈的敲门声，他听见一个气喘吁吁的声音恳求道："请您行行好，把门打开吧！您快开开门吧！再不开门我就完了！"

葛德利皱起了眉头，他站起身来，小心翼翼地走向门口，外面的求救声越来越大。

他站在屋内，手正握着门把，却还是略显迟疑地低声道："谁在外面？"

"如果您再不立刻开门，就会有人死在外面！我求求您了，不知名的好心人，不要让我留在外面……我不想和'他'待一起……"

这位生性多疑的富商最终还是心软了。他打开门，发现门前正立着一位年轻的金发女孩，她蓬头垢面，一脸惊慌。这个看上去不到十六岁的女孩衣衫褴褛，单肩背着一个打满补丁的帆布包，和她当成外套穿的那块破布一样。女孩身材单薄，脸颊凹陷，一双清澈的大眼睛盯着人时，总让人想起受惊的小鹿。

她冰冷的手颤抖着搭在他的手腕上，呻吟道："谢天谢地！"

葛德利暴躁地问道："发生什么事了？"

"他在跟踪我……"

"他？他是谁？我可没有看见任何人！"

陌生女孩转过身去，细细打量这条被雪覆盖着的寂静小巷，然后结结巴巴地说："我知道，'他'并不是时时都能看见的……但是先生，请您让我进去吧……"

女孩那恳切的语调与眼神令葛德利十分犹豫，他仍未从震惊中走出来。他刚把她请进家里，她就立刻要求他把门紧紧反锁并插上插销。他十分淡定地照她的话做了，可她仍然又惊又恐。

她一边焦急地环顾四周一切可能成为出口的地方，一边不迭道："把一切能进出的地方都关了！都锁了！我的天哪！百叶窗？您确定您关好了吗？"

葛德利尽力克制自己的不耐烦，回答道："是的，我每天晚上都会关百叶窗的。现在，请您先冷静一点。"

"那这里呢？窗帘后面是什么？是门吗？通向院子还是公寓的其他房间？"

葛德利走到她说的地方，拉开两片窗帘，只露出墙上书架的一部分："您看看，这儿除了账本，别的什么都没有。"

"那这个房间连着其他房间吗？"

"不。我的公寓在二楼，必须得走外面的楼梯才能上去。您现在可以放心了吧？"

女孩有些迟疑："大概吧。"

"那就好。现在您能告诉我您在害怕什么了吗？"

"好……有个人……有个人要伤害我。"

"那您跟我来。"

话音刚落，葛德利径直走向门口，解开门锁，并把大门打开。

女孩仔细打量着小巷的深处，仿佛黑暗之中有什么危及她生命的东西。她担忧地说："您……您是不是疯了？"

"没有。您看看，这里一个人都没有。来吧，您跟我来。"

"不行！不行！他会突然袭击我们……"

葛德利紧紧抓着女孩的手，不顾她的反对，将她拖了出来，说道："您仔细看看！这些是您在雪地里的脚印。脚印是从巷子的尽头来的，而且也没有别的脚印了。所以，您可以清楚地看到，没有人跟踪您到这里来。您要不要跟我一起走到十字路口那儿？"

女孩垂下了头，结结巴巴地说："不……不要……我好冷。"

葛德利顺着她的目光看去，注意到她的一双赤脚正踩在雪上。他惊讶地问道："您不穿鞋子吗？"

"我不常穿鞋子……"

"为什么？连下雪也不穿吗？"

"穿，不过我在跑的时候弄丢了鞋子……"

"怎么可能？没有人跑步的时候会把鞋子弄丢的！"

"呃……我的鞋子有点大，是我今天早上向一位朋友借来的……"

"那您为什么要跑呢？"

"因为我要逃离'他'……"

"逃离谁？见鬼！您明明都看见那里没有人了！"

女孩沉默了一会儿。在黑暗的环境中，只有商店里的灯光照亮了周围的雪地，映得女孩的金发闪闪发光。在一头金色的卷发下，一张可爱的娃娃脸上充满忧虑，却显得格外动人，与狭窄小巷旁的仓库里那两排残破不堪的墙相比，又显得有些怪异。她赤着脚，似乎感受不到雪地的寒冷，转过身来盯着商店里的灯光，回答道："我告诉过您的，有时他是看不见的……"

"看不见？您在说什么呢？这是个人还是个魔鬼？"

"我不知道……我把他叫作金色的幽灵，因为在他跟踪我的时候，我会看到他那金色的轮廓。怎么说呢？他仿佛是个看不见的人，只有在灯光照射下才会发出一点光亮。我不知道我这么说您能不能理解……"

葛德利叹了口气，将手搭在女孩的肩膀上，以示保护："进来吧，我给你拿双拖鞋，再给你倒上一杯雪利酒，我们到温暖的壁炉边聊一聊。我想，这样一来，你会感觉好些。"

过了一会儿，女孩来到壁炉前取暖，四肢不再僵冷，她舒适地坐在扶手椅上，即便是在讲述自己的焦虑，她的语调也平静了许多。只是，她的解释仍然不太清晰："不论我在睡梦中还是清醒时，他都在折磨着我，而且我总记得他已经折磨了我很久，很久很久……"

葛德利将老板椅挪到了壁炉前，惊呼道："见鬼了！这件事似乎比我想象的更严重！"

他又为女孩倒了一杯雪利酒。商人葛德利对自己的行为也有些怀疑，其中又夹杂着几分玩味与诧异。因为他并不习惯热情地对待陌生人，甚至对认识的人也很冷漠。那么，他究竟为什么会对这个陌生的年轻女孩产生如此奇怪且越来越浓厚的怜悯呢？是因为她那可爱而忧愁的面庞？是因为圣诞节，还是因为他在傍晚时分内心那份怪异的愁绪？还是仅仅是他的好奇心在作祟？抑或是有其他原因？

她回答道："其实，他大多数时候在晚上现身，尤其是在我独自一人行走时。他对我步步紧逼，无情地追赶着我，可只要我一转身，便只能看见他那闪闪发光的影子，仿佛这是个由无数的反光或金色的亮片组成的人……"

"那你说，他是不是总在大冷天出现？"

"有可能……"

"在冬天下雪的时候？"

"既然您这么说了……"女孩犹豫了一下。

葛德利狡黠地说道："所以有可能是圣诞老人啰？"

女孩猛地摇了摇头："不，这是个坏人。我敢肯定，有人肯定要杀我灭口……"说到这里，她的脸上露出了沮丧的表情，继而补充道："所以，您不相信我吗？您觉得我疯了？"

葛德利微笑着说："我不是说你疯了。但一切迹象都表明，你相当不安。既然雪地上没有脚印，那就确实证明了你面对的并不是一个普通的生物，你同意吗？"

"噢，这样啊！那我的确非常肯定这一点！"

"我们可以说它可能是某一个鬼魂……"

"一个鬼魂……您是想说一个幽灵吗？"

葛德利点了点头，他的脸在火焰的光芒下映出铜色的光："是的，一个幽灵，一个喊着要复仇的幽灵，因为这是一种爱记仇的生物……除非它只是想和你聊聊天儿。"

女孩睁大了清澈的双眼，看向葛德利，说道："那么它可能是为了某件事来责备我的吧？我的上帝啊，我一定犯了什么罪！"

"孩子，只有你自己才能回答这个问题了。"

"除非是这个魔鬼自己想让我去做一些邪恶的事情……"

"也有可能。但无论如何,你一定要自省自己的过去,自己的生活……"

女孩悲伤地重复道:"自己的生活?我想那没什么可说的……"

葛德利看着她,再次压抑住自己强烈的悲悯之心,说道:"对了,我想,你还没有告诉我你叫什么呢。"

"我叫珍妮……珍妮·布朗。"

他面带微笑地重复道:"珍妮·布朗?虽然这个名字很普通,但不失为一个好名字。珍妮,是啊,这个名字让我十分愉悦……我可以叫你珍妮吗?"

"可以,我也没有别的名字了。"

"好了,珍妮,告诉我所有的事情,我相信我们俩一定能解开金色的幽灵之谜的!"

令查尔斯·葛德利大吃一惊的是,这个女孩的叙述竟然感动了他。在这个平安夜,他感受到自己发生了一种奇怪的变化,在与这个陌生人接触的过程中,在靠着壁炉里的火取暖时,在大口大口喝着的雪利酒中,他的灵魂得到了温暖。

珍妮的人生似乎打从出生起就是不幸的。她甚至不认识自己的父亲,因为他在听说她的母亲怀了她时,便抛弃了她们。不幸的布朗夫人只能用尽浑身解数来抚养珍妮,后又在珍妮不到十岁时因患肺炎去世。然后,珍妮便被托付给一位监护人,可那位监护人暴虐至极,以至于珍妮宁愿逃离他,露宿街头。打从那时起,珍妮眼中的家便只剩下了阴暗的贫民窟或是肮脏的收容所,甚至有时只能席地而睡。

她悲伤地给自己迄今为止的人生作了总结:"其实,我从来没有拥有过一个家,从来没有过过一个快乐的圣诞节。妈妈活着的时候总是那样可怜,那样悲伤,又那样不幸,我的内心从来没有感受过温暖和安全感……"

查尔斯·葛德利摇了摇头,说道:"我也一样,我从来没有拥有过一个家。那你告诉我,你如今靠什么过活呢?靠乞讨吗?"

听到这里,女孩脸上洋溢着自豪,她说:"噢!不!妈妈说做人要有尊严地活着。不过,有的时候,我除了接受别人的施舍,也确实什么都做不了。否则,我就得去卖东西了……"

作为商人的葛德利听到这里,灰色的眼睛中闪过一丝疑虑,他惊讶地问道:"卖东西?卖什么东西呢?"

珍妮回答道:"我拿给您看看吧。"随即便起身穿过房间,在成堆的文件和箱子之间徘徊,拿起她放在角落里的那个打着补丁的袋子,带到葛德利面前,并当着他的面打开。

葛德利看到了许多乱七八糟的黄色小盒子,他当即辨了个分明。他惊讶得像发现了什么奇怪的东西,于是结结巴巴地说:"是……火柴?你卖火柴吗?"

"是的。"

"卖这个能赚到钱吗？"

珍妮意味深长地瞅了瞅自己的衣着，说道："您不是都看到了吗？但我从不自怨自艾，因为我很喜欢我的火柴。自从我开始卖火柴，我就学着去欣赏它们。这些火柴是我面对不幸时的伙伴。和火柴在一起，我从来都不觉得自己孤独，即便夜晚的街道再寒冷，我也总是感到很温暖。"

说到这里，她那轮廓分明的唇角边露出了一个苦涩的酒窝，眼神中呈现一种奇异的满足感。然后，她接着说道："所以，我会蜷缩在一个角落里，一根接一根地揉搓火柴，看着它们胡思乱想。渐渐地，我就能看到蜡烛，很多很多蜡烛，它们在黑夜中亮起，排着队向天空走去……此时，我能感觉到我的心是温暖的，我就感觉好多了。我觉得自己仿佛置身于一个柔软舒适的房间里，仿佛在一个幸福、和睦的家里，在那个家里，我可以看到我的祖母、我的母亲，还有我的父亲……虽然父亲的脸还是模糊不清，但我猜他一定会为我们高兴吧。大家都很高兴，壁炉中闪烁着明亮的火苗，我朝着壁炉伸出手，放在离壁炉很近很近的地方。有多近呢？近到我的手指都快被烫伤了……但上帝啊，这多好啊，尤其是当我走过那漫长寒冷又空无一人的街道时。有的时候，这些蜡烛在天空中会形成一个模糊的剪影，那是一个会发光的幽灵……"

葛德利叫出声来："会发光的幽灵？我们终于想到啦！自从你有了这些幻觉之后，这个东西就一直在跟踪你！"

"我想是的……这样想想，您之前说的应该是对的，我想它其实是想跟我说说话吧……"

突然，一阵敲门声响起。声音不是很大，可在葛德利听来却尤其刺耳，他不禁打了个寒战。在那几秒钟里，他想象着一个周身闪着金光的客人的身影。但他立即冷静下来，并说道："那肯定是西克特在敲门……我都忘了他了。"

他走去打开了门，和他的好友打招呼，然后又向珍妮介绍了这位朋友。

西克特的身材和葛德利一样高大，只是衣着更加考究。他的天鹅绒大衣无可挑剔，和他的衣服完美搭配在一起，而马甲上挂的金表链更是在街区里引发了不小的轰动。西克特摘下大礼帽，露出了他的光头和一张和善的圆脸。

葛德利说："珍妮，西克特什么都懂。但你可别相信他！他看上去为人善良敦厚，可是他那一套如笛卡儿般的心思却是全国头一号的狡猾！如果说你的谜团的确有个合理的解释，那么只有他能帮你解开。"

西克特谦逊地说："好了，查尔斯，别给我戴高帽子啦！不过，你说的谜团究竟是什么？"

珍妮又将那个令她痛苦的跟踪狂的事说了一遍。只是这一次，她的语气变得更加沉稳。查尔斯·葛德利盯着他的老朋友，等待着西克特的唇边绽开一个玩味的微笑，但西克特始终没有这样做。相反，他越来越聚精会神地听这位年轻女孩的故事。当她说完后，他沉默了一会儿，然后说："这个金色的幽灵时不时地出现在你面前，是吗？有时它是看不见的，有时它又会发出几秒钟的光……"

珍妮·布朗惊讶地瞪大了眼睛，说道："的确如此，但您是怎么知道的？我似乎没有告诉您这些……"

葛德利毫不掩饰他的钦佩之情，打断了她的话："西克特可是一位很会推断的魔术师。珍妮，我早就告诉过你了，你所谓的神秘感在他无懈可击的逻辑面前是站不住脚的。"

西克特仿佛没有听到葛德利的最后一句话，继续说道："而且我估计，在你来到这里之前，它在附近的小巷里跟踪了你好一会儿，是吗？"

年轻女孩的面庞已然布满了惊叹号："可是，究竟是……"

"你想问我究竟是怎么知道这些的？这很简单，因为我先前看到你了。"

葛德利转身看向西克特，如鲠在喉："你说你看到她了？你是想说，看到了她……和那个幽灵？"

西克特神情肃穆，用不容置疑的语调说道："是的。"

葛德利不禁提高了嗓门儿："这不可能！西克特，你怎么回事！你明明不相信这种胡言乱语的！"

"事实上，我的确不相信。但是我在来你家的路上真的看到了他们，我是说我看到了珍妮和那个追赶着她的东西，那个东西闪闪发光。我看到的东西让我大为震撼，所以我在来你家之前徘徊了许久。我告诉自己，我是做了一场梦，那只是我想象出来的，也许是圣诞节快到了，让我多多少少有些恍惚。但我们刚刚听到了珍妮的叙述，那就证明不是我想的那样。"

葛德利越来越迷惑，他抬起头来望向天花板，重复着西克特的话："一个闪闪发光的东西……西克特，给我解释解释，告诉我你究竟看到了什么……"

西克特摩挲着自己的下巴，说道："我离得太远，没法清楚地告诉你当时的情形。但我可以肯定，那个东西会发光……它会散发出金色的光芒，就像这位年轻的女士告诉我们的那样。"说到此处，他转身面向珍妮，接着说道："这位小姐，也许你没有意识到这一点，因为你当时正在逃跑，但是我发现了它奇怪的变身过程！一开始，我还没搞清楚发生了什么事。我只是想知道你为什么要这样逃跑。然后我就看到了那个东西……它在你背后现了形，仅仅出现了几秒，随即便消失不见，不多会儿又再次出现，就这样循环往复……"

虽然葛德利惊讶至极，但他还是坚持问道："可是西克特，你究竟看到了什么？"

西克特有些窘迫地承认道："一个东西……一个发光的身影。它的周身闪耀着金光，就像一团在移动的星光，其他的我就不知道了……"

葛德利催促道："这不可能！这世上根本没有这样的事情！再说了，你说的这个东西甚至没有在雪地上留下任何痕迹！"

西克特想了想，说道："要我说，这根本证明不了什么，只能说明我们面对的是一种超乎我们想象的现象罢了。"

三人再次陷入沉默。面对葛德利充满非难的目光，西克特低下了头。葛德利问他还要不要再来一杯雪利酒，西克特喝了一杯便不再喝了，因为他当晚还约了人谈生意上的事情，这个约会无法推迟。过了一会儿，他便告辞了。在走出门口时，他见葛德利有些失望，便说道："我向你保证，明年的平安夜我一定和你一起过！对了，我还想跟你说，我非常喜欢你的圣诞树！你在装饰它的时候一定充满想象力！真棒！"

失望之余，葛德利还是目送他走进黑暗的小巷，然后关上了门，站在他的小圣诞树前，他觉得这棵树挺有创意的，但还是太过寒酸。这些皱巴巴的纸袋子只能代表着他的吝啬，再无其他意义。他耸了耸肩，转身面向珍妮，见她正坐在椅子上一动不动地思考。

他挑起了话头："所以，这个不可思议的故事竟然是真的。回头想想，我也不知道我的朋友突然告辞是不是因为他害怕了。你觉得呢？"

"也许是这样吧。但是我比他更担忧，请相信我！"

"依我看，你现在好像不害怕了？"

"才不是！我特别害怕……它要回来了，你还没明白吗？"

葛德利用力清了清嗓子，问道："那我们该怎么做呢？"

"就像我跟您说的那样,关闭所有的门窗、出入口之类的,尽可能地把我们牢牢地关在屋子里……"

这一次葛德利似乎被吓住了。他拼尽全力按照女孩所言去做。在房间后面的一个大箱子里放着一些工具和旧木板。他把旧木板钉在关闭的百叶窗上,这样一来,只有用斧头砸开木板才能进到屋子里来。他又在厚厚的橡木门上安装了一把大锁。可他觉得这样还不够,所以又用一条链子固定住门闩。完成这些事情后,他坐回椅子上,把心放回了肚子里,想着他们应该没有什么可担心的了。接着,十一点的钟声敲响,女孩的神情却越来越紧张,仿佛现在看来,那幽灵的到来已是板上钉钉的事了。

珍妮沉默了一会儿,她的眼睛滴溜溜地在房间里来回打转。突然,她颤抖着用食指指向她面前的壁炉,喊道:"壁炉!还是有出口的!"

葛德利用力挤出一个勉强的笑容,说道:"哦,不!我不觉得那儿容得下人!上回我清洗壁炉的时候,扫烟囱的人就卡在里面了。那个可怜虫!我们可费了老大的功夫才把他弄出来!虽然他身材不是很高,体重和年龄都只有你的一半。就在那时候,我在那儿封了一道门,因为我觉得小蟊贼可能会从那里钻进来……"

可是珍妮还是想一探究竟。她站起身来,拾起火钩子,把燃烧的木柴推到一边,又走到壁炉前,把她那金黄色的小脑袋伸进烟道口里。

葛德利告诫她："这可不是聪明人该做的事。你的头发会被烧焦的。小心！你有东西掉在火里了……"

珍妮仍不顾危险，继续检查，她问道："什么东西？"

"一个小物件，我还没来得及看清是什么。"

"是吗？我以为我身上没什么贵重物品呢。"

终于，她坐回了葛德利身边的扶手椅上。葛德利说教般对珍妮说："珍妮，好了。我们俩已经与世隔绝了，可以说没有人能碰到我们俩的一根汗毛。"

"那就太好了。"

他转过身去，看向珍妮，眼神既怪异又玩味，问道："你相信吗？你来这里的时候有没有一种奇怪的感觉？"

"嗯，说实话……"

"比如说，有没有觉得自己是来自投罗网的？"

话音刚落，一阵死寂。除了壁炉里噼里啪啦的火焰，再也没有别的声音。而珍妮的脸色突然变得惨白，她向后退了一步，惊恐地睁大了双眼，盯着葛德利，含混不清地说："金色的幽灵……不会是您吧？不会吧？您……您没有理由要伤害我呀，我们俩压根儿就不认识！"

葛德利的笑容僵在了脸上，一下换上了一副威胁的笑脸。他直起身子，说道："是啊！就是我！我可能就是你口中那个不称职的父亲，在发现你母亲怀孕时就抛弃了她。你看到了吧，我曾经被迫做出这样一个残酷的决定，只是为了不妨碍我的事业。是的，我可能就是那个抛妻弃女的男人，而你就是我的女儿，是我从未见过的孩子！为了掩盖这一桩丑事，我必须得让你闭嘴。"他看着自己那双像手推车轮子一样有力的大手，接着说道："既然我们现在与世隔绝，又孤立无援，那么还有什么地方比这里更适合让你闭嘴的呢？"

珍妮在扶手椅里蜷缩成一团，小声说道："我的天啊！我不明白了……"然后她又发出了刺耳的叫声。

"哦！你叫吧！这里只有我们俩！公寓里只有我们俩！可以说这整条街上都只有我们俩！你叫吧！哈哈哈！"

然后，葛德利面色一变，甩了甩头，发出难以抑制的大笑。他一边打嗝，一边结结巴巴地说："请原谅我，珍妮。请原谅我这个恶趣味的笑话。但看到你如此柔弱，如此不安，我忍不住……不，真的，我不知道我今晚究竟是怎么了，因为我平时并不是这样的。我已经很多年没有这样笑过了！一定是雪利酒，让我的大脑十分混乱。就是这样，你看，整瓶酒都快喝光了……真的，这是一个多么出人意料的夜晚啊！"

珍妮用嘶哑的声音说："好吧，求求您把剩下的酒都倒给我压压惊吧。您刚刚真的吓坏我了！"

她将杯子举到他面前，将刚刚倒上的酒一饮而尽。她那双清澈的大眼睛水汽氤氲，一直盯着葛德利的双眼。葛德利接着说道："其实，我曾经不得不抛弃了一个我深爱的女孩。有关于她的记忆仍然萦绕在我的心头,但我想,我已经受到了惩罚,因为我今晚意识到我从来不知道幸福是什么滋味……我是说拥有一个家庭的那种幸福,一个温暖的地方,有人在等着我的地方。我也从来不知道真正的圣诞节应该是什么样……"

珍妮眼神涣散,喃喃道:"没有快乐的圣诞节,没有家……"

葛德利友好地将一只手搭在珍妮的手臂上,叹了口气,说道:"我们俩都是孤儿,虽然各有各的苦……"

"先生,我觉得您说得对……"

葛德利用温暖而动人的语调问道:"我是不是吓坏你了?好吧,珍妮,我会好好补偿你的。我送你一个圣诞礼物吧,一个真正的圣诞礼物,一个美妙的圣诞礼物……"

"哦!葛德利先生,您太客气了,您不必如此……"

"不,我一定要这样做。珍妮,从现在起,你就是个富人了。我要把我的一部分财产留给你,这样你就能无忧无虑地度过余生了。"

"您……您是在开玩笑吗?"

"当然不是,我是认真的。你别看我这样,其实我非常有钱。想象一下,你在这里看到的每一本册子、每一份文件都对应着一个家具一应俱全的房间,这样一来,你大概能想象到我有多有钱了吧?"

珍妮环顾四周,惊叫出声:"哦!我的上帝!这简直不可思议,这太奇妙了!"

她的眼眸中闪烁着狂喜的光芒。只是那光芒转瞬即逝，取而代之的是她低沉的嗓音："可惜了，一切都太晚了。"

葛德利惊讶地说："太晚了？上帝啊，为什么呢？"

"葛德利先生，因为我才是要送您一份大礼的人。这是一份美妙的礼物。我要给您安排一个真正的圣诞夜，一个真正的家，一个对我们来说遥不可及却又梦寐以求的家……"

葛德利越发好奇："真的吗？是怎么回事呢？"

"感谢金色的幽灵吧……"

珍妮没有回答，目瞪口呆的葛德利警惕地看向前门，自己曾亲手一丝不苟地锁上它。

珍妮的声音尤其平静，她说："是的，它会来的。不论我们如何周全地防范，它总会来的。"

"但这是不可能的！没有人可以进到屋子里来！我们在这儿非常安全，就像在一个保险箱里一样！"

"没有什么能阻止金色的幽灵……"

"你怎么能这么肯定？"

"因为我知道它的秘密。"

"可你明明告诉我……"

淡定的珍妮胸有成竹，她打断了葛德利的话，说道："您听我说。它的秘密很好理解，但您可要认真听。让我来告诉您，您的朋友是怎么被一个愚蠢的把戏蒙蔽了双眼的……"

珍妮站起身来，拿着她的包，走到房间中央，对葛德利说:"您看好了,别放过我的任何一个动作。我现在打开几个火柴盒,拿着火柴,把它们堆在一起,弄成一小捆,就像这样。您在看吗?"

葛德利惊得无言以对,只是机械地点头,像一只温驯的绵羊。

珍妮接着说:"我把一捆捆的小火柴拿在手里,每根都朝着同一个方向,有硫黄的那一头都在一侧,那么我要做的就是把它们放在一起摩擦,然后它们就会像现在这样,一下子全部点燃。就像这样……然后我迅速把它们扔到空中,抛在我的身后,它们就会像流星雨一样落下。然后我再用第二捆、第三捆重复一样的动作,就像这样……

"当然,您可得好好想象一下这一幕:半夜里,在一条小巷里,在我奔跑的时候,仿佛有死神在跟着我,我恐惧地转过身去,仿佛这些金色的光芒是跟在我后面的跟踪狂散发出来的。当然,在外面,'金色的幽灵'只照亮了几秒钟,马上就被雪熄灭了。但是在这里,您看,它还在继续燃烧,您的账本就是它的助燃物,这些账本已经吞噬了多少人的心,这里所有的箱子和商业文件都在为它喝彩,甚至连那棵圣诞树上可怜的花环,它也不会放过。要不了多久,您的整个办公室都会沦为它的舞台。"

这位年轻女孩的表演好似仙女,葛德利仿佛被她催眠了一样。她把燃烧的火柴散落在房间里,散发出星星点点的光芒,葛德利却迟迟没有做出反应。他犯了一个错误，那就是失去理智，他试着同时熄灭所有的火苗，可这些看似脆弱的火星连成了火海。葛德利四处忙着灭火，他面容憔悴，目光呆滞，只有一只耳朵还在听着珍妮的解释。在源源不断的火舌中，珍妮的周身散发出怪异的光芒。

"我知道您的那位朋友每年在这个时候都会来找您，就在街道一片冷清、四下无人的时候。我的才艺表演一定让他很吃惊。当他在您的房子里见到我，听到我的故事时，这出表演就能发挥作用。然后，在他的想象中，真正出现了一个金色的幽灵，所以当您问他的时候，他就能够做出极具迷惑性的描述来误导您。"

"你倒是帮帮我啊！"葛德利喊道，他的脸色绯红，汗水淋漓，"我们会像烤栗子一样皮开肉绽的！这一切都是因为你那愚蠢的恶作剧！你是不是彻底疯了……"

"疯了？是啊，我是疯了，但这都是因为您。"

葛德利目露凶光，伸出双手，仿佛要掐死她，但只是把她推到一边。对于现在的他来说，每一秒钟都不能浪费。终于，他意识到他根本无法扑灭分散的火苗，火势正在蔓延，于是他向门口走去。

看着葛德利拼命想法子弄开挡住门闩的挂锁和锁链，珍妮露出了嘲弄的微笑。现在的办公室里已是闷热难耐，在滚滚黑烟的遮蔽下，连天花板都看不见了。

葛德利绝望地喊道："钥匙呢！你是不是把钥匙藏起来了？藏在哪里？"

珍妮咯咯笑着，指着壁炉说："就在那儿，就是您刚才看到的那个掉进火里的小物件……"

葛德利冲向壁炉，用火钩疯狂地搅动柴火，接着又改用手摸索，但就在这时，起火的圣诞树落入壁炉，他再也无法继续寻找钥匙。他开始不停地咳嗽，浓烟刺痛了他的眼睛。当他发现自己几乎无法睁开眼睛时，他知道，他玩完了。他走到窗前，绝望地敲击窗户，试着努力打破他刚刚精心钉上的木板。但他失败了。他的拳头鲜血淋漓，窗上的木板却只是轻轻摇动了几下。在他停止敲击的时候，尽管大火的咆哮已经充斥整个房间，他还是听到远处的教堂钟楼处响起了午夜十二点的钟声。

"这哪是什么圣诞节？这根本就是一场可怕的噩梦……为什么？"他转头看着珍妮，见她正微笑着不停咳嗽。

在葛德利看来，站在一片火海后面的珍妮很快就会被火焰吞噬。但她听上去仍是笑意盈盈，甚至有几分出人意料的欢欣。

"葛德利先生，您不是都猜到了吗？您抛弃了我和我妈妈……她的死是您一手造成的，因为她死于悲伤，也死于疾病。自从她去世，支撑我活下去的希望便只有一个，那就是总有一天要找到您。为了找到您，我努力工作，才能付得起私人侦探的服务费……但是，当我找到您之后，我发现最困难的事情是压抑我的仇恨，压抑那金色的幽灵，它就是在我体内燃烧的火焰恶魔，它是来复仇的，您明白吗？我必须耐心地制订计划的每个细节，等待着在我事先选定的那一刻与您重逢……"

　　葛德利被烟熏得透不过气，他只能看到眼前有一个模糊的身影正在熊熊燃烧。不过，他想自己从她的眼中看到了一丝恍惚，因为她在一边不停地咳嗽，一边说道："您瞧……我没有骗您……它确实来了……那个金色的恶魔……它就在这里，它无处不在，就在我们身边，现在就是它最善良的时刻！那个我们从来没有拥有过的家，终于被我们找到了。"

午夜小丑

我知道，我本来应该被逗乐的……但每一次，我都会被吓得一动不动。

让娜·梅尔勒十分惶恐，白皙的面庞却显得更加美丽，一双紫色的大眼睛闪耀着动人的光芒。她三十来岁，穿着烟灰色的西装，一头飘逸的黑发让人眼前一亮。克莉丝汀·基弗是这家的女主人，留着一头金发，比让娜年长一些，看起来也更加稳重。

"我当然知道我的故事很无聊，"让娜·梅尔勒一边说，一边紧张地摆弄着包的拉链，"所以我不敢报警。我敢肯定，他们一定会当着我的面哈哈大笑的！我本来不知道该怎么办，但有一位邻居和我聊到了你丈夫。她告诉我，你的丈夫是一位宪兵军官，他能够处理棘手的案件，所以他可能会出于好心给我提供一些建议。所以我冒昧地来到你家敲门……不过说真的，我没有打扰到你吧？"

克莉丝汀口是心非地说这算不上打扰，却转身面向客厅的大落地窗，聚精会神地看着眼前的佐恩山谷，陷入了沉思——又是秋意盎然之时。她喜欢秋天，尤其是九月的最后一个星期天，在阿尔萨斯北部的布鲁马特镇，街道上挤满了参加洋葱集市的人。每年，克莉丝汀都会紧紧挽着皮埃尔的手，走在拥挤的街道上，心不在焉地听着人群的喧嚣，闻着烤肉的香味。傍晚，他们会回到家里，高高兴兴地过着二人世界。她会抓紧准备洋葱馅饼，那是皮埃尔最喜欢的菜肴之一。自从她结婚以来，这一天对她来说已经成为一种仪式。她不知道为什么，她喜欢这些瞬间，不希望世界上有任何东西能够破坏这份美好。

唉！可惜今年皮埃尔刚吃完午饭就被宪兵队叫走了。她只好独自一人漫无目的地走在街上，也没在城里待上多久。下午时分，她回到家里，像往年一样，马上开始烹制馅饼。门铃响起时，她正在切洋葱。她对让娜·梅尔勒没什么印象，只是听她说明来意，又看着她憔悴的面容，克莉丝汀意识到，今天这个好日子恐怕要泡汤了。她告诉让娜，她不知道丈夫什么时候会回来，让娜却回答说她不着急，可以等他回来。

让娜·梅尔勒本来还有些不自在，为了打破尴尬，她称赞着克莉丝汀精心修复的阿尔萨斯式的传统室内装饰："这些用老橡树做的木筋墙太壮观了！用来做厨房和餐厅之间的隔断非常实用。"

克莉丝汀看着放在两块半木之间那碗刚切好的洋葱，情难自抑地发出一声遗憾的叹息。让娜却已经开始踌躇着将自己的困扰告诉她。克莉丝汀已经听过太多这样的闪烁其词，为了公事来找她丈夫的人总是如此。让娜·梅尔勒不断重复说，虽然她知道这都只是些小事情，但她还是非常害怕。可当她笨口拙舌地回忆起这些事情时，她似乎变得越来越焦虑："他几乎每周都来看我……我平时都睡得很好……我几乎是梦游着走到门口……每次我都想知道究竟是谁在这个时候按门铃……还总是在午夜时分……我知道当时的时间，因为我听到走廊里的钟声敲了十二下。不过上一次，我还比较清醒……所以我就走去开门，心里想着一定要把我的想法告诉他，但当我看到他的时候，依旧无法做出任何反应，像之前每一次一样惊恐不安……他就站在门口，一动不动，一句话也不说。他用奇怪的眼神看着我，就那样站了几秒钟，然后转身走了。这太可怕了！"

她把双手放在胸前，又接着补充道："什么也没发生，但每一次只要看到他在那里，我心里都会莫名其妙地七上八下。"

克莉丝汀在心里笑了笑。她怀疑梅尔勒夫人究竟知不知道自己在说什么。最近几个月来，克莉丝汀也会感觉自己心里莫名其妙地七上八下，其中有一次差点儿要了她的命。从那时起，她就定期咨询自己的心脏病医生，医生一直建议她要非常小心。当然了，梅尔勒浑然不知，脸上还是写满忧虑，结结巴巴地说："我害怕……但我不知道究竟为什么……"

"那个人很可怕吗?"

"并不是,他一点也不可怕……"

"那你能认出他吗?"

"很难说……你应该明白吧?我本来不应该觉得害怕的!像他这样的人本来应该把我们逗乐的……"

"你是在说谁?"

"就是他呀!那个小丑!"梅尔勒瞪大了眼睛回答道。

"一个小丑?一个在午夜时分来敲门的小丑?一个让你感到害怕的小丑?"

"正是如此……"

"这也太荒唐了吧!"

让娜·梅尔勒本想回答,却被一阵电话声打断了。克莉丝汀站起身来,请访客见谅,然后走到走廊的尽头。她拿起听筒,原来是丈夫打来安慰她的。

她把有人来家里做客的事情告诉了他,他叹了口气,说道:"好吧,今天可真够呛!但我想你应该还是有时间给我烤一块小馅饼吧……"

"唉,你想想,我怎么可能有时间呢?我希望你不会因为这件事情而失望。你什么时候回来?"

"亲爱的,最晚一小时,我就回去了。在等我的时候,你可以先问问这位女士发生了什么事,这样一来,我们就能节省一些时间。但说句实话,你让她在家里等我,这真是个聪明的好主意！我希望这不会毁了我们的整个晚上！"

克莉丝汀挂断了电话，心中有些许安慰。毕竟皮埃尔没有把这件事想得太坏，他似乎并不恼火。她回到客厅里，只见让娜·梅尔勒双手捂着眼睛，正止不住地抽泣。克莉丝汀心里乱极了。

泪水从她粉扑扑的脸颊上滚落，她擦了擦眼睛，说道："对不起，但我已经快要崩溃了……如果没有人帮助我，我真不知道自己会变成什么样子……"

按照皮埃尔的建议，克莉丝汀开始用非常专业的语气向她提出准确的问题，这样一来，让娜似乎安心了不少。克莉丝汀了解到，让娜·梅尔勒已经在村子里住了一年，自从她的丈夫在一次交通事故中去世后，她就离开了家乡布列塔尼，在过去的三个月里，这个神秘小丑一直定期来找她。

皮埃尔·基弗回到家中，又忍不住开始了询问。在克莉丝汀介绍他们俩认识时，他对这个年轻女人相当疏远，但现在，她的问题似乎引起了他的兴趣。这个四十多岁的男人身材高大，体格健壮，天性开朗。他喝了一口雷司令酒，那是克莉丝汀为招待让娜开的酒。接着，皮埃尔接着她的话说道："一个小丑？在午夜时分来叫醒你？真的，这很不寻常……可你说他没有任何威胁你的举动？"

让娜摇了摇头："没有，真的没有……他就站在门口，他那张苍白的脸上挂着悲伤的笑容，就一直看着我……他的脸和普通小丑是一样的，红色的鼻子，猩红的嘴唇，眼睛画成星星的样子……我知道，一般情况下，我们看到他们的时候应该开心地笑……但这个人，我不知道为什么，他让我感到毛骨悚然……现在，光是看到他，我就已经受不了了，但我忍住了，没让自己叫出声来！"

"坦白说，"皮埃尔放下酒杯总结道，"除了恶作剧，我想不到还有其他可能。"

"我向你保证这绝对不是恶作剧！"让娜·梅尔勒回答道，她的眼睛哭得通红，"就算是恶作剧……谁会想这样捉弄我呢？除了几个工作上打交道的人，我在这里几乎谁也不认识，但他们都是非常严肃的人，根本想都不会想这种事情……"

"恶作剧会这样一直重复进行吗？"克莉丝汀突然插话，并看向她的丈夫，"我很怀疑这一点，这看起来更像是一种骚扰！"

皮埃尔将手指放在嘴唇上，示意克莉丝汀噤声。他耸了耸肩，说道："我想这种行为一定是有原因的。打扮成小丑，在半夜敲别人家的门，这本身并不是一种有罪的行为。不过，如果你愿意，梅尔勒夫人，我还是可以处理这件事的。"

三人一阵沉默。让娜的眼睛里突然有了一丝光芒，问道："先生，你愿意吗？但要怎么做呢……"

"很简单，我只要在午夜时分盯着你的房子就好了。"

让娜紫色的双眸倏然暗淡，那丝希望的光芒转瞬即逝：

"我……我觉得这可能没什么用。我很肯定,他不会再出现了……"

皮埃尔困惑地问道:"为什么这么说呢?"

"我不知道……我只是有这种感觉……"

从那一刻起,让娜变得越来越窘迫。皮埃尔不断地向她抛出问题,当他问及她过去是否遇到过这样的小丑时,让娜·梅尔勒再也无法抑制自己双手的颤抖,那双美丽的紫色眼睛闪烁着奇怪的光芒。

她结结巴巴地说:"是的。但如果我告诉你,你会觉得我疯了,会觉得这一切都是我臆想出来的……第一次,是的,是在梦中……或者更确切地说,是一场噩梦……我以为我真的被这样一个小丑吵醒了……当他在我的梦中出现时,我吓得一动不动……午夜时分,他按响了门铃……他在对我微笑,仿佛是死神在对我微笑一样……我总觉得他要告诉我什么坏消息……几小时后,我被电话铃声吵醒,是坎佩尔的警察局打来的,他们告诉我,我丈夫死了,那天午夜,他和一辆卡车迎面相撞。是的,我做了一个预知未来的梦……但这些天来叫醒我的小丑是真实存在的……我求你,相信我,我没疯!"

皮埃尔和克莉丝汀邀请让娜·梅尔勒留下来一起吃饭,试着安慰她,然后又送她回家。在告别之前,他们让她答应第二天去看医生。终于,家里只剩下夫妻二人,克莉丝汀扑到她丈夫的怀里,长出了一口气:"太棒了,亲爱的,你太了不起了!

你知道怎么才能让她坦白。但你是怎么理解她的呢？"

"你想想，这不正是我的工作吗？"皮埃尔谦虚地回答，"我发现她非常不安，所以我就想，这可能和她过去的经历有关，我们必须寻找她的执念产生的原因，这可能和她丈夫的死有关。她一定是想彻底忘记这场悲剧，也许这就是对小丑这个角色的诠释，因为小丑象征着笑声、欢快和生命，而为了驱除这段可怕的记忆，她又在悲痛中创造出一个宣告死亡的天使，和小丑的形象相结合……"

克莉丝汀将头依偎在丈夫的胸前，紧紧地抱着他，说道："不管怎么说，这个故事让我心里发寒……当她向我描述那个小丑的长相时，我真的以为这个小丑就在我眼前！皮埃尔，你知道吗？当你晚上不在家的时候，我也非常害怕……当电话响起时，我总是想象那是你的某个同事要告诉我什么坏消息。更何况今天又听到这么多故事……"

"你以为我不担心你吗？自从你上次发病，我不在家时总是提心吊胆的。对了，我已经告诉我的同事们了，没什么大事就不要来打扰我了……"

他的话还没说完，就被电话铃声打断了。简短交谈了几句，他便挂断了电话，神情凝重，迅速穿上外套，然后在门口亲吻了克莉丝汀，解释说有一件严重的事情需要他立即到场。

第二年，基弗夫妇终于有机会好好享受洋葱集市，没有任何电话打扰，他们乐得清净。傍晚时分，皮埃尔又一次品尝到了传统的洋葱馅饼，只是这一次，精心烹制洋葱馅饼的基弗夫人换了一位更年轻的女郎，样貌也与之前大不相同。原因自然不必说了！在克莉丝汀离奇死亡后，皮埃尔与附近的一位年轻女子结婚。克莉丝汀去世的日子正好是一年前的今天。根据医生的报告，一位邻居在清晨发现她倒在门口，是由于受到强烈的惊吓而导致心脏病发作，但报告中并没有说明原因。不过，根据报告，她的死亡时间是在午夜时分。

皮埃尔又拿起一块馅饼，说道："味道好极了！"

"比去年的好吃多了吧？你还记得吗？"

他回答道："那当然了！"话毕，他伸手将年轻女郎拉向自己怀里，让她面对着自己。

她咯咯地笑着："皮埃尔！别闹了！小丑才这样呢！"

"亲爱的，你可要管好自己的嘴！我敢肯定，如果克莉丝汀在天上听到我们俩说话，肯定不会觉得你这一语双关很幽默的！不过要我说，我现在还在想，你竟然是这么出色的演员！在我离开家去扮演午夜小丑之前，她告诉我，你的故事让她深深震撼，还有你的悲痛，你还哭成了个泪人儿……"

"喂，我可是真的在哭！"年轻女子扑闪着紫色的大眼睛说道，"你给她打电话的时候，我把头伸到她那碗洋葱里猛吸了一口气，我是不是很聪明？"

"不，你很迷人！"

杀人自动扶梯

"先生,您在想什么呢?"

鲁塞尔转过身来,打量着刚刚对他说话的那个男人,他正带着友好的微笑向鲁塞尔走来。这个五十多岁的男人衣着有些寒酸,其中一只手臂还打着吊带,但他浑身散发出一股优雅而体面的气质,也不忘将一头长发梳得整整齐齐。鲁塞尔已经对此人有了初步的印象:这是个因时运不济而流落街头的好人,他努力保持着体面,所需要的不过是人性的温暖,而非金钱。

鲁塞尔的微笑转瞬即逝,他答道:"想什么?面对这条会杀人的隧道,我还能想什么呢?"

在这个十月的傍晚,天气阴沉,在勒阿弗尔的蒙莫朗西大街上,有那么几秒钟,除了如泣如诉的风声几乎听不到任何声音。

来人瞠目结舌,说道:"一条隧道?一条会杀人的隧道?哪条隧道？"

鲁塞尔看向前方,那里有个栅栏,过去便是通向木门的露天短道。他心不在焉地说:"就在那儿,有座自动扶梯的隧道。"

"自动扶梯?噢!原来在那儿,在门的上面……"

"那是欧洲最大的自动扶梯,有近两百米长。有了它,不到五分钟就能到这座城市的高处。要不然……您不是本地人吧?"

男人垂下眼帘,说道:"不,不是,我不是。"他站在栅栏前,紧挨着鲁塞尔。鲁塞尔用余光细细地打量他,心中泛起怜悯之情。显然,此人居无定所,常常以天为盖,以地为床。鲁塞尔正要问他的手臂是如何受伤的,话到嘴边又咽了下去。

他用那淡蓝色的眼睛看向鲁塞尔,接着说道:"这座自动扶梯杀过人……我想,您的意思是,这里曾经发生过事故?"

"不,不是事故。这座扶梯用左轮手枪杀害了三个人……"

"您是说用左轮手枪?开什么玩笑!一座扶梯怎么可能……"

"可是当事实证明没有人类能够做到这一点时,我们只能得出这样一个结论……老迪让戈早就警告过我们,千万不要关闭扶梯,千万不要。他反复强调,如果我们执意要关闭扶梯,它就会报复人类,不信就等着看吧。可是没有人听他的话。有三个人死了。我再说一次,他们死的时候,在当时的情况下,不可能有人为的因素。这是一个无法解开的谜团，已经困扰了我许多年。天一黑，我就不自觉地来到这里。我站在这里，站在这扇门前，试着为此找到一个解释……或许我应该从头开始说……您有兴趣听这个故事吗？"

"我非常有兴趣。但我想先给您打个预防针，我生性多疑，比如我不相信任何城堡之类的地方会闹鬼……"

"走着瞧吧，我们用事实说话。几年前，由于入不敷出，电梯的维修费用不足，因此市政府决定停止该电梯的运行。他们确定了一个停止运行的日期，却没有考虑到使用者们的强烈不满，也没有考虑到老迪让戈的警告，这位吉卜赛老人可是位预言家。就像我刚刚告诉过您的，他曾警告过市议会的议员们，将他们叫到街上，预言说如果他们坚持关闭该电梯，电梯就会进行报复。同一周，就发生了第一起谋杀案。当时正是下班高峰期，这儿人来人往，只听见一声巨响，一个人便倒在了扶梯上，他的眉间有一颗子弹。可是在场的所有人都没有看到有任何人拔枪或者做出任何可疑的举动。您得承认，这相当离奇吧？人们站在那里，一字排开，站在自己即将乘坐的自动扶梯上，在一条完全不可能躲藏的坚固隧道里，每个人都盯着自己前面的人，可是没有人看到这个人是如何被枪杀在扶梯上的。又过了几天，同样的场景，又一个被害人被枪杀，两次的情况几乎一模一样。"

陌生人缓缓点头，嘴角露出一丝微笑："的确，这很离奇。

但这并不意味着这是一个无法解决的谜团吧？趁人不注意的时候，身手敏捷的人很有可能会……"

"我同意您的说法，但我还没有说完呢。您知道贝特朗·沙尔皮吧？他是我们这儿的一位有钱的实业家，甚至可以说是全国数一数二的有钱人。不久之后，老迪让戈警告他，如果他乘坐这座自动扶梯，他就会与前两个遇害者一样殒命。当然，贝特朗·沙尔皮本来几乎不用坐这座扶梯的，但他这个人个性很强，是个不惧怕挑战的人。所以他想通过挑战这座扶梯来赢得声誉并获取财富。就在自动扶梯停止运营的前一天，贝特朗·沙尔皮出现了……就出现在这里，我们现在所在的地方。

"那是一个九月的下午，上午下过几场阵雨，所以天气阴沉沉的。贝特朗·沙尔皮是和他的妻子一起来的，可能是想凸显他那不可动摇的信心和对危险的蔑视吧。他的保镖贴身陪着他，他的保镖叫马丁，以前是个警察。一同保护他的还有他的妹夫皮埃尔·皮卡尔德，过去是名武术大师。当时警察也在现场。自然，自动扶梯已经被他们里里外外检查过了，所以这里有两名警察守在入口处，还有两名警察守在出口处。

"您想象一下，一条无底洞般的混凝土井道，直径三米，长一百五十多米，里面几乎没有灯光，还有大约一米见方的木制台阶，而其深度甚至不足一米……那里面怎么可能藏人呢？

"当时是下午三点左右，贝特朗·沙尔皮带着他的妻子、妹夫、保镖和两名便衣警察进入该扶梯。扶梯上除了这六个人，再也没有其他人了。这六个人分成了三组，每组之间距离约为十米，沙尔皮的妹夫皮卡尔德和一名警察一组，并排站在同一级台阶上，沙尔皮和他的妻子同样并排站在其后方，他们的背后则是马丁和另一名警察。但就在半道上，突然传来砰的一声。那真是可怕的声音！在这条隧道里，甚至还传来了同样可怕的回声……贝特朗·沙尔皮应声倒地，他的胸部被子弹击中，受了致命伤，随后在当天晚上去世了。您觉得问题出在哪里？"

"也许那儿有一条秘密通道，或者一个可以让凶手开枪的豁口呢？"

"根本没这回事。您想想，当时案发后，警察用放大镜检查了隧道。另外，我还得提醒您，当时唯一的出口被警方牢牢把控着。他们非常肯定，当时除了陪同贝特朗·沙尔皮的几人，案发后根本没有人从隧道里出来。而且在他们进入隧道之前，连一只猫都没有看见。凶器是在沙尔皮倒下的地方被发现的，就在墙面和楼梯栏杆之间。那是一把口径为7.65mm的勃朗宁手枪，上面没有一个指纹……"

陌生人耸了耸肩，说道："那么凶手就只能是陪同受害者的五个人中的一个了……"

"我就知道您要这么说。首先，您要知道，这颗子弹不是在近距离发射的。专家们估计，这个距离至少有五米。这就完全排除了沙尔皮夫人的嫌疑。更何况，另外四个人都盯着这对夫妇，他们都说在开枪的时候，沙尔皮夫人没有任何可疑的动作。至于马丁以及那位同他并排的警察，就在他们身后大约十米处，每个人都发誓，自己身边的人不可能神不知鬼不觉地开枪。包括走在沙尔皮夫妇前面的那两个人也是如此。我想我有资格告诉您，皮埃尔·皮卡尔德不可能向他的大舅子开枪，因为他当时就站在我身边，就像您此刻一样。我可以看到他的手，我还记得他用一只手抚摸着下巴，另一只手放在胸前，手臂上搭着件雨衣，有点像……"

陌生人看着自己打着绷带的手臂，微微一笑。

鲁塞尔急忙说道："抱歉，我不是有意要……"

"别多想，没事的。如果我没有理解错的话，您就是那位便衣警察吧？"

鲁塞尔点了点头。

"所以您亲眼看到了这起谋杀案的发生？"

"正是如此。皮卡尔德和我当时位于扶梯的反方向，因为我们要一直关注沙尔皮的动向。我们完完全全被爆炸声吓坏了，只见他捂着自己的胸口，然后就倒下了……他的妻子开始尖叫。当时的射击角度很难确定，因为在枪响的那一刻，沙尔皮才正要转身。在这一点上，我们很难做出判断，而且那声枪响的回音巨大，却也无助于破案。据沙尔皮夫人说，枪声就在她身边响起。我却觉得听起来像是同时来自四面八方的……"

"从这个角度来看，这些事情的确是很古怪。但我还想问问您，除了凶器以外，您还有其他线索吗？"

"除了一些烟头和纸屑，我们什么都没有发现……啊，对了！有一个东西让我们非常感兴趣。我们在出口附近的路边发现了一根木棍，它的尾部挂着一条皮带。但没有人想到这究竟是什么东西。无论如何，这都不能用来犯罪吧……"

鲁塞尔停顿了一下，他看到陌生人那清澈的眼睛倏然闪过一道光芒，不禁感到好奇。

只见那人的脸上浮现出愉快的神情，若有所思地说道："生活总是充满巧合。一方面，您是个条子……哦不，是个警察……而这个东西，真是不可思议……"

"您别告诉我这根木棍和谋杀案有什么关系。我可得先告诉您，如果您觉得这是个非常复杂精巧的枪械装置，那您大可以摒弃这种想法。专家们对这一点的态度可是非常明确的。"

那人说："我可没有这样说。"话音刚落，两人便陷入了沉默。突然，鲁塞尔有一种明显的感觉——这个陌生人刚刚在解开这个谜团方面有个很大的突破，因为他的脸上浮现出平静又略带嘲弄的神情。

陌生人顿了顿，说道："据我所知，这位受害者是个大人物吧？"

鲁塞尔赞同道："的确如此。沙尔皮根本不是人们以为的那种商人。他胆识过人，投身于许多不同的领域，而且总是能获得成功。他还尝试迈入政坛，十分被人看好。他取得了如此大的成就，却仍然是一个纯粹的人，非常亲民。他经常给他雇用的一位工人买啤酒喝……"

"那也许不过是为了更好地使唤他吧。我明白啦！我估计他还曾发表过一些关于慈善的重要演说，宣扬对周围人的爱，视金钱如粪土，尤其是钱和房产……"

"的确，他……"

"您难道真的相信人们只要遵循他所奉行的训诫就能像他一样成功吗？"

"呃……"

"这难道不就是个十成十的伪君子吗？"

鲁塞尔慎重地回答："也许……但您想说什么呢？"

"我想说的是，任何人都有可能恨上这种人，甚至想取他性命也不足为奇。更别说那些与之亲近的人。"

鲁塞尔眯起眼睛，补充道："这一点是很好理解的。可主要问题并不是谋杀的动机，而是凶手的作案手法。但我感觉您刚刚好像想到了什么……"

那人带着嘲弄的微笑说："何止是想到了什么，我甚至有把握说我可以确定……"

突然，他偷偷环顾四周，见四下无人，想了想又说道："听着，我现在还不能告诉您凶手是怎么做到的，但我相信您会明白这一切的，也许就在我和您分开几分钟后吧。现在，我会给您一些指点。凶手当然是案发时在隧道里的人之一。这个人毫不犹豫地制订了一个邪恶的计划，那就是牺牲前两个无辜的人，这样一来，沙尔皮的死就会被视为一种诅咒。我敢打赌，那个老吉卜赛人肯定得到了丰厚的报酬，在某人的指令下四处散布他的诅咒。这个挑战对于沙尔皮而言非常重要，因为他是个好吹牛、爱逞英雄的人，所以他必须接受这个挑战，否则就有可能名誉扫地。至于这个把戏本身，我估计凶手在掏出枪的几秒钟前，先扔出了一支刚刚点燃的雪茄，里面塞了个鞭炮，这样就能声东击西了。我现在必须得走了，但您别担心，因为我非常肯定，您很快就能猜到来龙去脉。"

鲁塞尔感到头晕目眩，他看着这个陌生人消失在夜色中。而在陌生人刚才站立的地方，只剩下被风卷起的阵阵枯叶。

可他的话却仍在鲁塞尔耳边回响："我现在还不能告诉您凶手是怎么做到的，但我相信您会明白这一切，也许就在我和您分开几分钟后吧。"

鲁塞尔觉得自己真是疯到极点了。这个男人试图让鲁塞尔相信，他作为一个业余人士破解了困扰鲁塞尔这个专业人士多年的谜团。不仅如此，更重要的是，他声称谜底会在几分钟内神奇地出现在鲁塞尔面前。多天真的人才会相信他啊！

鲁塞尔朝着他的公寓走去，可他根本没有睡意。他走进一家酒吧，点了一杯双份苏格兰威士忌，然后看了看表，指针指向晚上十一点。距离那个陌生人离开已经有十五分钟了。他耸了耸肩，把杯子里的水倒掉，然后又点了第二杯酒。他又细细回想着那个手臂吊着绷带的人的脸。真是一个奇怪的人，他是流浪汉吗？鲁塞尔起初的确这样想过，然而，那人清澈的眼睛与那些游荡的醉汉的眼睛完全不同，因为他的眼睛灵敏而狡黠。

十分钟后，鲁塞尔走到柜台前结账。可当他将手伸进口袋时，却发现他的钱包不翼而飞！

他的钱包里装着他半个多月的薪水。

不仅钱包消失了，鲁塞尔的口袋底部还有一个巨大的缺口，明显是用剃刀一类的东西割开的。

警察局长尽量用平静的声音说道："鲁塞尔，听好了，你还有很久才退休，因此还很有可能晋升。所以我必须向你强调一下，请不要去搅和那些陈年旧案，你和其他人都没有……"

"皮卡尔德在沙尔皮倒地的几秒钟前扔出了这支假雪茄。我十分确信这一点。他把这支雪茄扔到一边，大概在沙尔皮夫妇乘坐自动扶梯到达那个高度时，它爆炸了。而皮卡尔德一直在关注雪茄爆炸的情况，并在那一刻射杀了沙尔皮。因为这两次爆炸几乎是同时发生的，所以我们误以为是回声……另外，您还记得吗？关于枪击地点的证词有相当大的分歧。"

"好了，够了。假设这是真的，那请你解释一下，当他就站在你身边，离你只有几厘米的时候，你怎么会没有看到他开枪呢？"

鲁塞尔打开一个袋子，拿出一根长约三十厘米的木棒，末端是一条又短又宽的皮带。

他说："我们在案发现场发现的不是这个东西。但您得承认，这看起来和现场的那根木棒非常相似。请您拿着这根木棒，把皮带绕过我的肱二头肌，这样就能让这根木棒从水平方向上挡住我的胸部。"

警察局长照鲁塞尔所言摆弄着木棒和皮带。鲁塞尔接着说："就是这里，好的。现在，请您从我的包里拿出一只手套，还有那件雨衣，把这根木棒完全包裹起来……"

警察局长喃喃自语："一条假手臂……"他惊呆了。

"是的，一条假手臂。这是扒手的老把戏了，同样地，还有石膏假臂、吊带假臂等，但这不是重点。这个假象非常完美，不是吗？这样一看，雨衣好像的确搭在我的手臂上……而我的前臂，我是说真正的前臂，却是完全自由的，就这样垂在我的背后。我记得皮卡尔德当时戴着手套，他就像我现在站在您面前一样，他几乎是面对着我，但略微倾斜地看着沙尔皮。而他其实是在用手从背后向沙尔皮开枪。在这种条件下命中目标，当然不是一般人可以做到的，但对于训练有素的射手来说却是手到擒来。在我的印象中，他经常练习格斗运动。"

"该死的！鲁塞尔，我想我基本上被你说服了……但能不能告诉我，你是怎么想到这一点的？"

鲁塞尔说："我想您知道，自从自动扶梯关闭以来，我经常在扶梯附近走来走去。这样一来，我既能安静地思考，又能沉浸在犯罪现场的气氛当中。"他低下头，下意识地用手摸了摸缝好的口袋底部，接着说道："只是总有一天，我得为此……付出一些代价。"

读客®
悬疑文库
认准读客读悬疑,本本都是大师级。

专注出版中、英、美、日、意、法等世界各国各流派的顶尖悬疑作品。

为读者精挑细选,只出版两种作品:
经过时间洗礼,经典中的经典;口碑爆表、有望成为经典的当代名作。

跟着读客悬疑文库,在大师级的悬疑作品中,
经历惊险反转的脑力激荡,一窥人性的善恶吧。

扫一扫,立即查看悬疑文库全书目,
收集下一本精彩悬疑!